三島由紀夫と映画

三島由紀夫研究 ②

〔責任編集〕
松本　徹
佐藤秀明
井上隆史

鼎書房

目次

三島由紀夫研究 ②

特集　三島由紀夫と映画

座談会

原作から主演・監督まで

―プロデューサー藤井浩明氏を囲んで―

■出席者
藤井浩明
松本　徹
佐藤秀明
井上隆史
山中剛史

■平成18年2月6日
■於・こしじ―仙川

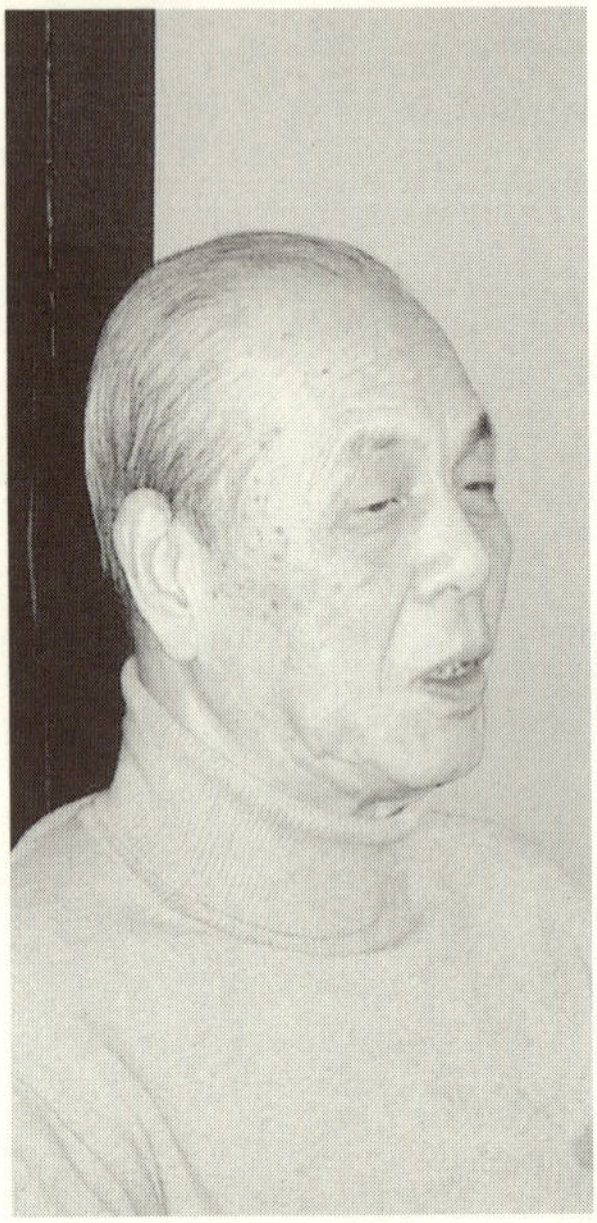

藤井浩明氏

■『憂国』の撮影現場

松本　藤井さんは、大映映画に入社して、昭和三十年（一九五五）から映画の企画・製作にたずさわって来られ、すでに五十年を越えましたね。大変なことだと思います。そればかりか、その間に手がけた作品リストを拝見しますと、日本映画を代表する名作が目白押しです。市川崑、増村保造といった監督と組まれたためでしょう。それとともに、三島由紀夫原作の映画を数多く手がけておられます。『永すぎた春』を皮切りに、『炎上』（金閣寺）、『剣』『複雑な彼』『音楽』『鹿鳴館』などから、昨年秋に封切られた『春の雪』というふうに、一貫して数多く映画化をおこない、今後も取り組む意欲を示しておられます。また、三島が主演した『からっ風野郎』、原作・脚本・製作・主演・監督の『憂国』にも深く関与されておられます。

そうした点で、三島由紀夫と映画の係わりについて考えるうえで、藤井さんほどふさわしい方はおられないと思います。この度は、長らく封印されてきた『憂国』を、藤井さんがご苦労なさってＤＶＤ化し、三島由紀夫全集に収録するとともに、単独でも発売されることになりました。そこで『憂国』の製作の経緯とか、撮影の裏話などから、ぼつぼつとお話いただけたらと思うのですが。発売前でなにかとお忙しいでしょう？

藤井　いや、そうでもないですよ。ただ映画本体は三十分に満たないので、他に、英語版、フランス語版も入れ、当時のスタッフによる『憂国』製作時の話なども入れるんです。そうすると結構な分量になります。

佐藤　英語版やフランス語版は、字幕の巻物が違うわけですね。

藤井　ええ。あれは三島さんが全部書いてるんです。

松本　DVDは東宝と新潮社版全集は、どちらも同じ……。

藤井　いずれもシナリオを付録にするんですが、東宝は活字で印刷したもの、新潮社版全集には三島さんの手書きのものをそのまま写真にして付録にします。

佐藤　手書きのシナリオは、三島由紀夫が青焼きのコピーで手を薬だらけにしながら、自分でコピーしたというやつですね。もう原紙はボロボロになってしまったけれども。

藤井　そうです。

井上　絵が入ってますよね？

藤井　あの絵コンテみたいなの。あれはね、違うんですよ。

井上　そうですか。表紙には三島の絵がありますね。

藤井　それはセットのデザインなんですよ。それに基づいてセットを作りました。能舞台なんだけど、能舞台と同じじゃないんです。映画のセットですから。

松本　撮影では随分中抜きをやったそうですね。

藤井　そうです。だいたい映画は普通順序を追って撮りませんでしょ。セットで、ライトが例えばこっちから当たっているとしますでしょ。そうするとこっちから当てる場面ばかり先に撮っちゃう。そうしませんと、ライトをあっちこっちへ移動させなくちゃなりません。すると時間がかかっちゃいます。そのため台詞はバンバン飛んでいくわけです。それを中抜きと言うんですけれども。この場合は、三島さんも書いてますけれど、セットに白い布を張ってあって、血が出たらもう取り返しがつかないわけです。セットを変えるって言ったって、時間もないし金もない。

佐藤　そうすると血が無い場面を先に撮らなければならない。

藤井　ですから、一番最初にラストのシーンを撮っているんですよ。

井上　映画では最後に血みどろになった中尉と麗子の血が拭い去られ、竜安寺の石庭のような場面に変わりますね。その最後の場面から撮影し始めたんですか？

藤井　そうです。砂をセットの上にのせて箒で掃き目をつけ、その上に正装した中尉夫妻が倒れているところを撮って、カメラをクレーンで吊り上げていくわけです。これが終わると砂を全部掃き捨てちゃって、そこへ布を張る。だから、血が出るのは最後なんですね。

松本　脚本には順番みたいなものは書いてあるんですか？

藤井　いや、書いてないです。カメラマンと三島さんが打ち合せをして……。

佐藤　それを現場でやるわけですか？

藤井　やります。

井上　黒板にでもそういうことを書き出したりするんです

か？

藤井　普通は、監督が台本にカット割りを書いて、それを助監督が写し、スタッフに配ります。しかし、『憂国』の場合は、黒板に書きましたね、大体ね。しかし、そうなってくると、現場のスタッフでなきゃもうわけがわからない。

井上　二日間ですよね。

藤井　だから、時々猛烈に怒鳴るわけですよ。「何やってんだ！」とかなんとか。もたもたしていると、時間がなくなるから。

佐藤　中抜きというのは映画を撮る常識だとは思うんですけれども、三島由紀夫自身はあんまりやりたくなかったみたいなことを書いていますね。

松本　徹氏

藤井　中抜きは、やはり俳優でもそう簡単にはいかない。ここでは笑え、次は悲しい顔だ。そして、いきなり切腹だとかなると、わけわからなくなる。だから本当は、流れに沿ってずっと撮っていくのが一番良いんです。俳優の気持ちがついていきますから。演出家もカメラマンもスタッフも皆、順序で撮れば良いわけです。でも、なかなかそうはいかない。中抜きの最たるものだと、スタッフもわかんなくなっちゃうんです。監督だけわかっていて、ドンドン飛んでいくようなことが起こる。

松本　じゃあ、現場の実際の指揮を取ったのは、必ずしも三島さんじゃなかったわけですか？

藤井　三島さんは俳優を勤めなくちゃなりません。だから、キャメラマンの渡辺公夫さんが、三島さんの意図に従って、指揮をとりました。渡辺さんは、大ベテランですから、動じないんですよ。時間が迫って、もう終わりごろになると、皆舞い上がっちゃう。でもね、この大キャメラマンはテキパキやるんですよ。二日目の撮影が夜の十二時頃終わるわけですが、それは芝居だけです。あと、字幕の撮影をやらなきゃいけない。それを三島さんがひとりでやる。それだけで、五時間ぐらいかかりましたかね。

山中　字幕だけで……。

藤井　字幕を広げて行くスピードが早過ぎるとか、もうちょっとゆっくりとか、あるんですよ。それに、次は英語版が待っているわけでしょ。ドイツ語があって、フランス語もある。三島さんって、やっぱりそういうところが凄いですよね。普通はできないですよ。自分はもう芝居をやって、クタクタになっている。このあいだも誰かが言ってましたけど、何語版か知らないですけれどミスがあって直さなきゃいけない。初日は夜の十一時過ぎまで撮影やっているんですよ。それから帰って書き直すわけです。で、次の日の朝、八時頃来てまた夜中までやって血塗れになって、終わってから、また。相当タフでなきゃできないです。

井上　二日じゃ間に合わないんじゃないかと思った人もいましたね。

藤井　ええ、最初は何とかなるんじゃないかと思ったんですよ。そうしたらモタモタしだして。だいたい、最初のクレーンが時間どおり来ない。クレーンだけは東宝の撮影所に頼んだんですよ。午前中にそのシーンが終わってなきゃいけない。でも待てど暮らせど来ないんですよ。皆ぼうとひたすら待ったんです。やることないですから。お昼ごろぽかぽかと陽気が良くなったところへ、やっと来た、クレーン車が。それがないとラストシーンの俯瞰撮影ができない。それが三島さんの狙いだったから、待たなきゃいけなかったんです。それで半日ロスした。

井上　クレーンで俯瞰というのは三島由紀夫のアイデアですか？

藤井　シナリオにも俯瞰と書いてありますね。

井上　ずっと引いていくわけですよね。それは良い感じです。

藤井　でも、最初のシナリオはこうなってないですね。最初はね、石庭にもなっていなくて、普通に折り重なっていただけだったようです。

井上　そういえば最初のアイデアでは、橋掛りみたいなセットもなかった。

藤井　一番最初のシナリオは、ちょっと調べてみないとわからないですけどね。

山中　じゃあ、この青焼きコピーのシナリオ以前に、幾つか別のプランが……？

藤井　ええ。そうだと思います。スタッフに配ったシナリオはこれだったと思いますが。……いくら三島さんといえども、例えばライトをどこから当てて、というようなことはわからないですからね。これは技術的に無理だとか、この小物だけを際立たせるためには、ライトをどっちから向けてどうやれば良いかとか、これはカメラマンじゃないとわからない。僕らなんか全然わからないですよ。特に白黒ですし、白と黒で見せなければいけないわけですから。ライトの当て方と落とし方で際立たせないといけないんですよ。この映画はそれでもっているくらい、シンプルなだけに、もの凄いテクニックがいる。

松本　井上さんの三島年譜には、はじめて藤井さんに話があったのは昭和四十年（一九六五）の一月十一日とありますが、三島さんと堂本正樹さんのお二人から？

藤井　いえ、その時は三島さんとだけ。最初に会った時に三島さんが「こういうことをやりたい」って仰しゃるから、「じゃあ僕もそれ乗った」と言った。僕もやりたかったわけですよ、この企画を。

佐藤　『憂国』の映画化については、他にもオファーはしてないけれども、計画はあったようですね。だけど商業的にうまくいかないだろうと言って、実現するところまではいかなかった。

藤井　だいたい僕は三島さんの新作については、いつものもの凄い興味を抱いていましたからね。だから読むと、全部やりたいんです。だけど会社（大映）が、そんなものやったって当たらないとか難しいとか、いろいろ言います。三島さんも何かに書いてますけれども、このテーマを会社で映画化する場合、長編にしなければなりませんから、二・二六事件のいろんな側面、将校たちの友情、兵営の様子だとか、社会状況だとか、東北の農村とか、永田町とかいろんなことを出さなくちゃならない。そうなると原作のままじゃなくなる。三島さんが短篇で、こういうシンプルな形でやったのは、凄いアイデアだと思いますね。一切そういう状況を描写しないわけですから。それを字幕だけで説明して、ワンセットでやるわけでしょ。

松本　これをやる時、藤井さんは「これはいける！」というお気持ちで？

藤井　はい。

佐藤秀明氏

山中　最初は16ミリでやりたいという話でしたね。

藤井　安くて済むから。当時安部公房さんとか、ドナルド・リッチーさんとか、自主映画が流行っていたんですよ。で、僕を引っ張り出して、僕にやらないかって誘ってくれた。僕が乗ったものですから、数日後に堂本さんを加え三人で会った。ただね、三島さんは単なる自主映画以上のものを作りたかったんでしょうね。僕に会うまでに、大まかなプランはお二人で立てていたと思います。堂本さんはご存じのようにお能に詳しいし、三島さんは歌舞伎、新劇、お能いずれにも詳しい。だから、お二人で喋っていて、能舞台のようなセットでやろうじゃないかと、考えたんじゃないですかね。もっともセット組んでやろうとは思ってなかったかもしれません。セットを組むには、撮影所を借りなきゃいけないし、大勢の人手がいる。

山中　麗子の衣装は西陣出身の堂本夫人が担当しましたね。

井上　経済的なことを気にしてましたか？

藤井　凄いですよ。経費を計算したノートを、DVDの付録につけましたけれど。三島さんが「セットを借りるといくらかかる？」と質問するわけですよ。僕がそれに答えると、三島さんはそれを丁寧に書くんです。現在、遺っている制作費の資料は三島さんが持っているノートだけなんです。僕は喋るだけ。

松本　お金は全部三島さんが出したのですか？

藤井　そうです。正規の値段なんて言えないですから、スタッフの一人一人にお願いして、後で領収書を書いてもらい、三島さんに渡す。すると三島さんがきれいに整理するんです。

松本　そんな時間があったんですか？　三島さんに。

井上　豪華なお弁当を食べちゃいけないって藤井さんは三島さんに言ったそうですね。

藤井　いやいや（笑）。まあ、例えば三島さんが「大体百万くらいあれば出来るんじゃない？」と言っていたのを、「じゃあ百万でやりましょう」と言ったわけですよ。贅沢を言ったら切りがないし、その予算で何とか収めてやらなきゃいけない。スタッフにもそれを言ってあるわけです。だから、弁当のことも、みんなが三百円なら、三島さんも同じものにしてもらうということになるんですよ。

井上　きつねうどんの差し入れがあったんでしたね。

藤井　そうでしたっけね。僕はもう忘れているんだけど、僕が以前、映画『憂国』について書いた文章を見て、新潮社の伊藤暁さんがそう言うんですよ。

佐藤　僕も読んだことがありますよ。藤井さんはきっちり百何十何万何千何百何十何円かかったっていうことを書いているのがありましたね。

藤井　雑誌「シナリオ」（昭41・4）でね、三島さんと舟橋聖一さんの弟の和郎さんが対談してる号に僕が書いているって言うんですよ。

山中　「"HAND MADE FILM"――『憂国』」。

藤井　そうそう。

佐藤　僕ね、それ引用したことありますよ。金額とかフィルムのフィートまできちんと書いてありましたね。

藤井　でも一番正確なのは三島さんのノートなんです。三島さんはノートの終わりには袋を貼り付けてある。で、領収書と書いてあって、その中に僕が渡すのを入れるようになっている。

山中　そういうところは細かいですね。

井上　しかし『憂国』は、実際に蓋を開けてみると、随分、稼いだんですね。

藤井　そうです、そうです。

佐藤　藤井さんの監修された山内由紀夫さん編の『三島由紀夫映画論集成』（ワイズ出版）を、最初の方からずっと読んでいって『憂国』になると、お金のこととか映画の資本のこととか、経済的なことが随分書かれています。映画というのは一人の人間が作るものじゃなくて、何かもの凄く大きな力が働いて作っているんだという見方が出来てくる。

藤井　舞台とはまた違うんですね。三島さんの『椿説弓張月』みたいに、演出家がよほど凝ったセットを作れば別ですけど。国立劇場の織田紘二さんに聞いたら、今はもうあれだけのもの出来ないと言ってました。しかし、三島さんは本当に細かいです。『憂国』のノートには、準備するものがお金のこと以上に詳しく書いてあるんですよ。小道具を自分でピックアップして、これは済みとか、これは探しに行くとか、当日用意しなければいけないものとかずっと書いてある。仁丹とかね。何のためかって言うとね、キスシーンがあるでしょ。相手の女優さんに悪いから、だとか。いろいろ面白いものがありましたよ。豚の内臓を前の晩に肉屋で買って冷凍して、これにオーデコロンを二瓶振りまいたんですよ。臭気消しで。もう臭くってしょうがなかったってスタッフが言ってましたよ。この間詳しく聞いてわかりましたけど、三島さんはよくやったって褒めてました。傍へ寄っただけでツーンと来るくらいだった。

山中　いくらオーデコロンを撒いても、駄目でしょうね。

藤井　三島さんがね、どこかに書いていたけど、もう寒くて寒くてしょうがなかったようですよ。

佐藤　撮影所の中はそんなものなんですか？

藤井　いやいや、一晩冷凍にした肉ですからね。この間スタッフに聞いたら、メイクの工藤貞夫が言っていたけれどもね、買って来た肉を腹に巻いて薄い皮で貼りつけるんですよ。それを、こうやるから（腹を切る仕草）バーっと出てくる。それがもの凄く冷たかったたって三島さんは書いている。腿を試し切りするシーンがありますでしょ。それからいよいよ白布を巻いた刀を前に廻しますね。そのシーンぐらいから、腹に買って来た肉を巻いているんですよ。

井上隆史氏

松本　二日目の夕方ぐらいからそれをやったのですね。

藤井　そうです。それでバーっと刺すから、腹が破れてブワーッとこう出て来るわけですよ。しかも、冷凍になっていた肉の上に倒れるでしょ。あれ、もの凄く寒かったっていうの、よくわかりますよ。でも、その時は本人は言わないから、僕も気付かなかった。

佐藤　すぐに風呂に入らないと。

藤井　風呂に入りましたよ。

佐藤　そうでしょう。そうしないと、巻物の撮影が出来ない。

藤井　その時のスナップ写真があります。三島さんは自分の出番が終わった途端に、寒いから着替えちゃっているんですよ。セーターを着ています。でもね、ここらを（顔を触って）ちゃんと拭いてなくて、血糊が残っているんですよ。不思議なユーモラスな顔をしています。

井上　小林正樹監督の『切腹』について、何か言ってましたか？

藤井　いや、他人がやった作品については言わないですね。自分は自分で切腹のことを研究しているから。やっぱりそういうところが真面目なんですね、あの人は。

佐藤　あの軍帽も、随分探したけど駄目で、結局注文して作ったわけですし。考えてみれば昭和四十一年ですから、二・二六事件は十一年ですから、三十年前なんですね。三十年前って言ったら記憶している人いっぱいいますからね。陸軍の将校がどういう格好していたか、大抵の人知っていますものね。だから、ちゃんとしたものを着なければ。

藤井　そうなんです。監督が見過ごすと駄目なんです。それで疑り深く点検するわけですよ。そうしないと映画というのは、出ちゃったらもう言い訳がきかない。

松本　そういえば、音楽はどうしました？　ワグナーの「トリスタンとイゾルデ」でしたね？

藤井　古いレコード使ったんです。でも、どのレコードを使ったかもうわからないんですよ。

井上　このあいだ三島由紀夫がツールの映画祭でプレス用に配った資料が見つかって、そこに一九三六年の78回転のレコードと書いてありましたね。昭和十一年、二・二六事件のあった年の吹き込みです。でも、それ以上はわからない。

藤井　音楽の打ち合せをした時、レコードを聞きながら三島さんがストップウォッチで計るわけですよ。で、「音楽をどこから流すんだ」、「ここから流しちゃおう」ということになりまして、三島さんのイメージで、例えばシーン18でカメラの位置は正面から、舞台の全景を写しだす。麗子はこういう姿勢でいて、こういうふうに動く……、ってありますね。そこへ音楽を同時に流すわけですよ。するとピタッと合うわけです。

井上　偶然、象徴的に合うわけですね。

藤井　例えば麗子が夫の帰宅の気配に気がついて振り向いたところで、牧笛が軍隊のラッパのように聞こえるんです。シーンの15です。皆びっくりしてね。神がかりだって。「ええっ！」って素直に子供みたいに喜んだ。あれは三島さんが芝居したんじゃないかと思ったほどでしたよ。

井上　う〜ん、可能性としてあるかもしれませんねぇ。

藤井　いや、やっぱり芝居じゃないんですよ。ある種のフロックだと思います。

井上　能舞台のようなセットに、「トリスタンとイゾルデ」という取り合わせが独特ですね。

藤井　ワーグナーは三島さんが最初から使いたかった。

井上　外国人が観るということを意識して？

藤井　いや、そうじゃないと思いますね。あの人はね、もともと外国人に見せようなんて思っていなかった。

井上　いつ頃からそういう話が出てきましたか？

藤井　はじめ「16ミリでやる」と言っていたので、僕は「やるんだったら35ミリでやりましょう。一般の劇場で上映できるし、外国の映画祭にも出せるじゃないですか」と言った。それまで三島さんはそういうことを考えてなかった。いわゆる短いプライベートフィルムを作るのが、小説家とかいろんな人たちのあいだで当時流行っていたんです。それがベースにあったかもしれませんが、しかし、道楽でやるんじゃないと、三島さんは最初から言っていましたね。そこで、「あなたの原作、脚本、製作、監督、主演でなきゃ商売になりません」と言ったんですよ。三島さんも納得してくれました。

井上　こうも言えますね。ドナルド・リッチーさんや細江英公さんが映画を撮っていて、自分もと思ったところ、藤井さんに言われて、それとは違うやり方があるんだと考えが膨らんだ。

藤井　そうだろうと思いますね。それとね、自主映画ではなく、ジャン・コクトーのようにやってみようと思ったんじゃないでしょうか。コクトーはプロとして映画を作って劇場にもかけてますでしょう。コクトーは名作も作ってます。だから、俺はもともとアマチュアとは違うんだということを、三島さんは見せたくなったんじゃないですか。

井上　コクトーのことは三島は実際意識していたと思うんですけど、『憂国』撮影の前後に、何かコクトーについて口にしていませんでしたか？

藤井　聞いていないですね。

佐藤　『からっ風野郎』の時に、大映の永田雅一さんが「西のコクトー、東の三島」ということを売り出しの文句として言いましたね。

藤井　『憂国』をコクトーの『詩人の死』と二本立てでやったことがあるんです。

井上　そうですか。それは三島没後？

山中剛史氏

山中　生前です。アンダーグラウンド蠍座で、「デカダンの血と悪夢」と銘うってやっています。

■『憂国』上映

藤井　三島さんにしてみればね、初めて自前で映画を作って凄い話題になって、外国でも話題になり、コクトーと二本立てでやって、良い気持ちだったんじゃないですかねえ。最初はブニュエルの『小間使の日記』と二本立てでしたからね。これも良い映画でした。

井上　ブニュエルと言えば『アンダルシアの犬』を思い出すけど、一般のお客さんはそのことをどの程度考えたでしょうか？

藤井　意識してないんじゃないですか？

松本　少なくとも僕自身、見た時は意識していなかった。

井上　アートシアターのプログラム（「アートシアター40号」）を見ると、映画『憂国』のページの前にずっとブニュエルについて書かれていて、『アンダルシアの犬』の有名な剃刀で目玉を切るシーンの写真も出てる。だから『憂国』とイメージが繋がらないわけではないですね。

山中　ブニュエルと一緒にカップリングしてやるということに対して、三島が何か言っていたことはありますか？

藤井　いや、特にないですよ。ブニュエルはいわゆるアートシアター系の監督の中では巨匠だったけど、三島さんは『アンダルシアの犬』は観てないんじゃないかな。

松本　三島が『アンダルシアの犬』に言及したことはないようですね。僕もこの時点で、ブニュエルという監督のことはあまり知らなかった。

山中　当時は今ほど知られた存在じゃなかったんじゃないですかね、『アンダルシアの犬』自体が。

松本　だから、当時の観客が見たいと思ったのは、ジャンヌ・モローでしょう。

藤井　三島さんはね、例えば市川雷蔵の『眠狂四郎』とか勝新太郎の『座頭市』とか、高倉健の任侠ものとかとの二本立てが出来ないか、というのが第一希望だったんですよ。「俺は芸術映画と一緒にやるというのは嫌いだ」って言ってた。

井上　それは面白い話ですね（笑）。

佐藤　『小間使の日記』は間違いなく芸術映画ですね。

藤井　この組み合わせは三島さんの意図に反しているんです。だから三島さんはATGでやりたくなかったんです。だけど当時は二本立てが普通で、例えば『眠狂四郎』と『座頭市』をやる時に、どっちかを外して『憂国』では、劇場が買わないんです。いくら有名でも小説家が作った短篇映画なんて、どんなものかわからないですからね。だから、僕は大映と交渉しなかった、正式には。そうしたら、川喜多かしこさんが「洋画と組んだ方が良いんじゃないですか」って言って下さった。たまたま東宝東和が輸入した『さらばアフリカ』というドキュメンタリーがあった。もの凄く当たった映画なんですけれどもね。これと組もうという話があったけど、上映時間の問題で出来ないということになっちゃった。その段階で、僕は出来ればどこでも良いと思いましたね。川喜多さんが強く推薦して下さり、当時のATG社長の井関種雄さんが、「まぁ三島さんだからやりましょう」と言うことになった。三島さんでなきゃ、けんもほろろに断られてますよ（笑）。その前にね、当時、上映作を決める委員会という制度がありまして、川喜多かしこさんとか、淀川長治さんだとか、いろいろ委員がいて、採点するんですよ。作品価値はABCとか、上映する価値もABCって。興行成績の予想とかね。

松本　その採点表、残っているんですか？

藤井　いやいや。あまり言うわけにいかないんです。言うと協定破りみたいになるから（笑）。それで映画が出来た時に、三島さんが「内緒で一般のお客さんに見せてくれ」と言うんですよ。「飲み屋のおばさんとかそこらにいるあんちゃんとかそういう人たちを集めて」って。

井上　バーの女の子とか、文学青年でない若者とか。

藤井　それでね、たまたまアートシアター新宿文化に、葛井さんという支配人がいましてね、彼に「内緒であんたの劇場を、夜の最終回が終わった後、貸してくれないか」と頼んだんですよ。そうしたら「貸してもいいけれど、何？」と言うんです。三島さんから口止めされてるから「題名は言えない」って答えると、「監督は誰？」と聞くから、「監督も言えない」と答えた。そう答えるよりほかないわけですよ。「じゃあ、あなただから貸してもいいですけれども、変なやつじゃない？　ポルノじゃないでしょうね」って言うんですよ。「そんなの俺がやるわけないじゃないか」ということで、内緒で上映したんですよ。

松本 それ、あなた（井上）の三島年譜に入っている？

井上 書きました。

藤井 新宿に十和田っていう、有名な飲み屋がありましてね。ああいう店は、もうどこにもないなあ。高村光太郎、石川淳、伊藤整さんあたりから開高健といった若手まで、凄いメンバーがお客に来てたんですよ。女将さんは文学少女じゃないですよ。秋田美人でね。ただし、そういう凄いメンバーじゃなくて、女将さんと、ごく普通の町の人たちに見せたんです。十五、六人いたかな。終わったら、女将が言うんですよ、「どうして日本の音楽を使わなかったの？」って。「それは、日本の音楽を使ったら、余計つまらなくなるから」とか僕はいい加減なことを言ったんです。そしたら、バーンスタインが東京に来た時、東宝の試写室でこっそり『憂国』を見せたら、同じことを彼が聞くんです。「一つだけ君に質問がある」って、三島さんがいないところで私に聞いた。「なぜワーグナーを使ったの？ どうして日本の音楽を使わなかったの？」って。僕は新宿の飲み屋のおばさんを思い出した。映画もわからないし、音楽もわからないんだけれども、巨匠と同じことを奇しくも言ったのは不思議だなぁと。

井上 バーンスタインにはどう答えました？

藤井 言いようがないじゃないですか。しょうがないから、「三島はワーグナーが大好きだから」と言ったら、にやっとした。

松本 でも、三島さんとしては考えに考えた上でワーグナーを選んだんでしょうね。で、夜の新宿文化での反応はどうでしたか？

藤井 皆あっけにとられた、と言えばいいのかな。何か強い衝撃は受けたようですね。三島さんは、内緒にしていましたが、堂本氏が郡司正勝さんに喋って、連れてきちゃったんです。

井上 それがきっかけになって、東京新聞に記事が出ましたね。

藤井 それからが大変でしたよ。ばれちゃったから、しょうがない、急遽記者会見やって、話して良いことだけを言った。

井上 それまで、事前に知っていたマスコミも、協定を結んで黙っていた。

藤井 要するに約束を破っちゃった。発表する時には、黙っていてくれた人たちに優先的に情報を伝えるということになっていたんですけど。そうしたら『憂国』の宣伝がバンバン始まったんです。三島さんもインタビューに答えたり文章書いたり、もの凄くいろんなことをやってますよ。一人の監督がね、マスコミ相手に喋りまくり書きまくった映画なんて、これを越えるのは日本映画にはないですね。『小間使の日記』は名作で、女優は当時のスター、ジャンヌ・モローだったんですが、もうどこかに行っちゃった。『憂国』を観に来て、終わると客は出て行っちゃうんです。あれだけ来るとは思わなかったですね。

井上　アートシアターとしては観客動員の新記録だったんですね。『小間使の日記』には、殺された少女の遺体が出てくるシーンが一瞬だけあります。でもその程度の残酷さなんか、『憂国』の腹切りで吹っ飛んじゃいましたね。

藤井　とにかくね、初日はドアが閉まらない、いっぱいで。

井上　受付のところに三島由紀夫がずっといたというのは覚えていらっしゃいますか？　客の入りを確かめるために。

藤井　もう、年がら年中、三島さんが行こう行こうって。新宿だけならいいんですよ。次は日劇へとか、それから川崎へ行こうとか。

松本　そんなにいろんなところでやったんですか。

藤井　当時ATGは、札幌、大阪、神戸、博多。もう一館どこかにあった。東京はね、新宿文化、日劇文化、日劇の地下ですよ、それから江東楽天地。川崎はね今のチネチッタ。三島さんは「今日川崎行かない？」とか言うんですよ。そうしたら夜店みたいなところで数百円で、もうヨレヨレの黒いジャンパーを売っているんです。それを買って着るわけですよ。するとぴったりなんです。似合う。本人は嬉しくなって、川崎の町を歩くわけですよ。

佐藤　『憂国』という映画は、最初は漠然としたプランから始まって、ATGで大成功するまで大きく膨らみましたね。

藤井　僕もプロとして真剣にやった。単に嬉しがって一緒になって道楽映画をやってたら、「お前何やっているんだ」ということになって、会社を首になってますよ（笑）。スタッフも内緒で呼んだわけですからね。会社の誰も知らなかったですよ。

井上　永田社長が知ったのはいつなんですか？

藤井　試写の時に初めてですよ。だから普通だったら、まさか首にはしないでしょうけれど減俸処分ですよ。それで三島さんが、「永田さん、映画を作ったから見てくれ」というふうに声をかけたんですよ。「ぜひ見せてくれ」ということになり、川喜多かしこさんと二人だけで大映の試写室で見てもらうことになった。さっきの飲み屋のおばさんなんかと一緒に見た数日後のことです。

井上　その時、大映の重役も来たんですね？

藤井　ええ。「お二人だけで見ていただきたい」という話だったんだけど、行ってみたら試写室がいっぱいなんですよ。大映の本社の部課長から重役から皆集まっちゃっている。それですべてがバレてしまった。

佐藤　名前が出ますもんね。

藤井　大映の社員をスタッフに勝手に使って、実日数二日って言いますけれど、準備がありますからね。昼間からそんなことをやっていたら、普通なら会社が怒るに決まってます。

松本　社内に、けしからん、といったような反応があったのですか？

藤井　今の日本映画は独立プロが支えているというか、フリーのスタッフで成り立っているんです。監督も俳優もフリーです。でも、当時はまだ五社とか六社とかあった時代で、年間五〇本とか六〇本作るだけのスタッフと俳優を社で抱えていた時代です。だから、三島さんに言われたからって、そう簡単に大映のスタッフを連れて行くわけにはいかないんです。しょうがないから内緒で皆に声をかけたわけですよ。当時のメモを見ますとね、大映の支給されたノートに書いてあるんです、『憂国』打ち合わせって。僕がやっている別の大映映画の打ち合わせとか、試写とか、本読みの会議とかの中を縫うようにしてやったわけです。

井上　ハラハラしながらやっていたわけですね。でも、楽しかったでしょうね。

松本　永田さんに叱られませんでした？

藤井　言われましたよ。「お前が今度やる時は俺にちゃんと言ってからにしろ」って。

松本　それだけで済んで良かったですね。

藤井　永田雅一は三島由紀夫の大ファンなんですよ。永田さんは学校もちゃんと出てないし、田中角栄とかああいうタイプなんです。マキノ雅弘さんが言っていましたが、マキノさんの親父の省三さんが、十五、六歳の雅弘さんと永田雅一を芝居に連れて入って一緒に見せるんですよ。帰ってくると牧野省三さんは、「永田はあれだけ反応しているし、理解出来ているのにお前は何だ。何にもわかってない」って怒る。永田雅一は褒められるけど、俺は怒られてばっかりいたって言ってましたよ。永田雅一さんは、二十八歳くらいで第一映画というのを作ってますが、今じゃ想像できないくらい、才能というんですかね、それがあったんですよ。本は読んでなくても、いわゆる耳学問というものがありますでしょ。そういう永田雅一にしてみれば三島由紀夫は凄い存在。若くしてデビューしてあれだけ売れまくった小説家というのは永田雅一にしてみれば天才だ。だから、別の時ですけど、市川崑さんと僕がフランスへ合作の仕事で行くことになりましてね。三島さんが講談社の榎本昌治さんと一緒に送りに来てくれたんですよ。その時永田雅一も羽田に来ていました。僕を送りに来たんじゃないですよ。たまたま国内線で飛ぶために羽田へ来たんです。そうしたら三島さんがいるんで、僕に向かって、「お前のために天下の三島由紀夫が来るわけがないだろう」って言って、「三島由紀夫が何故ここへ来てくれたか、わかっているか？」って訊ねるんですよ。「社長、送りに来てくれたんです」って答えたら、「お前を送りに来たんじゃなくて、お前が大映の人間だから来たんだ」って。

山中　嫉妬しているわけですね（笑）。

藤井　猛烈にやきもち焼いてる。「お前、誰に月給貰っているんだ」、「あなたに貰っている」、「俺が社長をやっている大映にいるから、三島がお前を送りに来た。だから俺に感謝しろ」って。しょうがないから、「どうもありがとうございました」って言った（笑）。三島さんは、よく永田雅一の真似をしては、まわりを笑わせていました。

■『からっ風野郎』と『人斬り』

井上　『からっ風野郎』の時はいかがでしたか。

藤井　『からっ風野郎』の時は、講談社の榎本昌治さんが、僕に「三島の映画やらないか」と言ったんですよ。「監督？　主演？」って訊ねたら、「馬鹿。主演だ」って言うから、「あ、そう？　で、何やるの？」」。そうしたら、「何でも良い」って。新潮の新田敞さん、講談社の榎本や川島勝さんだとか、僕ら仲間だったんです。

松本　映画は榎本さんの発想なんですか？

藤井　いやいや、三島さん。

松本　三島さんがそんなに望んでいたんですか？

藤井　ええ。

松本　日活の『不道徳教育講座』にちょっと出てますね。あれがきっかけですか？

藤井　いや、その前からですよ。

松本　何で三島さんは、そんなに望んでいたんでしょうね？

藤井　やっぱり映画に出たかったんじゃないですか（笑）。自分が監督するんじゃなくて、要するに、役者とか俳優としてですね。

佐藤　その前に『鏡子の家』の映画化の話がありましたでしょう？　大映で。それがいつの間にか『からっ風』の主演の話になってきますね？

井上　『鏡子の家』を市川崑監督でやると、「スポーツニッポン」が報じてますね。

藤井　市川崑さんが『炎上』をやりましたでしょう。傑作だと思うんですけど、市川さんもあれから三島由紀夫に注目するようになったんです。『鏡子の家』は、雑誌「聲」に冒頭部分が載った時から目をつけていて、本になると同時に、市川さんに話しました。やる、と言ってくれたんで、永田雅一に、三島さんが書き下ろしの大作を出したので、市川監督でどうですかと言ったら、それ以上何んにも聞かなくて、「乗った！」って言うんですよ。会議できめなきゃいけないのに、もうそれで決まっちゃった。そんな時に、主演の話を榎本が持ってきたんですよ。『鏡子の家』とは関係なく。つまり、三島由紀夫原作の映画化と、三島由紀夫というスターの主演映画が、運悪くバッティングしてしまった。それで『鏡子の家』のほうが後回しになっちゃったんです。

井上　そういうシチュエーションがあったのですか。

藤井　三島さんの相手役の女優さんについては、「三島君、君は誰でやりたい」と永田雅一が聞くんです。「京マチ子か、山本富士子か、若尾文子か。誰でも良いから」って。内容も何でも良いから好きなものをやれって。

松本　じゃあ三島さんが若尾文子を選んだんですか。

藤井　ええ。その時の条件もね、三島さんは「インテリの役というのは絶対勘弁してくれ」って言った。それだけなんですよ、注文は。「限りなく無教養で、馬鹿な男をやらせてくれ」って。

井上　最初は『からっ風野郎』じゃなくて、『肉体の旗』でしたね。
藤井　その時、僕が「監督は増村で良いですね」って言ったら、三島さんが「良い」って。
佐藤　増村保造監督という企画は藤井さんから出たんですか？
藤井　そうですよ。増村に「こういうのをやるけれど、やらない？」って言ったら、「やる」って。
佐藤　それで大変なことになった。
藤井　いやいや、それは後からですけどね。
佐藤　でも、増村さんは厳しい監督だっていうのは当然ご存じでしたでしょう？
藤井　もちろん、僕は増村とずっとやって来ていたから。増村とはこれまで四十本近くやりました、一番たくさんやっているんですよ。増村は、当時日本映画の期待の星なんです。後から出てきた大島渚だとか篠田正浩とかは、とくに大島なんか「打倒増村！」って、もの凄くやったんですよ。増村は、今までにない新鮮さで出てきましたから。
松本　三島と増村が衝突するとはあまり考えてなかった？
藤井　考えてないですよ。それまで三島さんぐらいのバリューのある小説家で映画の主演をやったひとはいないから。普通なら、なんて言うんですかね、旦那芸みたいなもんで、一回だけやらせてあげて、お客様扱いして、気分よくお帰りいただいて……。
井上　しかしそうはならなかった。増村って、とにかくガンガン押してくるタイプの監督ですね。そういう監督と初主演の三島が顔を合わせるというのは、それだけでも大変でしょうね。
松本　脚本はどうでした？
藤井　最初はね、「白坂依志夫でやろう」って言っていた。白坂は、『永すぎた春』でも脚本を書いたし、三島さんともお互いとてもよく知っているんですよ。最初の打ち合せの時も、「俺は三島さんのところに行かないから、二人で話して来てよ」って白坂に言った。僕はその頃他に映画を何本もダブってやっていたんで、三島さんのためには90%エネルギーを使うけれども、三島さんのことばかりやっているわけにはいかない。すると、その晩電話がかかってきたんですよ、三島さんから。今「白坂君と打ち合せをやっているんだけどね。あいつは、のらりくらりと何言っているかわけがわからない」。「からかってばっかりいるんで、早く来てくれ」って。そうしたらね、台風が来たんですよ、その日に。「三島さん、すっ飛んで行きたいけど、今日はもの凄い雨で車が動かない」、「いや、とにかく来てくれ。車出すし、車で帰すから」って。「とにかく今晩だけは勘弁してくださいよ」って押し問答したわけです。そうしたら、それから二人は話していて、「インテリをやりたくないんだったら、じゃあ競馬の騎手をやろう」ってことになった。三島さんの体型って割と小柄だし、良かったんですよね。それでね、「凄い名馬に乗る競馬の騎手が、八百長をやる話」に、三島さんも乗ったわけなんです。それで脚本を作って、普通でしたらね、社長の前で本読みなんかやらないんですが、この時は重役も皆参加して本読みをやった。脚本を読むと、割とよく出来ていたんですよ。八百長やって最後にカムバックするんですけど、ゴールインした時に死んでしまう話で、三島さんにぴったり。そしたら、永田雅一がですね、「お前何考えているんだ！」って怒り出したんですね。「俺を何だと思っているんだ。俺は中央競馬の馬主会の会長だっ！」って。「中央競馬が八百長だって、そんなのは絶対できない！」って（笑）。

佐藤　でも、これ実現していたら良かったでしょうね。

藤井　駄目です、抵抗できないですよ。出来が良いとか悪いとかじゃないんですから、これにはもう、どうしようもない。「すみませんでした」って謝った。

井上　しかし、大映の他に日活とか松竹に話は？

藤井　三島さんは、仁義にかたい人だから、そんな軽々しいことはしませんよ。だけど、三島さんは映画のために二ヶ月もスケジュールを空けているわけですからね。それで「弱ったなぁ」と思った。「とにかく考え直そう」ということになって、「ふっ」と思いついたのが、菊島隆三さんが石原裕次郎に当てて書いた脚本があったんですよ。僕は菊島隆三と親しかったから、すぐに電話して、「この間言っていた裕ちゃんのあれ、どうなりました？」、「俺んところにある」って言うから、「どこにも売ってないですね」って念をおしたら、「売ってない」って。そこで、「これからすぐ行くから、待っていてください」。そして、菊島さんのところに三島さんとすっ飛んで行って、その場で読んだんですよ、脚本を。三島さんは「やる！　これでいきましょう。」って言った。これが原型なんですよ。それをまた増村が直したわけです。三島さんは増村が言う通りにやって良かったわけですよ。だって裕ちゃんがあの『からっ風野郎』のヤクザの二代目のはずだから、もの凄く強いんですよ。だけど最後に殺し屋に殺されるっていうシーンになっている。それを増村は全部ひっくり返した。二代目だけど、気が弱くて、腕力がなくて、組の存続も危ぶまれる、気がいい男。そういう風に全部変えちゃったわけ。あれは、やっぱり増村の凄いところですね。

松本　僕は封切った時は見てないんですが、ヒットしたんですか？

藤井　しましたよ。三島と若尾文子の『からっ風野郎』に、山本富士子の『東京の女性』の二本立てでした。

井上　増村監督の『からっ風野郎』は、それなりに良く出来ていると思いますけれど、あれがまた違う監督だったら、どんなふうになっていたのかな、ってちょっと想像したりするんですが……。

藤井　違う監督でしたら、おそらく失敗してますよ。主役ですからね。映画に出るってことは怖いってことだって、頭がいい人だから、三島さんも良くわかっていたでしょう。例えば僕なんか長年、映画やっていてもね、カメラの前で今喋るぐらい喋れっと言われても絶対出来ないですよ。ライトが当たって、カメラが回っていて、その周りを少なくとも何十人が取り囲んでいるでしょう。そういうことも承知して三島さんは主演したいと言い、「限りなく無教養で、馬鹿な男」という条件も出したと思うんです。そういう男を演じてみたいというだけでなくてね。それを増村がきちんと受け止めながらも、自分の納得のゆく役に三島さんを作り上げたんです。増村だから出来たことですよ。

松本 だからこそ、ヒットした。

藤井 そうだと僕は思っています。

松本 だけど、『からっ風』の三島には、どこか借りてきた猫のようなところがありますね。

藤井 その点、『人斬り』は文句のつけようがないでしょう。

松本 そうですそうです。あの存在感は見事ですね。

藤井 もうぴったりです。一本主演やっているから、キャリアが違うっていうかな（笑）。

山中 『人斬り』の時は藤井さんがマネージャーみたいなことをなさったんですか？

藤井 勝新太郎がまだ大映にいて、いろんなことが出来る時代が来たんですよ。僕はその頃企画部長やっていた。勝が僕にね、「ちょっと頼みがあるんだけどさ、三島さんに出て貰えない？」とか言うんですよ。

松本 五社監督からじゃなかったんですね。

藤井 ええ。それで「何やるの？」って聞いたら、「人斬り新兵衛だ」って言った。僕はね、一発で出ると思った、三島さんは。だけど、少し勿体つけなきゃいけない、マネージャーとしては。そこで「勝さん、それはわかんないよ」と言った（笑）。「話してくれよ」とか頼むから、「じゃあ話してくるからね」とか言って。で、三島さんに「こういう話が来ているんですけどね」と言ったら、「俺やるよ」って、やっぱり一発で決まった。

井上 でも、三島はたいへん忙しい時ですよね。

藤井 三島さんは、「この田中新兵衛役なら絶対やる！」って言うんですよ。で、勝さんに、「この間、いろいろと話したら、やっても良いと言っているけど」と伝えたら、「会わせてくれ」って。で、「ギャラはどうする？」って、吹っかけた。フジテレビと勝プロがやってますから、出番の割には出しましたね。でも、勝もとっても喜んでくれました。勝新太郎、石原裕次郎、三島由紀夫、それと仲代達矢の共演でしょ。凄いですよね。

松本 三島さんは勝さんの演技に全面的に支えられている感じですね。それが見ていて、気持ちがよかった。

藤井 そうですね。それで、僕はマネージャーとして三島さんについて行く（笑）。企画部長が仕事放り出して、京都の撮影所まで行く。そうしたらね、勝新太郎がね、京都駅のホームまで迎えに来ているんですよ。で、自分の車で、自分の運転で、都ホテルへ送ってくれて、「それじゃ、三島さん明朝何時に撮影所で」って言う。その時、「テープにもう入れてある」って言うんですよ、三島さんの台詞と勝の受けの台詞と両方を。次の日に行って、僕がテープを聴きますとね、勝が一々全部フォローしてくれているんですよ。「ここはこう言った方が良い」とか「ここはこういう言い方をした方が良いだろう」とか。

佐藤　三島は、勝新太郎に随分世話になったとか、面倒を見てもらったとか書いていますけど、そういうことだったんですね。

藤井　それで、セットに入って、宣伝用の撮影にかかったら、当時日本で一番有名なキャメラマンの宮川一夫さんがね、ふらっと入ってきたんですよ。「あれ宮川さんどうしたの？」って言ったら、「三島さんと君が来ているというから、俺、応援に来たんだ」って。それで天下の宮川さんが、三島さんのメイクをチェックしてくれるんです。すると、スタッフの気持ちが全然違ってくるんですよ。宮川さんが三島由紀夫のためにここへ来てくれている。それは異例のことです。それでいてね、三島さんっていう人は勉強家ですから、都ホテルに戻って、「明日は撮影所に十時」とか予定を確認するでしょ。そうするとね、荷物をポンと机の上に置く。原稿用紙と『椿説弓張月』の本です。僕は何でも聞くんで、「それは何ですか？」って言ったら、「こうこうこうで、国立劇場で今回新しい歌舞伎をやろうと思って、それを書いている」って言う。そういうところが凄いですね。もう撮影所へ来たんだからそっちの方へ頭が行くかと思うと、そうじゃないんですね。夜の何時頃からになると、『椿説弓張月』に取りかかる。その時は『人斬り』じゃないんですよ。そして、朝起きると、また大スターになっているんです。

井上　たとえば昭和四十四年の六月七日は京都で『人斬り』のラッシュを見てから、帝劇に駆けつけて『癩王のテラス』の稽古はじめをして、翌日は楯の会の六月例会です。次の九日は楯の会の活動をやって、十日は『椿説弓張月』のスタッフ会議、こういう感じですね。動き回っている。

佐藤　切り替えと集中力が凄いですね。

藤井　凄いですね。ちょっと真似できないですよ。

佐藤　それでどうなんですか、実物は。色んな人が書いてますけど、やっぱりあたりを払うような存在感がある？

藤井　それはあるんじゃないですか。

佐藤　そういうのと、映画の銀幕に乗るのとは関係があるんでしょうか？　つまり、スターと呼ばれる人は、もうそこにいるだけで、何かオーラを発していて、それが銀幕に自然に現われるものなんですかね？

藤井　やっぱりね、三島さんは大スターなんですよ。

佐藤　『人斬り』の宣伝写真で、仲代達矢、勝新太郎、石原裕次郎と四人で並ぶけど、負けてないですね。

松本　『からっ風野郎』の時と全然違うんじゃないですか？『からっ風野郎』の場合は、吹けば飛ぶようなところがチラチラと見えるような気がするんですけどね。増村監督がそこを巧く利用しているようですが。

藤井　全然違いますね。やっぱり一本通して主役をやると、違ってきます。それに『人斬り』のようにゲストとして出る場合は、気が楽なんです。おまけに五社英雄さんは、増村みたいにがんがん言わない、まっしぐらには来ないんですよ。おだてあげておいて、「はい、じゃあこのシーン行きましょう！」と。三島さんがとってもハッピーになったところで、バーンとやる。切腹するところでもね、三島さんはね、ボディビルで鍛えてるから、腹筋が動くんですよ。三島さんがこう動かすでしょ。すると、スタッフが「三島さん、もういっぺんやって！」とか言うとね、喜んじゃって、また見せてくれるんです。もうリラックスしていて、それで撮影するわけですよ。外へ出ると、今度は「三島さん、居合いをやってよ！」と勝が言うんです。すると本気でやるんですよ。うまいんです。そうすると勝がね、「でも、あんまり強そうじゃないな」とか「手を切らなきゃいいけどな」なんで、からかう。僕は心配して見ているんですけど、本当にうまいんですよ。

井上　三島は非常にご機嫌でしたね、『人斬り』のロケの時は。

藤井　それでね、五社さんが何かに書いていましたけど、名古屋かどこかにキャンペーンに行くんですよ、京都から。

佐藤　帰る時ですね。

藤井　三島さんは仕事で東京へ帰らなきゃいけない。五社さんや勝新太郎は名古屋でキャンペーンがある。で、名古屋駅で三島さん一人を残して、「じゃあ」って別れて新幹線を降りた途端に、三島さんはこうスチールを取り出して見るんですよ、嬉しそうな顔をして。それをね、新幹線の窓の外から勝や五社が見ている。そういうところは、何て言うんですかね、やっぱり大物なんですよ。僕らだったら、「あいつらがちょろちょろしていて見られたら沽券にかかわるから、名古屋を発車して五分くらい経ってから見よう」なんて思いますよね。しかし三島さんはすぐに見る。

井上　見たくなって、もう我慢できなくなって見ちゃう。

藤井　それが子供のように可愛く映ると、五社さんが書いている。

■藤井氏と三島

松本　ところで藤井さんは、五十年間にどれだけの映画の企画・製作に関りましたか？

藤井　百八十本か百九十本。大映が潰れる前に、百四十本ぐらいやりました。

佐藤　日本にはこんなに仕事をしている製作者、プロデューサーはいないでしょうね。

藤井　いや、でも今やっている人では、いないです。

松本　大映に入社されてすぐこの担当になったわけですか？

藤井　一番最初は企画部に居りました。最初は一本立ちさせてくれないんですよ。ストーリーを書かされたりいろんなことをやらされるわけです。当時の大映はね、企画を立てて、俳優さんが決まれば、もう良いんですよ。今はそうはいきません。お金を集めるのが大変だし。

山中　当時の大映の映画は、人気の小説を原作にする場合が多かったようですね。藤井さんが手がけられたものだと、伊藤整の『氾濫』だとか谷崎潤一郎の『鍵』だとか源氏鶏太のものとか。それをスター女優を使って撮るというのが主流だったようですね？

藤井　そうです。

井上　増村監督は源氏鶏太のものなどは本当はやりたくないとか、自分のやりたいことは別にあるといった考えだったんですか。

藤井　いや、あの人はね、自分なりに、どこかに興味が持てればやるんですよ。例えば売れている小説で、大スターが出て、といったことにはあんまり拘らないんです。例えば『白い巨塔』というのがあったでしょ。山崎豊子で良く売れていた。脚本は橋本忍で、増村はこれを読んでね、「俺の描こうとする医学界なんてこんなものじゃない。いやだ」って言うんですよ。それが山本薩夫さんの監督で大ヒットするんですよ。だけど、そういうことには全く興味を示さないんです。そのかわり、「うんと短編で小さいやつだけど、やりたい」と言うんですよ。「予算も少ないし、良いの？」って言うと、「良い、面白い」って。例えば、谷崎さんの『刺青』だとか、ああいうのはやりたいんですよ。短編だけれども、谷崎さんのものは割合体質が合うんですよ。他に、彼が良いと言うものはですね、原作は案外つまらない。それを彼がやると凄いんですよ。例えばある企画があったとして、僕が読んでもたいしたことないようなものには、適当な監督が見つからない。そんな時、いまだに「増村さんみたいな人は、もういないなぁ」って言うんです。増村が異彩を放ったのは、短編やたいしたことのない作品の良い所、どこかでピタッと合うところを拡大して、原作をある程度は捨てて、再構築するところなんです。

井上　市川崑に対する対抗心みたいなものは？

藤井　それはないですよ。

井上　藤井さんがおやりになった中で、例えば増村映画の中で、これが一番と言うのは何でしょう？

藤井　そうですね。『巨人と玩具』。それから『曾根崎心中』『大地の子守歌』。後は、大江健三郎原作の『偽大学生』。これは面白いですよ、自分で言うのもおかしいけれど。

松本　藤井さんご自身のこととあわせて、最初に三島さんにお会いになったあたりのことを、お聞かせ下さい。

藤井　僕はね、子供の時からずっと映画をやろうと思っていました。だからね、学校は入れてくれるところがあれば何処でも良いと思っていた。あの頃、戦争中ですけど、推薦入学みたいなのがあったんですよ。そして、今の小樽商大に入った。日本の内地にいるより、北海道のほうが面白いと思って。でもね、小樽は寒くて寒くて、「来なきゃ良かった。いつやめようか」って思っていたら、戦争が激しくなって、授業がなくなって、勤労動員で農村に行ったりした。そうしたら急遽、群馬県の中島飛行機の小泉製作所へ行くことになったんです。

佐藤　三島の勤労動員先ですね。三島と出会ったのは、そこなんですか。

藤井　当時小泉の工場には二万人いたんですよ。ゼロ戦作っている巨大な工場で。それで、木造二階建ての寮がいっぱいあって、僕らの小樽の隣りの隣りあたりに東大法学部がいたんです。その時、三島さんはすでに『花ざかりの森』を出してましたから、誰かがね、「三島由紀夫っていうのがいるよ」って言うんです。「あ、そう？」とか言っていたら、そのうちに東大がいなくなっちゃった、忽然と。海軍と衝突しましてね、引き上げちゃったんです。その時、「東大って凄い学校だね」と思ったんです。軍部とあの当時喧嘩して、学生を皆引き上げるというのはね大変なことですよ。小泉工場のことは、僕は三島さんには言っていないです。なぜ言わなかったか、自分でもわかんないですよ、言いそびれちゃって。知り合って十年も経ってから、「俺あそこにいたんですよ」なんて言ったら、「嘘だろ」ってことになりかねないだろうし。

井上　増村保造は東大法学部で三島と同期なので、やはり小泉に？

藤井　増村にはね、聞いたことがあるんです。「三島さんって知ってた？」って。そうしたら、「知っているよ。あいつは背が低いし、小さいし、授業の時いつも一番前にいた」って言っていた。小泉工場では、空襲警報で防空壕に退避した時、イギリスの詩人の話を三島さんがしていたのを覚えているって言ってました。三島さんは学習院の秀才で、増村は一高の秀才ですからね。一高にしてみれば「学習院なんて」と思っているわけですよ。で、学習院にしてみればね、「一高なんて偉そうにしていても、皆田舎者の集まりだ」っていうことになってるからね。そんなことがあるから、「ほとんど話したことはない」って言ってましたね。それで、久しぶりに『からっ風野郎』で再会した。

松本　藤井さんご自身が三島に直接会ったのは？

藤井　『永すぎた春』をやった時、初めてです。

松本　『永すぎた春』を企画されたのは藤井さんですか。

藤井　そうです。初期の頃の短編は、読んだって難しくって、「何んでこう難しく書くんだろう」って思ったけれど、それでもずっと読んでいましたよ。ファンになっていたから、しょうがない（笑）。そういえば、僕は戦後に早稲田に行ったのですが、その頃、講談社の講堂で文芸講演会があって、その時に三島さんの話を聞きに行きました。三島さんはまだ二十五、六ですよ。僕はこの人は凄いなと思いました。でも、まさか一緒に仕事することになるとは思ってなかった。それも最後の日まで、お付き合いがつづくなんてね。大映に入ったら、これまたちょっと出来すぎているんですけど、僕の下に入ってきた社員の中に中島源太郎っていうのがいたんです。後に文部大臣になりましたが、中島飛行機の中島知久平の息子なんですよ。その中島が僕にね、「三島由紀夫の『永すぎた春』って面白いですよ」って言うから、読んだんです。面白かったですね。そこで三島さんに会いに行ったんですよ。緑ヶ丘にいた頃ですね。それから三島さんとは、小説家と、映画の人間としての付き合いが始まったんですが、でもまぁ、随分いろんなこと教えてもらいましたね。映画の『永すぎた春』は、あの当時かなり粋がって作ったんですよ。昭和三十二年（一九五七）ですからね。だから、日本の娯楽映画と違って、もっとスマートでもっと垢抜けたやつにしようと思ったんです。ボードレールの詩が出てきたでしょう？　今見たらキザ極まりないですけどね。三島さんにしてみれば、『純白の夜』とも違う、『夏子の冒険』とも違う、『にっぽん製』とも違うフレッシュな映画が出来た、と思ってくれたんじゃないかな。僕には言わなかったけど。次に『炎上』をやりましたが、三島さんは「やりたい様にやってくれ」という態度で、自由にやらしてくれましたね。

松本　三島さんが『憂国』のことでまず藤井さんに声をかけたのは、映画製作者の中で一番親しく、信頼していたからでしょうね。まず最初に『永すぎた春』で気に入り、次いで『炎上』という傑作をものした。このことが大きかったんじゃないですか？

藤井　ええ、そうだと思います。『炎上』やった時から本当に親しくなりました。お宅にお邪魔している時にお客が来たりすると、「悪いけど書斎で待っていてくれないか」とか言って、漫画かなんか見せてくれたり。小説については、僕が聞くとね丁寧に答えてくれるんですよ。

松本　どういうきっかけから『炎上』を企画したんですか？

藤井　『金閣寺』の雑誌連載が始まった一回目を見て、これと思ったんです。

佐藤　『金閣寺』はモノローグ色の濃い作品で、映画化は難しいと思いませんでした？

山中　その難題を、シナリオの和田夏十さんが……。

佐藤　金閣寺が燃えるシーンがありますが、これも映画化を難しくするように思われるんですが、どうでしたか？

藤井　僕はね、とにかく「三島由紀夫のものは何でも映画にしよう」というのを第一前提としていたわけです。

松本　いつ頃からですか？

藤井　『永すぎた春』をやってから。僕がやる前に、三島さんの作品の映画化はそんなにないんですよ。

山中　いまも仰った松竹の『純白の夜』だとか『夏子の冒険』とか。

藤井　昭和二十六年に『純白の夜』をやった時に、僕は大映に入ってますが、対抗意識なんてなかったですよ。まだ何も自分で出来るものはなかったですし。三本目の『にっぽん製』を初めて大映がやりました。プロデューサーが土井逸雄。『辻馬車』という戦前の有名な同人雑誌の同人でね。モーパッサンだとかいくつか翻訳してますよ。あの頃の映画会社っていうのは、大映なんて特にそうですけど、当時のいわゆる左翼学生の大物みたいなやつが、流れ込んでくるんですよ。就職できなくて、行くところがないから。それを永田雅一は全部入れちゃうわけです。だから、左翼青年の収容所みたいだったなあ。土井さんもそうですしね。その次が東宝の『潮騒』で、次が『永すぎた春』。その次が『炎上』ですね。『炎上』は三島さんが一番気に入ってくれて、それで親しくなった。それから無差別に、『お嬢さん』だとか『剣』だとか『獣の戯れ』だとか。その間に『憂国』をやったり、『複雑な彼』をやったり、大映が潰れてから、ATGで『音楽』をやったり、『鹿鳴館』をやった。でも、やっぱり『炎上』と『憂国』で、うんと親しくなったんじゃないでしょうかね。だから、三島さんは「この小説は映画になるんじゃないかな」とか、「川端康成さんの『眠れる美女』を俺が映画にするんだったら、あの主人公はこうで、こういうふうにして、女の子はデパートに勤めていて……」とか、いろいろ話してくれるんですよ。それは映画にできなかったですけど。

松本　それにしても市川崑と和田夏十のコンビは、すばらしい映画をつぎつぎと送り出しましたね。

藤井　市川崑と和田夏十さんだから、『炎上』ができたんです。しかし、さすがのお二人も、脚本には難航したんですよ。そのことを僕が三島さんに話したら、なにかの参考にと創作ノートを貸してくれたんです。大学ノート二冊で、僕が読んでも面白い。それをお二人に見せた。そうしたら、夏十さんと崑さんが相談して、有為子を切っちゃった。最初に出てきて、脱走兵だの何だのって、そんなことやってられない――。

佐藤　有為子の場面なんかは絶対美味しいところだと思うんですけどね。だけど、切っちゃうんですね。それで、映画としてのまとまりができた。

藤井　雷蔵がやる丹後出身の若者の暗い青春を描けばいいんだと、焦点が定まって、映画として構築できたんです。

松本　『獣の戯れ』は舟橋和郎さんですね。

藤井　ええ。昭和三十九年には舟橋さんの脚本で『剣』もやっています。三隅研次監督で。僕はあまり良いとは今でも思ってない。だけどね、なぜか最近「『剣』は良い」って皆さん言うんですよ。どこが良いのかと思うんですよ。「雷蔵がストイックで良い」とか言うが、それは雷蔵が良いんでね。

山中　あれは市川雷蔵の企画だったんですか?

藤井　そうです。『炎上』をやった後で、雷蔵は三島さんのファンになっているし、雷蔵の奥さんが、三島さんの奥さんの妹さんと同級生なんですよ。田中真紀子と雷蔵夫人と三島夫人の妹さん、それから俳優の坪内ミキ子、坪内逍遥の孫が、皆、日本女子大の仲間なんですよ。

松本　この間、ビデオで『剣』を見直したんですがね、そんなに悪い映画じゃないですよ。冒頭にね、太陽が出てくるんですが、後の『太陽と鉄』と繋がるところがあるような気がする。舟橋さんは『憂国』について三島と対談をしているし、三島をかなり理解していたんじゃないかな。

藤井　それはありますね。

佐藤　藤井さんは、売れる映画を企画するだけじゃなくて、なにか日本映画として意味のある映画を作ろうというお気持ちが強いでしょう。「私は新しい映画、観念的でもいい、今までの日本映画に無かったような映画を作りたいと思っていた」と「三島由紀夫の映画化」（三島由紀夫論集Ⅱ『三島由紀夫の表現』勉誠出版）でお書きですね。

藤井　そういう気持ちはむろんありますし、その点で、三島さんを頼りにしたところもありますよ。そういうことを言うと馬鹿にされるから、口にはしませんでしたけれど。

松本　三島さんとは映画についてどんな話をなさいましたか。例えば過去の良い映画として、三島さんはどんなものを挙げてました？

藤井　あの人はね、限りなくひどい映画ばっかり話題にするんですよ。『大アマゾンの半魚人』だとかね。

山中　新東宝とかそういうのが好きでしたからね。

藤井　いわゆるゲテモノに近いものですよ。『アマゾンの半魚人』なんてまさにもう。

松本　晩年は東映のヤクザ映画。

井上　まあ、映画は趣味娯楽として面白いものに徹してしたところがありますね。

藤井　でも、本当は『大アマゾンの半魚人』で満足しているような人じゃないです。

佐藤　映画の心理描写が嫌だっていうようなことを言いますよね。カメラワークや技術で人間の心理を見せようとするのは嫌だとか、そんなことを言ってましたね。心理ではなくて、物として見せられるかどうかが勝負だって。三島の『潮騒』のロケ随行記がありますでしょ。あれを見ると、こういうところから三島は始まっているんだ、あんまり僕と変わらないようなところから始まっているな、という印象を持つんですよ。『憂国』についての自作解説とは落差がある。一本筋が通っているのは、映画は物としての人間を見せなければ駄目だというところですね。これは変わらないなと思いましたね。

松本　『金閣寺』は、入ろうとすればどこまでも心理に入れるわけですね。ある意味では心理の迷路そのものでしょ。ところが、映画『炎上』はそれを切り捨てて、映像だけで勝負している。それもリアリズムから超現実的手法まで大胆に使って。だから、評価したのかな。

佐藤　自分自身もオブジェになりたいって言っているわけですからね。

井上　しかし、昭和十年代から二十年代、三十年代、四十年代と映画は随分変わったし、技術も変わったと思うんですけど、そのことと三島の映画観の変遷は、どんな風に関わるんでしょうかね。

藤井　三島さんていうのは偉大だし凄いけれども、同じ世代として、僕は三島さんより二つ下ですけど、戦争中から戦後にかけてのドイツ映画やフランス映画、アメリカ映画、それに小説もですが、どこか、あれこれ言わなくてもわかるところがあるんです。

松本　戦後まもなくフランス映画ブームがあって、戦争中公開されなかった映画が一挙に公開されましたね。僕らもそれを一生懸命見ているわけですけどね、あの時の影響がね、三島さんはあまり書いてないけど、やっぱりあれが元にあるんじゃないかな、という感じはするんですけどね。

藤井　それはあるんじゃないでしょうか。若い時からフランス文学を随分三島さんは読んでいるから、フランス映画に影響されていないということはありえないですよね。『アマゾン』と対極になりますけれども。

松本　専門家の藤井さん相手だから、そんな悪趣味な映画ばかりを（笑）。

佐藤　それはそうかもしれません。

松本　まずは、藤井さんが見ていない映画をって……。

藤井　いやいや、そんなことはないですよ。ただ、やっぱり基本的に言えば「映画は心理を語れない」っていうのが、よくわかっていたから。増村も同じことを言ってますよ。

山中　増村監督もそう言いますか。

佐藤　やっぱり活字文化で育ってきた人の心理ってね、違うと思うんですよね。映画は映画の描き方があって、小説とは全然違うと。特に小説を書く人はそれをよく感じるんだと思うんですね。

藤井　だから、「映画は思想を語れない」というのは、本当ですね。絶対そうかどうかはわかりませんけれど。かつてナレーションを入れるのは邪道だと言われていたのを、フランスのヌーベル・バーグなんかが破るでしょ。ナレーションをバンバン入れる。それで映画が発達したかというと、そうはならなかった。

井上　「映画は心理を語れない」という見方では、三島と増村には接点があったことになるでしょうか。さっき佐藤さんが触れた藤井さんの文章で、増村の論文「原作小説と映画化」から引用しています。「具像的な音と画で表現出来ない主観的なものは、徹底的に客観的なものに転換しなければならない」。こうなんですね。しかし、増村というひとは変わった監督ですね。エピソードも色々あるようで、お昼はカツライスしか食べないとか？

藤井　いや、そんなことはない。

井上　兵隊に行っていますね、増村は。

藤井　終戦間際ですぐ帰って来ています。

佐藤　増村は大正十三年生れでしたね。

松本　三島と数ヶ月しか違わないわけか。だけど、『からっ風野郎』の撮影の現場では、時には刺々しいことがあったようですね……。

藤井　刺々しいなんてものじゃないですよ。もう、罵詈雑言、凄いですよ。

井上　凄い罵詈雑言？

藤井　ええ。それで、増村は撮影が終わった時に言うんですけどね。僕は半分本当で半分嘘だと思うんですけど。要するに、「俺は三島さんでやろうとお前が言うから、やったんじゃないか。俺は三島と東大法学部の同級生だ。やる以上は彼に迷惑をかけちゃいけない。世間から三島由紀夫が映画の主役をやったって笑われちゃいけない。だから、叩かなきゃいけないんだ。その叩き方も、なまじじゃとても駄目だ。芝居にならない。同じことを何回も何回もやらせて、その良いところだけを取って、それをつないでいかなきゃならない」って言うんですよ。「俺はあいつと同級生だからあれくらいやったんだ」って言ったけど、そうじゃなくても増村はかなりうるさいんですからね。「三島さん、何ですか！　その芝居は！」って感じで。「三島さん、あなたのその目はなんですか？　魚の腐ったような目をしないでください！」って酷いことを言う。スターに言っちゃいけないようなことを、バンバン言う。皆、ハラハラするんですよ。

井上　若尾文子も、気の毒でとても三島由紀夫の顔を見ることができなかった。

藤井　若尾文子は、自分の出番がない時は、セットの隅で祈っていた。「このシーンが無事にいきますように」って。だけど、やっぱり三島さん偉かった。あれ、普通だったら喧嘩しますよ。

井上　そういう感じですね。

藤井　それくらいボロくそに言うんですから。「だったら俺はもう辞めた。勝手にやってくれよ」って言って辞めればいい。だけど、三島さんは最後までやり通した。

佐藤　そうなると、三島由紀夫は『からっ風野郎』に出て、本当に良かったんですか？

藤井　いや、映画っていうのが良くわかったんじゃないですか？　凄い経験になったと思いますよ。

井上　五社さんと比べれば全然違うわけです。だから、『からっ風』の監督がまた違えば、三島のその後も違ったんじゃないかなと思う。増村体験は、三島にとって結構傷になりましたでしょ。「スターはもう懲り懲り」って言ってますけど（笑）、この傷は笑い事ではすみませんね。

佐藤　本当に三島由紀夫にとって何か良いことあったんだろうか？　あんな忙しい人だし、本業をやっていた方が良かったんじゃないかと思うんだけど。

松本　その本業をやるうえで、三島には必要だったんじゃないかな。そうでもしなければ、小説や戯曲を書き継いでいくだけの集中力をつくり出せない、といった具合いだったのでは。三島は、緊張には異質な緊張でもって対応する、というところがあったでしょ。

藤井　それにね、小説家の中であれだけ映画を実地に勉強した人はいないんじゃないですか。それはそれでよかったんじゃないですかねえ。

佐藤　あれに出なかったら『憂国』はなかったとは思うんですよ。仮に藤井さんが話を持っていったとしても。

井上　そうですね。

藤井　やっぱり自分の好きなようにもういっぺんやってみたかったんですよ。それはわかりましたね、僕は。三島さんも言わないけれども、『からっ風野郎』で味わおうと思って味わえなかったことを、『憂国』で自分の好きなようにやろうとしたと思うんですよ。

松本 『からっ風』のロケで頭を打って病院に入った時、「増村を殴って来てくれ!」って言っていたとか?

藤井 それはね、半分本気半分ふざけてそう言ったんですよ。そこらへんはもうゆとりが出て来ていたんです、最後のシーンですから。

佐藤 でも、あれだって一週間ぐらい入院してましたでしょう? 一週間目くらいには結果がわかっているからいいようなものの、一日目、二日目って、もう頭の中どうなっちゃっているんだろうって不安だったでしょうね。これにはムカッともするし、とんでもないことになっちゃったみたいなことにもなったでしょう。『サロメ』の演出もしなければならないのに。

藤井 僕がね、「ボクシングをなんでやめたんですか?」って大分前に聞いたんですよ。そうしたら、「あれはね駄目だよ」って言うんです。「頭殴られたらね頭がおかしくなっちゃうから。本業が出来なくなるから」って。ましてや『からっ風』の場合は、もろに頭を打ったわけですからね、バーンと。

井上 その瞬間は?

藤井 見ましたよ。あれは神山繁っていう文学座の役者が殺し屋で出ているんですが、「三島さんね、もっとパーンと派手に倒れなきゃ駄目だよ」とか余計なこと言うものだから、三島さんも、「そうかな」なんて思ってパーンと倒れた。

松本 三島ってひとは素直だなあ。

藤井 それで神山にね、僕は大分後に言ったことがあるんですよ。「あんたが余計なこと言うから」、「いや、俺はあそこまでやるとは思わなかったから」って。

井上 実際はどのような感じだったんですか?

藤井 神山が三島さんを拳銃で、ダンと撃つ。

井上 それでエスカレーターへ倒れたんですね。

藤井 ええ。当然バーンと倒れました。エスカレーターが上がっていくから、三島さんは逆さまになって上へ運ばれていく。本当は撮影ももっとうまくやれば良かったんですけれども。でも、あんなに派手にバーンといくとは思わなかった。エスカレーターの段の角にぎざぎざがあるでしょ。それにバーンと頭を打ちつけた。よくあれで済んだものですよ。僕は病院へ行ってね、「三島さんすみませんでした」とかなんとか言ったけど、黙ってましたよ。割とムスッとしてました。

井上 不安だったんじゃないんですか?

佐藤 不安だったろうと思いますよ。

藤井 でもまぁ、冗談も出たんでもう大丈夫と思いましたが……。

山中 撮り直しの時は怖かったでしょうね。

藤井 その時は万全な体制。で。永田雅一がそれはもう、三島さんのために現場に来たわけですから。スタッフもピリピりしていましたよ。二度とやっちゃいけないから。神山ももう何も言わない。三島さんも真剣っていうか真面目なんですね。そうじゃなきゃ普通二度とやらないですよ。

松本　そういうところまで、責任を貫くんですね。

藤井　映画が完成してから、三島邸に増村や僕たちが招待されたんです。その時、三島さんのお父さんが増村にお礼を言ったんです。「下手な役者をあそこまできちんと使って頂いて」って。増村は驚いてました、けがをさせて申し訳ないと思っていたのに。帰り道、「明治生まれの男は偉い」と、お父さんをほめていましたよ。お父さんは増村の一高の先輩なんです。

■映画『春の雪』

佐藤　映画を作るというのは、本当に大変なことですね。今度の『春の雪』について、色々伺いたいですが、とにかく風景や背景、柱だとか廊下の質感とか、木の質だとかきちんと出ていて良かったですよ。綾倉聡子の家の廊下なんか、こう真っ黒になっているんだけど、女中さんがスッスッスと歩くようなところはもう木が摺れて木肌が出ちゃっているようなところがある。あれは感心しましたね。

松本　日本映画でね、大正の日本の貴族をあれだけかっちり描いた映画はありませんね。初めて見たって感じです。われわれは忘れてるけれど、独特な典雅な世界を作り出していたんですね。平安時代までさかのぼらなくても、手近なところにあった。

佐藤　雪見に出て行くところも良かった。

藤井　あれは駒場で撮影しました。三島由紀夫の原作だって言うと、場所を貸してくれるんですよ。ほとんど本物を使っているんです。

松本　あの庭は本物ですか？

藤井　トップシーンの庭ですか？　栗林公園です、高松の。

松本　ああ、そうかそうか。見たことあるなと思っていたんですけど。

藤井　あそこは全面的に使わせてくれました。ロングの方へ松枝侯爵邸をCGで描いているんですよ。森の向こうに。

佐藤　そうだろうなと思いました。でも、庭がちゃんと写っているから、変な感じがしないんですね。

松本　朱塗りの社殿が出てきますね。あれはどこですか？

藤井　千葉の神社です。

松本　あの場面も凄く印象的ですね。

藤井　台湾の名キャメラマン李屏賓は、色の使い方が上手いんですよ。

松本　松林をとおして見える大仏さんは？　あんな角度から見える大仏があるのかな。

藤井　あれもCGで。

松本　そうですか。あれも凄く効果的だった。忘れられない場面です。

藤井　最初、方角間違えて、大仏が向こう向いていてね。おかしいじゃないかって言って、こう引っくり返した。そういうのが簡単に出来ちゃう。

松本　いや、僕は「あの角度から見える場所があるのかな」と思って、見える箇所があるなら行ってみたいなと思った。あのバックも本当に綺麗だったな。

藤井　帝劇の場面でも上野の東京国立博物館を使わせてもらいました。

佐藤　あ、あそこ使っているんだ。

藤井　あそこで夜中までやらせてもらった。あれも実物というか、あそこでロケーションしなきゃ、あれだけの立体感が出てこないですよね。

松本　あの場所、好きなんですよ。それがうまく使われていたんで、良かった。ただ、棺桶を乗せた舟が繰り返し出てくるのがちょっと……。さほどの欠点にはなっていないと思うけれど、ちょっと緊張が緩んじゃいますね。それから、蝶をあんまり追いかけ過ぎたかな。

佐藤　月修寺の場面。奈良の帯解の円照寺でのロケを見せてもらいましたが。

藤井　円照寺にはあんまり迷惑かけちゃいけないなと思っていたんです。なにしろスタッフが百何十人いて、本当に朝から夜中までやるわけですから。汚したら悪いし、大事なものがあるのに傷つけちゃいけないし。

佐藤　去年の秋にもう一回、円照寺に行ったんですよ。井上さんと。

井上　本当にあのお庭は素敵ですね。

佐藤　ロケの時は、ジーンズを穿いて、髪の毛を結んでいるのが、百人くらいいるわけですよ。引越し屋と同じで玄関から奥まで毛布敷いて傷つけないようにしてワサワサやっているところを見学させてもらいました。次の時は、誰もいないシーンとしているところで行きましたから、まったく違う二つの印象がある。

井上　お寺の方もね、妻夫木君のことなどをいろいろお話してくれました。

佐藤　むしろ感心してましたよね。よく働くなって。

井上　最後に血を吐くために、何度も何度もタバコを吸っていた様子とか。

佐藤　「咳を撮るために、あんなにまでして、役者って大変ですね」って。

井上　そのほか、人力車のことも言ってましたね。あの時代はゴムのタイヤがないわけだから、木の俥を調達したって。

松本　清顕が宿から円照寺へ行くシーンですが、寺の前は本当は階段がないのに、映画では階段に変えていますね。それがまた効果上げていますね。

藤井　そうしないと、芝居にならないですね。山門まで行くのに、長い坂を這っていかなきゃいけない。

松本　あの場面のお寺はどこですか？

藤井　滋賀県のお寺です。あそこだけ撮らせてもらって、ミックスしたんです。

佐藤　円照寺は障子の取っ手のところに菊の紋が切り抜いて貼り付けてあってね。あれはそのまま使ってましたね。
藤井　あれだけよく貸してくれました。三島さんのおかげですよ。普通だったら断られちゃうんだけど。奥も随分借りてますよ。衣裳部屋だとかメイクアップだとか。若尾さんは若尾さんで一部屋空けなきゃいけないし、竹内君は竹内君で一つを空けなきゃいけない。玄関を入ってから奥の部屋まで全部借りちゃった。それに寒いですからね、ヒーターを使わなきゃいけないし、汚しちゃいけないし、神経使った。当然ですけれど。
松本　何日くらい借りたんですか？
藤井　五日間くらいですね。その前に二日間くらい先発隊が行って準備しています。帰る時は片付けるのに時間がかかる。あそこへ入った車の数たるや凄いですよ、もう毎日毎日。トラックだとか電源車だとか入れてますからね。おまけにあそこ寒いですから。
山中　撮影は何月だったんですか？
藤井　四月です。
佐藤　そんなに寒い頃じゃないんだけど、あそこはちょっと寒いんですよ。
松本　『春の雪』で成功して、次の計画も持ち上がってくるんじゃないですか？
藤井　第二部の『奔馬』ですか？　それはわかりません。最初はね、一部が一本、二部が一本、三、四で一本とか言っていたんです。だけど一部だけ作るにしても例えば飯沼が松枝邸を出て、その息子が第二部の『奔馬』に登場するでしょ。だから飯沼から描かなくてはと思うんですが、そうすると、もう無理なんです。飯沼は鹿児島から出てきた書生で、凄く良いキャラクターだし、それだけでもう一本の映画出来ちゃいます。
松本　いろいろ考えてしまいますね。
藤井　だから、いっそのこと、四部作を一本で、一部と二部にわけなくちゃならないでしょうが、やってみたらどうか、なんて、これは夢ですが、考えてます。
松本　なんと大胆な、夢だとしても。
藤井　生まれ変わり、輪廻転生を扱うのには、そうするよりほかありませんでしょ。輪廻転生は、日本よりも外国で理解されそうな気がするのですがね。
松本　藤井さんは、大変野心的なことをお考えなんですね。
井上　『豊饒の海』以外にはどうですか？　『宴のあと』も映画化の話があったように聞きますが。
藤井　『宴のあと』はね、この間調べていたら、ずっと前にいっぺん契約しているんです、東宝と。監督成瀬巳喜男、主演山本富士子でね。実現していたら、面白かったですね。
井上　それはかなり早い段階での話でしたね。
藤井　はい。例のプライバシー裁判になりましたでしょう。それでやっぱり止めようって。あの後でね、フランスでやりたいというのが出てきたんですよ。ダニエル・トスカンさんという大物プロデューサーで、般若苑のマダムはカトリーヌ・ドヌーブ。

佐藤 やっぱり選挙を絡めてやるんですか？　パリ市長選挙で？　三島作品を外国人が外国を舞台にしてやるやり方には、いろいろあってもいいと思いますね。

藤井 『宴のあと』なんか、日本でやるより僕はそっちの方を見たいと思いますね、『午後の曳航』のように。

佐藤 日本でやるんだったら、もうちょっと時代が経ってからでしょうね。都知事選挙だってね、まだ少し生々しい部分が残っていたりするでしょうから。「昔はあんな選挙やっていたんだ」くらいにまで、時間が経ってからの方が良い。

松本 『美しい星』も大分候補になって……。

藤井 あれもね、いろんな監督がやりたいと言っています。一回テレビになったんですよ、連続ドラマに。東京12チャンネルでね。

松本 話を『春の雪』に戻しますと、いまの若い人たちが、超ベテランのプロデューサー藤井さんの下とはいえ、あれだけの映画をよくぞつくってくれたなと思いますよ。本当に日本映画は、たいしたものだ、ともね。いろいろ言われているようだけど、あの監督の才能を買いますね。

佐藤 僕はね、もう一回見直してみないと、ちゃんと言えないなと思っているんですけど、恋愛を中心にまとめたのは良かったとは思うんですけど、あの恋愛は「何か決定的なもの」だと清顕が言いますね。じゃあ、「何か決定的なもの」として恋愛が描かれているかどうかっていうところがね、ちょっと印象がぼんやりしちゃっているんですよ。「何か決定的なもの」としての恋愛にならなくちゃいけなくて、それが核としてあって、その「決定的なもの」を清顕が摑んだから、恋愛が発展していく。聡子もそのことをわかっていたはずなんで、そういう恋愛になっていくはずなんだけど、本当にそう描かれていたかな。普通の恋愛のようにいろんな障害があったり、段取りがあったりして運んでいっただけのような気もするし。

井上 「あれじゃ、清顕はただのイヤな奴だ」という意見もあるようですね。

佐藤 『奔馬』の勲もね、要するに「忠義」とか「純粋」とか「何か決定的なもの」を持ってしまった少年でしょ。それが伝わってこないと、心棒がなくなっちゃって、壊れちゃうんじゃないかと思うんですよ。

松本 そのとおりだけれど、僕が映画『春の雪』を見て感心したのは、あの恋愛がね、日常的な次元からはみ出して、危険なところへどんどん突き進んでいくところがね、非常に良く出ている点ですね。恋愛の恐ろしさ、危険さが、よく表現されていた。

佐藤 恋愛なら「何か決定的なもの」がなくても、危険な方へ向かっていくということがわかるんですよ。恋愛の場合はいろんな人にとってわかりやすいんです。しかし『奔馬』はね、「何か決定的なもの」みたいなものが、ちょっと違和感があるにしても、「こいつはやっぱり何かあるな」みたいなふうに出てこないとね。
松本　その問題は、『剣』も同じですね。『剣』がその問題を扱っていると思う。小説もそうだし、映画もね。あれは脚本家がわかりやすく解きほぐして、新しい物語を組み込んでるけど、それで成功しているかというと、成功はしていないですね。ありふれた学園ものに近づいちゃった。けど『奔馬』をやるのには、そのところで成功しないといけない。
佐藤　映画には女の人が出てこないで男ばっかりだと、商業的にも……。『奔馬』なら鬼頭槇子が出てくる。あの女性がキーポイントですね。
松本　愛ゆえの女の裏切りというテーマも出てくるし、十分に色がつく。
佐藤　『奔馬』はね、勲が変わった奴になっちゃいけないし、だけど、皆で分かち合えるようなものを持っている奴でもないし。そこの部分が大変だろうと思いますね。小説は成功していると思うけど、映像にするのはどうするんだろう？
松本　『剣』の脚色者は、どちらかと言うと、普通の映画のお話を作るレベルで脚本作って、解釈してやっているわけですね。脚色者と監督が、観客層をどこら辺に置いてたか、そこが良くわかる映画ですね。意地悪く言えばね。それに対して『春の雪』は、観客層を考え、恋愛に絞っているんだけれど、踏み込んでいかなくてもいい恋愛の危険地帯へ、あえて二人で、こころをあわせてどんどん入って行った。そのところを的確に表現していたと、僕は感じましたね。若い人は感じないかもしれないけれど。
井上　さっきの佐藤さんの「何か決定的なもの」という話と結びつけると、現在、その「決定的なもの」を感じる領域がググン狭まっているというか、感度がドンドン下がっていると思うんです。逆に言うと、今の若い人たちが、どんな時に「何か決定的なもの」を感じうるか、どこにその可能性が残っているかというと、かろうじて恋愛の中にしか残っていないようなところがあって、さっき佐藤さんが言っていたのもそういうことかな、と聞いてたんですけれども。かろうじて残った恋愛の決定的な重さみたいなものに絞り込む形で映画『春の雪』は出来上がっている。それは松本さんの言うことに通じます。
佐藤　だから、ある種のタブーの現実感みたいなものが薄れていく中で、タブーの現実感を観客の中に高めさせなきゃいけないんだけど、映画に描かれる背景や色んなものの中に現実感が凄くあるものですから、それと結びついて、タブーの現実感も出てきたな、という感じはしているんです。
井上　タブーの重さをあまり感じない人が今いますでしょ。しかし、映画『春の雪』には恋愛のストーリーがしっかり描かれているから、ストーリーがちゃんとあれば、タブーも必然的に生じる。逆に言えば、そこに飯沼が出てきたり、蓼科が大きく出てきたりすると、かろうじて残った恋愛のストーリーの重さというのが、相対化されてしまう。

松本　そういうことになるだろうね。
藤井　そこがやっぱりね、勝負の分かれ目ですね。
井上　だから、『春の雪』は真ん中に恋愛のストーリーを置くという選択をして、その限りにおいては一貫してああいうふうにやるしか仕方がないだろうなと思うんですよ。
佐藤　難しいですね。だから松本さんがさっき仰った、朱塗りの社殿のところ。あそこは斜めから柱が見える。斜めから撮っている。ああいうのはね、やっぱり、危険なことを打ち明けて、それに対して「お姫《ひい》さん、やめなさい」と忠告するような危険さが出ているんですよ。ああいう背景がそれをちゃんと出していると僕は思った。背景が妙にね。
井上　もうちょっと言うと、かろうじて恋愛にそういう「何か決定的なもの」が残っていると言いましたけれども、実際に私たちは九〇年代に、もっと別の「決定的なもの」を体験した筈なんです。それはオウムとか酒鬼薔薇聖斗とかです。九・一一もそうですね。今私たちはそれを封印しているというか、そういう要素とは関わらないように閉じ込めていると言えます。しかし、実を言えば、『奔馬』はそっちの方向でつながりうるかもしれない。けれども、その一線越えるのはなかなか大変ですよね。
藤井　いずれにしろ、ああいう優れた原作は、映画化するのが本当に難しい。いろんな方向へ展開する可能性が詰まっていて、太刀打ちできないようなところがありますでしょ。そして、映画が持っている最大の欠陥をどうやってカバーしていくか、というところに触れなきゃいけないから、本当に難しいんですよ。

三島の死

松本　最後に、これだけ三島に関わりをお持ちだった藤井さんが、十一月二十五日をどういうふうに受け取られたか、そこをお聞きしておかないと。
藤井　これはあまり喋ったことないんだけど、六本木にミスティっていう楯の会の連中がよく会っていたサウナがあって、「そこへ来てくれ」って三島さんが言うんで、不思議だなぁと思ったけれど、行ったんです。そうしたら新潮社の新田さんが来ていてね。それから一緒に寿司屋へ行く途中、歩きながら三島さんがさりげなく言ったんです。「近い将来、わたしの全集が出る時は、映画『憂国』を巻末に入れてくれ」って、新田さんと僕に言ったんです。その時にね、僕も新田さんも気づいてないんですよ。死ぬ決心をしていることに……。
井上　言外に、ちゃんと言ってくれていたのに……。
藤井　あれは何時頃だったか、九月か十月だったかわからないんですけどね。その時は「不思議なことを言うな」とも思わなかったんですよ。今から考えると『『全集』に入れるというのは、16ミリフィルムかなんかをくっつければいいんだな」と思っただけなんです。それ以降はずっと忘れていたんです。そして展覧会の最終日（十一月十七日）に見に行ったら、ちょうど三島さんが来てまして、「俺は帝国ホテルで、中央公論の谷崎潤一郎賞のパーティーがある」って言うから、「じゃあ、僕が送って行きますよ」と言って、車で行ったんです。ちょうど護国寺のところから高速に乗りますね。市川雷蔵の家が見えるんです。だから「あそこは雷蔵さんの家だ」と言ったんです。三島さんは、「この間の君たちが作った雷蔵の本、とっても良い本だったけど、この次やる時は俺が編集してあげる」って言うんですよ。だけどね、もう出来るわけはないんですよね。でもその時は予想もしてないから、「そうですか、すみませんね、お願いしますよ」って言った。「今度やる時は写真をもっと俺は入れようと思う」って言うんですよ。「じゃあ、お任せしますよ」って。それから、あの展覧会は、ご存じのように「書物の河」とか「肉体の河」って会場を四つにわけましたでしょ。それについて、「今日見ていたんだけれども、随分自分も派手にやってきたつもりだけれども、ああやって、何とかの河などと決めちゃうと、あのスペースの中に全部入っちゃうんだ」とか、「人間がやることとっていうのは、所詮その程度だ」というようなことを言うんですよ。もう一つね、「朝起きて、毛布をはたいたら、埃が舞い上がってね、またサーっと落ちて来てベッドに収まる。結局そのようなものだ」って言うんですよ。さりげなく言うから、まさか何かを暗示してるとは思わないでしょ。でも一瞬、不思議な気がしたんですよ。それまでは、いつも車の中でもふざけて冗談言っているんですよ。でも、なぜか僕はね、骨箱がありますでしょ。火葬場で焼いた骨を入れる箱。そんなイメージが頭の中をよぎったんです、その瞬間。だけど三島さんの決意のほどを知らないですからね。「それじゃあ」って別れた。それが三島さんに会った最後ですね。三島さんはもう振り向かずに帝国ホテルに行っちゃった。

松本　それが最後でしたか。

藤井　それから二十一日、夜中に帰ってきたら、三島さんから「今夜どうしても電話欲しい」「いくら遅くてもいいからかけてくれ」っていう伝言があった。僕は、あの人は夜中から朝まで仕事をするって知ってましたから、余程大事な用があるんじゃないかと思って電話入れたんですよ。何を話したか詳しくは覚えてませんが、『憂国』の話をまた始めたんです。この間トリノでやった日本映画のシンポジウムで『憂国』が凄く評判が良かったらしいって前に僕が言っていたものですから。そしたら、その話をもうちょっと聞かせてくれって。僕もあんまり詳しく聞いていないので、「映画評論家で立ち会った人がいるから、その人にもうちょっと詳しく聞いておきます」て言ったんですよ。「悪いけどそうしてくれ」って言うんです。「連休明けにその人に聞いてまた連絡しますよ」って答えたら、「そうして欲しい。じゃあっ！」ってすぐ切る方です。忙しいですから。でも、その時に限って電話を切らないんですよ。僕は勘がいいほうじゃないから、「じゃあ調べときます」ってまた言って、切ろうとしたら三島さんが切らない。それで一時の間ができてね。それで、「じゃあ」ってもういっぺん言うわけですよ。そうしたら「さようなら」と言うんです。二回くらい言いましたかね。で、電話切ってから「今夜はおかしいな」って思った。あんなに歯切れのよい人が今夜に限って、電話をなかなか切らなくて。でも一瞬ですからね。不思議な気が直感的にしただけで、何にもわからなかったです。どうして「さようなら」って言ったんだろう。それはおかしいなって思うけれども、疑いもしませんでしたよ。

三島さんとわたしは、映画をつうじて結びつき、長くお付き合いをして頂いたのですが、映画『憂国』が最後の会話となってしまいました。

松本　まだまだお聞きしたいことがありますが、すでに長時間になりましたので、このへんで――。貴重で興味深いお話を本当にありがとうございました。

藤井浩明（ふじいひろあき）**氏略歴**

昭和二年（一九二七）岡山県生まれ。昭和二十六年早稲田大学文学部英文科卒。同年、大映に入社。東京撮影所企画部長、企画製作本部長を経て、昭和四十六年に退社。独立プロダクション行動社を設立。日本映画テレビプロデューサー協会会員。市川崑、増村保造監督らと組んで、多くの名作を送り出した。

三島映画略説――雑誌、新聞記事から

山中剛史

■「純白の夜」「夏子の冒険」「にっぽん製」、三島原作映画初期のこの三本については、完全な形でフィルムが残存しているか否かも不明である。三島最初の映画化作品「純白の夜」は、ヒッチコックよろしくパーティーのシーンにチラリと三島が出演していると石原慎太郎『三島由紀夫の日蝕』（新潮社）にあるが、編者未見。いずれも三島のエンターテイメント的作品だが、「カルメン故郷に帰る」に続き日本製カラー劇映画の二作目である「夏子の冒険」は当時注目を浴び、〈ライトに桃色や青のフィルターをかけて室内と野外のちがいを出し〉（登川直樹「色彩映画の実現『夏子の冒険』を中村登監督に訊く」「キネマ旬報」昭27・9上）たり、技術的打ち合わせのためスタッフが渡米する（「天然色映画漸く本格化―進歩したフジとコニカラー」「東京新聞」昭27・7・30）など苦労が絶えなかったようだ。映画パンフにはセットを訪れた三島の写真が掲載されているが、ストーリーよりも天然色映画の説明にページが割かれているのが時代を感じさせる。なお、残念ながら「純白の夜」「夏子の冒険」は現存フィルムに不備があるらしく、また「鹿鳴館」はソフト化される予定はないと聞く。

■昨秋公開された「春の雪」は、公開と同時にコミック化というある種マルチな展開がなされたが、「裸体と衣裳」の撮影体験記で知られているように三島が作者役で出演した「不道徳教育講座」などは、初出「週刊明星」全70回の内第8回目連載で早々に映画化が決定、映画封切後も連載は続き、原作と映画と正に二本立ての展開がなされたといってもよい。三島は〈ぼくはニュース映画や映画の予告編には使われたことはあるが、劇映画に出るのはこんどがはじめてだ。これでもメイ優のつもりなんだ。映画出演だって自信がある。主役でならいつでも映画に出るからよろしく〉（「『不道徳教育講座』映画に三島氏も出演」「毎日新聞」昭33・12・1夕）とコメント。翌々年の「からっ風野郎」出演も、この三島をして必然だった感があろう。

増補　三島映画目録

■三島由紀夫原作作品

純白の夜（松竹）昭26・8封切　モノクロ　106分
監督／大庭秀雄　出演／木暮実千代、森雅之、河津清三郎、信欣三ほか（三島出演）＊未ソフト化

夏子の冒険（松竹）昭28・1封切　カラー　95分
監督／中村登　出演／角梨枝子、若原雅夫、東山千栄子、淡路恵子ほか＊未ソフト化

にっぽん製（大映）昭28・12封切　モノクロ97分
監督／島耕二　出演／山本富士子、上原謙、三田隆、木村三津子ほか＊未ソフト化

潮騒（東宝）昭29・10封切　モノクロ96分
監督／谷口千吉　出演／久保明、青山京子、三船敏郎、上田吉二郎ほか＊未ソフト化

永すぎた春（大映）昭32・5封切　カラー

■三島は自作の映画化の際、撮影現場をしばしば訪れていたようで、丸山明宏も出演している「永すぎた春」（「若尾、川口と意気投合―三島由紀夫氏『永すぎた春』のセットへ」「東京新聞」昭32・4・12夕）や、新婚旅行の途中に訪れた「炎上」（「『炎上』のセット訪れた三島氏夫婦」「毎日新聞」昭33・6・10夕）など新聞の芸能欄を賑わせているが、サンケイホールでの舞台にあわせて映画化された京マチ子主演「黒蜥蜴」の撮影現場には、原作者乱歩と共に訪れ、〈監督、出演者の顔ぶれからみて実は大人向きの作品になるのではないかと心配していた。しかしラッシュを見ると子どもも大人も楽しめる作品になっているので安心した。ミュージカル映画としてもすぐれている〉とコメント（「不気味な感じに満足『黒蜥蜴』のセット作者の乱歩氏が訪問」「東京新聞」昭37・2・22夕）。

■五度映画化された「潮騒」の第一作では、「『潮騒』ロケ随行記」で知られるように三島は音楽担当の黛敏郎と共に神島ロケ地を訪れている。〈三島氏は灯台監視塔から双眼鏡であたりを眺め、朗々たる調子でその風光を絶賛するのがお得意、ヒロインの青山京子らも、その自然の描写する三島先生のお言葉の美しいのに思わず聞きほれたわ、と感嘆を久しうした〉と、当時の映画パンフにある。

■ＶＨＳ化された「黒蜥蜴」、「からっ風野郎」「炎上」「剣」「永すぎた春」「獣の戯れ」「複雑な彼」とＤＶＤ化された大映の三島映画だが、「にっぽん製」と同じくソフト化されていない「お嬢さん」は、三島が〈「からっ風野郎」に映画初主演したとき共演した若尾にその小説の構想を話して聞かせ、すかり《ママ》乗り気になった若尾に「それでは映画化権をあげましょう」ということに〉（「若い娘の新しい考え方『お嬢さん』」「帝都日日新聞」昭36・2・16）なり、〈主役の若尾文子は、自分の衣裳二十二点をデザイン〉（「若尾ちゃんの〝お嬢さん〟モード」「週刊女性」昭36・2・26）したというもので、〈二十二のデザインはなかなかの好評とあって某デパートがさっそく〝お嬢さんコーナー特売〟の申込みをしてきている〉（「若尾の入浴場面から―『お嬢さん』湯河原新婚旅行ロケ」「東京新聞」昭36・2・3夕）ほどであったそうだ。

■〈ノーマルな状態における人間と、獣的な生活の間に横たわる二重構造を描ければ、この映画は成功〉（「大映で『獣の戯れ』映画化―三島文学に肉薄」「読売新聞」昭39・3・25夕）とその映画化について三島がコメン

99分
監督／田中重雄　出演／若尾文子、川口浩、船越英二、花布辰男、沢村貞子ほか　＊角川ヘラルド映画よりＤＶＤ発売

美徳のよろめき（日活）昭32・10封切　モノクロ96分
監督／中平康　出演／月丘夢路、三国連太郎、葉山良二、宮城千賀子ほか　＊未ソフト化。ＣＳ放送などで放送歴あり

炎上（大映）昭33・8封切　モノクロ99分
監督／市川崑　出演／市川雷蔵、仲代達矢、中村鴈治郎、北林谷栄ほか　＊角川映画よりＤＶＤ発売

不道徳教育講座（日活）昭34・1封切　モノクロ89分
監督／西河克己　出演／大坂志郎、月丘夢路、信欣三、三崎千恵子ほか（三島出演）　＊未ソフト化。ＣＳ放送などで放送歴あり

灯台（東宝）昭34・2封切　モノクロ64分
監督／鈴木英夫　出演／久保明、津島恵子、河津清三郎、柳川慶子ほか　＊未ソフト化。ＣＳ放送などで放送歴あり

トする「獣の戯れ」も、「永すぎた春」「お嬢さん」に続いて若尾文子の主演だが、演技には相当な苦労があったようで、愛欲に溺れる人妻役は〈あんまり立て続けなので本当はご辞退したいんです〉（「明るい空、ジメジメした愛欲―『獣の戯れ』伊豆土肥海岸ロケ」「東京新聞」昭39・5・13夕）との若尾のコメントもある。

■「裸体と衣裳」にあるように、新婚旅行の途次「美徳のよろめき」を見てその出来映えに幻滅した三島だが、同じ日活作品でも「愛の渇き」は「炎上」の次に原作映画の成功作として認めている。そもそも〈歌謡、アクションもの全盛の日活路線の中で「難解すぎて商売に向かない」〉（「日活『愛の渇き』を芸術祭参加に」「東京新聞」昭41・8・20夕）と一年間お蔵入りになっていたものだが、〈ジャン・リュック・ゴダール監督が「これが公開されぬ理由がわからない。あまりにも美しすぎることが危険であるということか」といったと伝えられ〉（「『愛の渇き』一年ぶりに日の目見る」「東京新聞」昭42・2・10夕）、蔵原惟繕監督の「愛と死の記録」の好評を受けようやく成人映画として、封切りされたというわくがあることは余り知られていないかもしれない。

■いわゆるSP（sister picture）映画として製作された「灯台」は、若い作家の原作を若いスタッフ・キャストで若い客層を狙うといった新企画（「文芸作の若返りをねらう―第一作は三島由紀夫の『灯台』映画化」「産経新聞」昭33・10・3夕）だったそうだが、同じく東宝で本編として「肉体の学校」を映画化した際には会社に相当渋い顔をされ、次作として会社に提出した「午後の曳航」映画化企画は通らなかったと監督が回想している（木下亮「野ゆき山ゆき映画ゆき―私の映画人生」「映画論叢」平16・3）。その「午後の曳航」も後に海外で映画化、「肉体の学校」も近年フランスで映画化された。編者も先日漸くアテネフランセ文化センターで見る機会を得たが、後者は一部で上映されるほかは一般封切りはなさそうである。

■三島生前に映画化を謳われながら結局没後になって映画化されることとなった作品としては「音楽」がある。当初松竹で映画化の企画があり、三島と中村登監督、主演の岩下志麻が打ち合わせし（「三島由紀夫の『音楽』映画化」「朝日新聞」昭40・7・26夕）、シナリオまで発表（「シナリオ」昭40・10）されながら結局は実現されず、後に増村保造監督によって映画化されている。

お嬢さん（大映）昭36・2封切　カラー79分
監督／弓削太郎　出演／若尾文子、川口浩、野添ひとみ、田宮二郎ほか　＊未ソフト化。CS放送などで放送歴あり

黒蜥蜴（大映）昭37・3封切　カラー102分
監督／井上梅次　出演／京マチ子、大木実、叶順子、川口浩ほか　＊大映よりビデオ発売されていたが現在絶版

剣（大映）昭39・3封切　モノクロ95分
監督／三隅研次　出演／市川雷蔵、長谷川明男、藤由紀子、川津祐介ほか　＊角川映画よりDVD発売

潮騒（日活）昭39・4封切　カラー82分
監督／森永健次郎　出演／吉永小百合、浜田光夫、石山健二郎、平田大三郎ほか　＊日活よりビデオ発売

獣の戯れ（大映）昭39・5封切　モノクロ94分
監督／富本壮吉　出演／若尾文子、河津清三郎、伊藤孝雄、三島雅夫ほか　＊角川ヘラルド映画よりDVD発売

■連載第一回早々「大映映画化」と銘打たれ、初出「女性セブン」ではタイアップ企画として座談会なども行われた「複雑な彼」の例もあるが、単行本の帯に宣伝文句として映画化と印刷されただけで終わってしまったものも少なくない。「愛の疾走」（東映映画化決定）や「鹿鳴館」（渋谷実監督、松竹）などがそうである。また、成瀬巳喜男監督、山本富士子主演「宴のあと」（「映画になる『宴のあと』」「週刊文春」昭36・5・29）などは実現していたらさぞやとも思われる。

■主に三島生前の原作映画について述べてきたが、三島原作ではない三島出演作「からっ風野郎」「人斬り」については記事も相当な数があり、他日を期したい。また、三島監督主演作品「憂国」は、三島没後フィルムは全て回収・焼却されたという神話に閉ざされてきた（「封印される三島の『憂国』」「サンデー毎日」昭46・4・25）が、実は二十数年前に一部で上映された記録が残っており（「三島由紀夫研究会結成十周年記念」冊子、昭56・2）、また数年前よりアメリカのカルトビデオ店で英語字幕版の海賊版が販売され世に出回っていた。「三島由紀夫映画祭２００６」で三十数年ぶりに正規上映されＤＶＤ化されたことは、三島研究にとっても衝撃的な事件といってよいだろう。近年、ソフト化されていない作品もＣＳ放送等で放映されているが、それらの作品のＤＶＤ化が望まれるところである。

肉体の学校（東宝）昭40・2封切 モノクロ95分
監督／木下亮 出演／岸田今日子、山崎努、市川翠扇、田中明夫ほか＊未ソフト化

憂 国（三島由紀夫／ＡＴＧ） 昭41・4封切 モノクロ28分
監督／三島由紀夫（演出／堂本正樹） 出演／三島由紀夫、鶴岡淑子＊新潮社、東宝よりＤＶＤ発売

複雑な彼（大映）昭41・6封切 カラー84分
監督／島耕二 出演／田宮二郎、高毬子、中村伸郎、滝瑛子ほか＊角川ヘラルド映画よりＤＶＤ発売

愛の渇き（日活）昭42・2封切 モノクロ99分
監督／蔵原惟繕 出演／浅丘ルリ子、中村伸郎、石立鉄男、山内明ほか＊未ソフト化。ＣＳ放送などで放送歴あり

黒蜥蜴（松竹）昭43・8封切 カラー86分
監督／深作欣二 出演／丸山明宏、木村功、川津祐介、松岡きっこほか（三島出演）＊ＲＣＡコロムビアよりビデオ発売されていたが現在絶版

潮 騒（東宝）昭46・9封切 カラー88分
監督／森谷司郎 出演／朝比奈逸人、小野里みどり、佐々木勝彦、木内みどりほか＊未ソフト化

音 楽（行動社＋ＡＴＧ／ＡＴＧ）昭47・11封切 カラー１０３分
監督／増村保造 出演／黒沢のり子、細川俊之、森次浩司、高橋長英ほか＊東宝よりビデオ発売されていたが現在絶版

潮 騒（東宝＋ホリプロ／東宝）昭50・4封切 カラー93分
監督／西河克己 出演／山口百恵、三浦友和、中島久之、中村竹弥ほか＊東芝ＥＭＩよりＤＶＤ発売

金閣寺（たかばやしよういちプロ＋映像京都＋ＡＴＧ／ＡＴＧ）昭51・7封切 カラー１０９分
監督／高林陽一 出演／篠田三郎、柴俊夫、

横光勝彦、島村佳江ほか＊東宝よりビデオ発売されていたが現在絶版

午後の曳航 The Sailor who fell from grace with the sea（マーティン・ポール＋ルイス・ジョン・カルリーノ・プロ／日本ヘラルド映画）昭51・8封切　カラー105分
監督／ルイス・ジョン・カルリーノ　出演／サラ・マイルズ、クリス・クリストファーソン、ジョナサン・カーンほか＊イマジカよりDVD発売

幸福号出帆（関文グループ＋三宝プロ／東映セントラルフィルム）昭55・11封切　カラー112分
監督／斎藤耕一　出演／藤真利子、倉越一郎、加藤治子、岸田今日子ほか＊ジャパンホームビデオよりビデオ発売されていたが現在絶版

愛の処刑（墨プロモーション）昭58・11封切　カラー60分＊神山保（名義）原作
監督／野上正義　出演／御木平介、石神一＊フェスタ・エンタープライズよりビデオ発売されていたが現在絶版

潮騒（ホリ企画／東宝）昭60・10封切　カラー101分
監督／小谷承靖　出演／堀ちえみ、鶴見辰吾、五代高之、丹波哲郎ほか＊東宝よりビデオ発売されていたが現在絶版

鹿鳴館（MARUGEN-FILM／東宝）昭61・9封切　カラー125分
監督／市川崑　出演／浅丘ルリ子、菅原文太、石坂浩二、中井貴一ほか＊未ソフト化

肉体の学校 L'Ecole de la Chair（ORSANSプロ）1998（日本未公開）カラー105分
監督／ブノワ・ジャコ　出演／イザベル・ユペール、ヴァンサン・マルチネス、ヴァンサン・ランドンほか＊国内未ソフト化。海外ではDVD化されている

春の雪（「春の雪」製作委員会／東宝）平17・10封切　カラー150分
監督／行定勲　出演／妻夫木聡、竹内結子、榎木孝明、大楠道代ほか＊東宝よりDVD発売

■三島由紀夫（非原作）出演作品

からっ風野郎（大映）昭35・3封切　カラー96分
監督／増村保造　出演／三島由紀夫、若尾文子、船越英二、水谷良重ほか＊大映よりDVD発売

人斬り（フジテレビジョン＋勝プロ／大映）昭44・8封切　カラー140分
監督／五社英雄　出演／勝新太郎、仲代達矢、石原裕次郎、三島由紀夫ほか＊ポニーよりビデオ発売されていたが現在絶版

■三島由紀夫関連作品

MISHIMA A life in four chapters（フィルムリンク・インターナショナル＋ゾエトロープ＋ルーカス・フィルム）1985年（日本未公開）カラー／モノクロ121分
監督／ポール・シュレイダー　出演／緒形拳、坂東八十助、永島敏行、沢田研二ほか＊国内未ソフト化。海外ではDVD化されている

みやび三島由紀夫（田中千世子／パンドラ）平17・10封切　カラー74分
監督／田中千世子　出演／平野啓一郎、関根祥人、野村万之丞、柳幸典ほか＊未ソフト化

（山中剛史）

特集　三島由紀夫と映画

「三島映画」の世界

井上隆史

1

作家と映画との関わり方について考える場合、小説とは異なる映画独特の表現方法を作家はどのように捉えているのか、もし彼がシナリオを書いたり、監督を務めたりするとすれば、それは小説の方法論とどんな風に関わりあっているかといったことが、主要なテーマになることが多いだろう。しかし、三島の場合はそうではない。

映画は子供のときから好きでしたが、いつも鑑賞者、観客として終始して、裏へ入ってみようという気はなかったんですけど、ふとした機縁から『からっ風野郎』という映画に演技者として出て、それから面白くなってしまった。

これは、自作自演の映画「憂国」封切に際してのインタビュー「『憂国』を語る」（「シナリオ」昭41・4、聞き手舟橋和郎）での言葉である。ここから言えるのは、「映画に出演するということは、三島にとって何を意味しているか」という点が、彼と映画との関わりを考える上で最も重要な問いだということだ。これは、かなり風変りな問題設定である。映画に関心を持った作家は数多くいるが、出演者としてスクリーンを賑わした人物は、三島の他にはちょっと考えられない。もっとも、三島は役者としては二流以下であり、それにもかかわらず「からっ風野郎」では若尾文子との共演でちんぴらヤクザを熱演し、ロケ中には頭を打って入院までしたのだから、賑わしたのはスクリーンと言うよりもスクリーン外のマスコミだという声もあろう。しかしそうだとすれば、そんな作家はますます稀有の存在なのである。

他方、作家は原作者として映画に関わることも多く、三島作品も昭和二十六年の「純白の夜」から昨年の「春の雪」に至るまで、数多くの小説が映画化されている。なかでも、市川崑監督の「炎上」（昭33、「金閣寺」の映画化）、ルイス・ジョン・カルリーノ監督の「午後の曳航」（昭51、舞台を横浜から英国の港町に移した）は傑作で、私もたいへん好きな作品だが、三島本人は自作の映画化に関してどんなことを言っているのだろうか。

私は自分の小説と、映画とは全然別物だと思っており、今もその気持は変らないが『潮騒』以前は、あまりに映画に無関心でありすぎた。

これは「私の原作映画」(「週刊朝日別冊」昭31・10)の一節で、中村真一郎の脚本による映画「潮騒」(昭29)以降、映画への接し方が変化したことを述べたものである。だがこのことは、三島が原作者として映画そのものへの興味、愛着を深めたということを意味しない。「潮騒」の神島ロケに随行した三島は、不思議なことを書き残している。三島が名付けた名を名乗る俳優が、三島が描いた行為を、三島の目前で演じてみせる。それについて、次のように言う。

小説では、どんなに劇しい行為を描いても、作者には行為の意味だけがわかっていて、行為の体験というものはないのであるが、映画俳優は、目の前でその行為を演じてみせるのである。すると作者は、行為の意味はどこかへ行ってしまって、行為だけが動いてゆくような不安を与えられる。事実はその行為とて、演技にすぎず、実人生上の行為ではないのであるが、その行為が作者にとって他人の肉体を通じて実現されるのを見ると、行為ははっきりした独自の輪郭をもち、しかもそれが他人の精神という不安なものに、委ねられているのが怖ろしくなるのである。(「『潮騒』ロケ随行記」、「婦人公論」昭29・11)

自分の作品が映画化されれば、それだけ自分の世界が広がるような面白さを感じ、映画への興味も膨らむのが普通ではないだろうか(逆に、自分の世界が踏みにじられる不快感を感じることもあるだろうが)。しかし、ここで言われているのは、全く別の事柄である。ここには、「作家=登場人物の行為の内面的動機を了解している精神」と、「俳優=内面的動機とは無関係に、ただ単にアクションを演じている肉体」との分裂に直面した三島の戸惑いが現われ出ている。先の引用にあるように、三島が「潮騒」以降、映画への関心を強めたとすれば、それはこの戸惑いを解消するために、脚本家や監督に対して作家としての考えやモチーフをはっきり提示すべきだと考えるようになったということだろう。事実「潮騒」でも、その後の「炎上」でも、三島はそのように振舞っている。だが、繰り返すが、これは映画に対する原作者の興味とは別ものである。むしろ、映画はあくまでも他者であり、その他者に対して作家としての自己の精神をいかに守るかという姿勢で貫かれている。

つまり、なるほど三島は幼時から映画好きであったし、多くの作品が映画化されてもいるのだが、みずからも芸術的表現を行う者の一人として映画の方法論に興味を抱くとか、原作者として映画に深い関心を寄せるというようなこととは、どうも縁遠かったように思われるのである。

そんな三島にとって俳優として映画に出演することは、自己を捨て他者の世界の存在となり、動機や意味を失った行為を演ずることに他ならなかった。そのような場面においても、あくまでも作家としての自己の立場にこだわり続けるならば、三島は精神と行為の二極への分裂を余儀なくされる。これは、決して安定した存在のあり方ではない。だが、もっぱら俳優としてのみ関わるのであれば、どうだろう。三島は作家としての精神のあり方に一定期間の「休暇」を与え、その「休暇」中に自由に行為(無目的な行為、行為のための行為)の世界を楽しむことが出来るはずだ。それは他者になりすます、と言うよりむしろ、純粋なモノになりすます快楽である。大映の永田雅一社長から映画出演の話を持ちかけられた時、三島がこれを受けたのは、実のところ彼の中に元々そういう快楽を求める気持が潜んでいたからに違いない。

このことを三島は、「ぼくはオブジェになりたい」(「週刊コウロン」昭34・12・1)の中で、次のように言っている。

ぼくは、実は映画の俳優というものに独特の考え方を持っていた。(中略)

たとえば、人が庭を右から左へ駈けて行く。なぜ駈けて行くのだろうと、誰でも考える。忘れものをしたので駈けているのだろう。だから、まっすぐ駈けるのだろうということになる。そういう姿の限りにおいては、一つのアクションだが、芝居や映画の場合、庭を駈けるという行為は、人に命じられている行為であって、なにか忘れものをした人の演技をやっているわけだから、自分の意志の問題ではない。

ぼくは、そういう自分の意志を他人にとられてしまったような、ニセモノの行動に、非常な魅力があって、それで俳優になりたいのだ。(中略)

ニセモノの行動が、なるたけ行動らしく見え、本モノらしく見える、ニセモノ性の強烈なのは、舞台より、なんといっても映画である。

いちばん行動らしくみえて、いちばん行動から遠いもの、それが映画俳優の演技と考え、ぼくはその原理に魅力を感じた。

言葉をかえて言えば、映画俳優は極度にオブジェである。

こういう考えから、三島は「からっ風野郎」のクランク・インに臨んだのである。

だがこれは、映画の現実を知っている者から見れば、抽象的な観念論と言うより他ない考え方かもしれない。だいたい俳優が演ずる登場人物の行為は、俳優の意志と監督の意志、原作者や脚本家の意志などが交わりあい葛藤したり融合したりする状態から生み出される産物であり、俳優個人の意志から切断されたニセモノの行動というわけではない。俳優の意志は、彼個人の意志でありながら同時に監督の意志を反映しつつ行為を行う作中人物の意志と化すのであり、そのような多層的とでも言うべき状態を生きるのが、俳優という存在ではないのか。だから、三島のような考えを抱いて撮影現場に臨む者は、ただただ困惑するしかないのである。

一方、「からっ風野郎」の監督を務めたのは増村保造だが、従来の日本映画にはないダイナミズムやスピード、画面上の人物の配置などを自分で組み立て、それをグイグイ押し出してゆく増村のやり方は、ある意味で三島以上に観念的だと言える。そうであるならば、元々映画の世界では素人で演技も不得手な三島は、結局のところ増村のペースに強引に巻き込まれ、押さえ込まれるようになるだろう。実際、ロケは三島にとって極めて過酷なものとなり、その様子は、本誌座談会での映画プロデューサー藤井浩明氏の言葉からも生々しく伝わって来る。

その結果、撮影完了後には三島本人も、とにかく俳優というのは大変な商売で、単に「オブジェ」などと言ってやり通せるものではない、それは共演した若尾文子や船越英二を見ればわかると述べるに至ったのだった（「映画俳優オブジェ論」、「京都新聞」昭35・3・28）。もっとも三島は、おのれ自身に限って言えば、やはり自分はオブジェであったと述べている。だがそれが、当初主張していたような俳優の特異な存在様式について言ったものというより、むしろ増村監督の指示通りに演技することが出来ず、撮影は苦労の連続だったことを、苦笑交じりに吐露した文章であることは、一読して明らかである。

> たとえば、ぼくの芝居がはじめの増村監督の意図にどうしても合わない。シナリオではヤクザの二代目朝比奈は豪傑で利発な男になっていたのだが、間のびしたぼくの仕草やセリフではどうしてもその味が出せないのだ。そこで困り抜いた監督はさっそくぼくを間が抜けて、ケンカも気も弱いヤクザに作り変えてしまった。作り変えてはじめてなんとか見られるようになった。これなど監督の前では、完全にオブジェに過ぎないぼくだったわけだ。（「映画俳優オブジェ論」）

実際、「からっ風野郎」を鑑賞する人は、「自分の意志を他人にとられてしまったような、ニセモノの行動」をする者としてのオブジェを見るわけではないのであって、下手ながら監督の命ずるままに必死で演技をしようとする三島、あるいは必死で演技をしてもやはり下手な三島の仕草や振る舞いが、否応なく眼に飛び込んでくるのである。面白いのは、そういう三島の姿によって、弱気で知恵も足りないヤクザの生き様が思いがけなくリアルに表現されているようにも見えることだ。実のところそれは増村監督の計算の内だったかもしれず、この意味では「からっ風野郎」は増村映画の中でも異色の傑作と言いうるが、たとえ観客の何割かがそのように考えたとしても、三島本人にとって映画初主演の体験が深い傷になったことは拭い去りがたい。三島は撮影終了後、演技はやり直したいところばかりだが、映画に出るのはもうたくさんだと語っている（「日刊スポーツ」昭35・6・16）。作家としての精神の「休暇」中に自由に行為の世界を楽しむなどと言っている場合ではなかったのである。

2

しかしそうだとすると、「からっ風野郎」に出演してから映画が面白くなったという、冒頭の引用にある言葉と食い違ってくる。「からっ風野郎」の撮影直後には映画はもうコリゴリと言っていた三島だが、「憂国」の企画、撮影が行われた昭和四十年までの間に考え方が変ったのだろうか。

ここで、三島にとって「からっ風野郎」に出演することは、何を意味していたのかということを、改めて整理してみよう。それは第一にオブジェと化そうとすることであり、第二に困難を極めた苦汁の日々の体験であり、もう一点付け加えるとすれば、第三にマスコミの話題の的となることである。

このことを念頭に置いて三島の年譜を眺めてみたい。「からっ風野郎」の企画は昭和三十四年秋から具体化し、クランク・インは三十五年二月八日、三月十四日に撮影終了し、同月二十三日に封切された。この頃の、作家としての三島の心境を知るのに格好の書簡がある。それは、三十四年十二月十八日付川端康成宛書簡である。一節を引用しよう。

> 足かけ二年がかりの「鏡子の家」が大失敗といふ世評に決りましたので、いい加減イヤになりました。努力で仕事の値打は決るものではないが、努力が大きいと、それだけ失望も大きいので、あんまり大努力はせぬ方がよいかとも考へられます。中公の連載は「楽に楽に」と行くつもりですが、やはり書き出してみると、さうも参りません。材料の般若苑の話が、裏話が集まれば集まるほど、面白すぎるので、材料負けの危険もあると思ひます。本当は一年ぐらゐ、遊んでゐるとよいのですが、日本にゐると、さうも参りません。

三島が力を込めて執筆した書下ろし長篇「鏡子の家」は、昭和三十四年九月に刊行されたが、その文壇的評価は芳しくなく、三島に深刻な精神的ダメージを与えた。このことはよく知られている。その挽回の意味も込めて三島が執筆したのが、右に「中公の連載」と呼ばれている小説「宴のあと」である。すると、ちょうど「宴のあと」の前半を執筆している時期に、三島は映画撮影を行っていたことになる。

この年譜的事実を踏まえるならば、三島にとって「からっ風野郎」に出演することが、何を意味していたかという問いに対するもう一つの答えが見えてくるだろう。すなわち、「からっ風野郎」の撮影は、どんなに苦痛に満ちた体験であったにせよ、三島の作家生活にとって非日常の経験であったがゆえに、「鏡子の家」執筆後の鬱屈した精神状況からの脱出、少なくとも気分を転換させる役目を果たしたと言えるのである。平たく言ってしまえば、映画というお祭り騒ぎによって、「鏡子の家」不評の憂さを晴らしたということだ。

その役割は充分に果たされ、三島は「宴のあと」の執筆のペースを次第に整えてゆく。ただし、映画出演がなければ「鏡子の家」が不評である理由をもっと突き詰めて考えることが出来たはずだという見方も可能なので、この意味では映画出演を勧めた永田雅一は文学者としての三島に悪影響を与えたとも言える。しかし事実としてはっきりしているのは、小説以外のものに時間とエネルギーを集中的に注ぐことで三島が精神のバランスを保ち、「鏡子の家」の不評という事態を乗り越えて「宴のあと」の執筆に向かっていったと言いうる部分が少なからずあるということである。

撮影直後の三島は映画に辟易していたので、右のように明確に意識することはなかったかもしれない。しかし、その後再び文学的、精神的沈滞期に陥った際に、映画出演が自分にもたらした一種の劇薬的効果を思い起こして、改めて映画を面白いと感じるようになり、今度は自分自身の企画による映画出演を企図するようになった。その映画こそ「憂国」であったと言えるであろう。昭和四十年になって急に「憂国」映画化が具体化した最大の理由は、この辺に存しているように思われる。三島は昭和四十一年に「英霊の声」を発表するなど、この時期に二・二六事件への関心を深めていたが、それだけではあえて映画製作を行おうとしたことの理由にはならないのである。

ところで、今、三島が再び文学的、精神的沈滞期に陥った際……、と述べたが、その経緯をもう少し具体的に見ておきたい。

ここで精神的沈滞期と言っているのは、三島が「この集は、私の今までの全作品のうちで、もつとも頽廃的なものであらう。私は自分の疲労と、無力感と、酸え腐れた心情のデカダンスと、そのすべてをこの四篇にこめた」と自注する短篇集「三熊野詣」（新潮社、昭40・7）執筆のころであり、「英霊の声」（河出書房新社、昭41・6）の跋文「二・二六事件と私」において、「私の中の故しれぬ鬱屈は日ましにつのり」ったと述べられている昭和三十年代後半から四十年ぐらいまでのことである。

この時期の三島は、「宴のあと」に関するプライバシー裁判を提訴され、「風流夢譚」事件に巻き込まれ、また二度にわたる文学座分裂に直面するなど、日々の生活において余裕を失っていた。その一方で、高度成長に伴う社会の大衆化が進展し、みずからも家庭を持ち二児の父となる。これは、通常なら精神生活を安定させる出来事かもしれない。しかしこの時三島に求められたのはニヒリズムと死の美学を根底から放棄することであり、それは彼にとってみずからの文学的基盤の喪失を意味していたという点において、むしろ危機的な事態だったのである。

実を言えば、この危機を乗り越えるために三島が企図したプランのうち最大のものは、ライフワークとなる長篇「豊饒の海」の執筆である。しかし、「春の雪」の起筆が、映画「憂国」の撮影終了からおよそ一ヵ月後の昭和四十年六月だったことを考えると、「豊饒の海」の執筆に先立ち映画「憂国」が、危機を抜け出す切っ掛けとしての役割を果たしたことは、疑えないところであろう。

では、三島は映画「憂国」製作に関して、どのようなことを言っているか。以下に引用するのは、「『憂国』の謎」（「アートシアター」昭41・4）である。

さて、私は俳優、殊に映画俳優というもののふしぎに魅せられていた。正直に言って、これは俳優芸術のうちでも、もっとも自発性の薄い分野である。ある意味では、影の影、幻の幻である。しかし、自発性、意志性が薄くなるに従って、存在性が重要性を増してくる。彼が影であることと、彼が確乎とした存在であることは、豪も矛盾しない。まず彼が、目に見えるモノとしての存在感と「それらしさ」に充ちあふれていなければ、影の影、幻の幻としての、自律性を持ちえないのである。

これは、「からっ風野郎」主演の際に唱えた俳優の特異な存在様式についての考えを、再論したものと言える。先に引用した「映画俳優オブジェ論」では、俳優はオブジェであるという主張を、当初ほど強く打ち出していないように読むことが出来たが、ここでは再び自説に戻ったことになろうか。俳優のモノとしての存在性を強調している点では、以前より一歩深く踏み込んでいると言っても良い。

三島はさらに、小説家、劇作家である自分は、俳優とは反対に精神、意志、知性その他の自発性を第一条件とする存在だが、そのような存在であればあるほど、単なるモノとしての存在性を作品に委譲してしまい、みずからは存在性が稀薄になると述べ、次のように続ける。

ここに芸術家の存在性への飢渇がはじまる。私は心魂にしみて、この飢渇を味わった人間だと思っている。そういう私が、存在性だけに、その八十パーセントがかかっている映画俳優というふしぎなモノに、なり代ろうとする欲求は自然であろう。

いわば私は、不在証明《アリバイ》を作ろうとしたのではなく、その逆の、存在証明をしたい、という欲求にかられたのである。（中略）そして、そういうときの「私」とは、世間の既成観念にとじこめられている小説家としての「私」ではなく、もっと原質的な、もっと始源的な「私」であることは、いうまでもない。

ここでは、作家であるがために強いられてきた存在性の稀薄さを嫌う気持から、自分はオブジェとしての映画俳優に憧れているということが言われている。こういう説明の仕方も、「からっ風野郎」の時には行われていなかった。「からっ風野郎」以降昭和四十年までの間に三島が作家として体験した虚無感の深さを想像させる。わかりにくいのは、一つにはなぜ「八十パーセント」という数字が出てくるのかということだが、これは単に「大部分」「ほぼ全体」というほどの意味だろう。しかしもう一つ、俳優のモノとしての存在性と原質的始源的な「私」とが等号で結ばれている点は誤解を招きやすい。同じことが、「製作意図及び経過」（「憂国　映画版」）では「自然の中における人間の植物的運命の、昂揚と破滅と再生の呪術的な祭式」に擬えられている。私たちは、原質的で始源的な「私」と聞けば、通常は押し隠されている人間の感情的真実のようなものを連想してしまいがちだが、三島が言っているのはそういうことではないのだ。彼にとって原質的で始源的な「私」とは、人間というよりもむしろモノであること、もしくは植物であることに近いのである。

しかし三島は、「憂国」の原作者でもある。従って、「からっ風野郎」の場合とは異なり、三島は俳優として映画に出演するのと同時に、作者としての立場を離れるわけにもゆかない。この時彼は精神と行為の二極への分裂を余儀なくされるが、これが安定した存在のあり方ではないことは、先に指摘したとおりである。この点については、三島はどのように述べているのか。

ところで、映画俳優とは、選ばれる存在である。自分で自分を選ぶとはどういうことか？　そこには論理的矛盾はないか？

選ぶ者と選ばれる者とを一身に兼ねることは、ボオドレエルではないが、「死刑囚と死刑執行人を一身に兼ねる」ことに等しい。その成否は一に、画面の「私」が、作中人物としての自明な存在感を持ちうるか否かにかかっている。それは危険な賭けである。（中略）

画面の「武山信二中尉」の存在に、ほんの少しでも「小説家三島由紀夫」の影が射していたら、私の企図はすべて失敗であり、物語の仮構性は崩れ、作品の世界は、床へ落したコップのように粉々になってしまうだろう。

このように三島は、存在が二極に分裂することをめぐる問題を、いかに俳優としてモノ（オブジェ）に徹するかという課題に置き直しているのである。

ということは、武山信二中尉に小説家三島由紀夫の影が射していないことが、三島の企図の成否を分ける印となる。企図とは「憂国」に出演しモノと化すことにより強い存在感を獲得すること、またそのことを通じて文学的、精神的沈滞を抜け出す切っ掛けを得ることと言って良いだろう。それは成功したのだろうか。

結論から言えば、成功でもあり失敗でもあった。

失敗の面から言えば、そもそも画面上の中尉は、どう見ても三島由紀夫なのである。「私の演出プランは、青年将校の役をまったく一個のロボットとして扱うことであった」（「製作意図及び経過」（「憂国　映画版」））と三島は考え、事実、画面からは虚無に冒された作家としての三島の精神世界は排除されていると言えないこともないが、やはり鑑賞する者はあくまでも三島その人を見てしまうであろう。さらに言えば、仮に三島が一個のロボットを演ずることに成功したとしても、だからと言って文学的、精神的沈滞を抜け出すことが出来るかどうかはわからない。そもそも、オブジェとしての、モノとしての存在感を持つことが、どうして三島を襲った虚無感、存在への飢渇を埋めることに結びつきうるのか、実は怪しいところがあるからである。

しかしながら、成功と言って良い面もある。というのは、やはり本誌座談会で藤井浩明氏が語るように、「憂国」の撮影はそれ自体苛烈な作業であり、また一年後の昭和四十一年四月に「憂国」が封切られた際も、マスコミや観客の反応は大変大きいものだった。それゆえ、これが一種のお祭り騒ぎとして鬱屈した精神状況を紛らわす役目を果たしたことは間違いない。先述のように、このことをバネとして、三島はライフワーク「豊饒の海」執筆に向かっていったと考えて良いであろう。

3

以上を整理すると、三島にとって映画とは、そこに自ら出演し、オブジェないしモノとなることによって存在感を得ようとするものであり、それ自体は結果的に成功しないかもしれないが、それでもとにかく精神的沈滞期を抜け出して小説創作にエネルギーを注いでゆくための切っ掛けとなるべきものであった。既に指摘したように、これは作家が表現者として映画の原理に向ける興味とは、まったく別ものである。

ただし、三島は映画の方法論をまったく無視しているわけではない。「憂国」に関しても、映画の方法論的問題として指摘しうるポイントが幾つかある。例えば、前半の夫婦の交合場面では肉体の各部分に対するクローズアップが多用されることによって、性描写の生々しい具象性がむしろ抽象化され、無機的な効果が生み出されている。そして、このこととのコントラストによって、後半の切腹シーンにおける腸の描写のリアルさが際立ち、そこではいわば腸がオブジェとなるのである。

三島が映画の方法論的問題に無関心であったわけではないことは、コクトーの映画作品に対する三島の評からも理解される。コクトーは映画に深く関わった文学者だが、映画を作るならコクトーに負けないものを撮りたいという気持ちが三島にはあったようだ。ここで、コクトーと三島との関わりについて、少し確認しておきたい。

コクトーは映画固有の方法論を最も意識的に追求した人物の一人である。映画は、時間的に連続しているショットを切断したり、逆転したり、また時間的空間的に不連続なフィルムを繋ぐといった編集を施すことによって、新しい意味や効果を生み出すことが出来る。「新しい」というのは、私たちの「通常の感覚には無い」という意味で、別の言い方をすれば、映画は通常の世界においては目にすることのないイメージを提示するが、そのことによって時間や空間の連続性のような、私たちの感覚や思考方法をあらかじめ制限している諸々の枠組みを相対化するのである。

コクトーは「詩人の血」や「オルフェ」でこのような映画の方法を実験的に追求し、その試みは晩年の傑作「オルフェの遺言」にまで発展した。三島はこれらの作品に関して次のように言っている。

しかし私は、『オルフェ』よりも『オルフェの遺言』のほうを愛する。このほうをさらに美しいと思う。
影像の非論理性と、従ってその純粋性と、「超現実にもっとも現実的な概観を与える」フィルムの機能とを、これほど最高度に発揮した映画はかつてなく、そこでは、あらゆるストーリーが忌避されているからだ。（「ジャン・コクトオの遺言劇―『オルフェの遺言』」、「芸術新潮」昭37・5）

コクトオの『詩人の血』は（中略）コクトオの傑作であり、あらゆるコクトオの映画の中で一番純粋な作品だと思った。この作品の世界へ、晩年のコクトオが、『オルフェの遺言』で、もう一度還帰しているのは興味が深い。

それは、一瞬あとには何が起るかわからないという、映画の提示する独特の現実の構造を、純粋に追究したものであり、そこにはドラマからの借り物は何一つなく継起はすべてイメージの変様によって行われる。（中略）

これらは劇的論理的必然を完全に取去られたところに出現する現実で、それはコクトオが何も技術的に発見したものではない。彼および彼の世代が、一時代と一個人との、精神的危機に直面して、そこから掘出してきた新しい戦慄的現実の寓話化である（「世界前衛映画祭を見て―『詩人の血』」、「朝日新聞」昭41・2・9）

右の引用を見る限り、三島は映画の方法論的特質について充分に理解しており、それを特別に低く評価しているとも思えない。そうだとすると、三島が表現者の一人として映画の方法論に興味を抱くことはなかった、と述べた本稿の冒頭部での私の考えは、訂正の必要があることになるだろうか。

だが、三島は次のようにも言っている。

『ある詩人の血』ではコクトオはイメージの錯乱状態に専念した。そしてこの系列は『美女と野獣』と『オルフェ』へ向っている。どちらかというとこの系列は、映画をおもちゃにしすぎているところがあって、私はあまり好かない。（「ジャン・コクトオと映画」、「文芸」昭28・6）

前にコクトオの「オルフェの遺言」という映画を批評したことがある。映画では影像というのは出現しなければならない。コクトオが主役をやっていて、コクトオはなかなかうまいですよ。はじめ十八世紀の格好をして出てくる。しかしコクトオは決して出現できないんです、みなコクトオを知っているから。それが根本的に困るんです。われわれが芝居の主人公になりたかったりする場合に、出現できないというところがとても致命的なんですね。コクトオがどうして出現できなかったか。ぼくなんか賢明ですから、自分の映画をとるときには、帽子で完全に自分の顔を隠しちゃって、お能の面のごとく出現するようにちゃんと計算している。（中村光夫との対談「人間と文学」、昭43・4　講談社、傍点原文）

前者の引用は、コクトーの映画の中では、むしろ「双頭の鷲」のような「映画の戯曲化」（「ジャン・コクトオと映画」）と言うべき作品や「恐るべき親達」のような作品の方を好むという文脈の中で述べられたものである。後者は、「オルフェの遺言」には主人公（この場合はコクトー）が出現できないということを述べたものである。いずれも、映画の方法論に対するコクトーの追求をそれとして評価するものではない。特に後者は、先の引用からもわかるように、三島がその方法論的特質を充分に承知しているはずの「オルフェの遺言」を、結局のところそこに主人公が出現できないという一点において批判しようとするものである。では、映画の中に主人公が出現するということを三島がどう考えているかと言えば、それは（やや、冗談めかした言い方だが）「帽子で完全に自分の顔を隠しちゃって、お能の面のごとく出現する」こと、即ちオブジェとして出現するということなのだ。

このように見てくると、やはり三島は映画の方法論について、表現者として特別な興味を抱くことはなかったようであり、それよりも、オブジェないしモノとして映画に出演するということの方が、彼にとってはるかに大きな意味を持っていたと言うべきであろう。

しかしながら、そうだとすると「からっ風野郎」や「憂国」は、三島にとっては確かに大きな意味を持つ映画であるが、一般の観衆にとっては、単なる好奇心かスキャンダラスな関心を向ける以上のものではなかったということになるのではないか。

はっきり言ってしまえば、そういうことになるであろう。だが、三島と映画との関係をこの点だけに限定してしまうことは、三島にとっても映画にとっても不幸なことだ。三島作品の映画化ということも含めて、三島と映画との関わりには、もっと大きな可能性が潜んでいるのではないだろうか。

たとえば、オブジェでありたいという企図よりも、精神と肉体、作家と俳優との分裂というテーマを主軸とした映画の製作が、もっと試みられて良いはずだ。これは精神の側から見れば世界からの疎外状況ということで、三島にとっての本質的問題である。被疎外者の内面というものが映画化の最も難しいテーマであることは間違いないが、「炎上」や「午後の曳航」は、この点に鋭く迫った傑作であり、こんにちでは、脚本や演出上の工夫、映像技術の進歩などにより、さらに高い水準での映画製作も可能だと思われる。

アラン・パーカー監督の「バーディー」という映画がある。ベトナム戦争の影響で精神を病み、妄想に囚われて口をきけなくなった青年と、やはりベトナム戦争で顔面を激しく損傷した青年との関係を描く「バーディー」は、エンディングの指し示す方向は三島文学のそれと一致しない、というよりむしろ正反対なのだが、そこに至る過程において、疎外、虚無、暴力、ホモセクシャルなど、三島的と言ってよいテーマが追究され、しかもオブジェについても「からっ風野郎」や「憂国」とは違った次元において描出されている。このような方向における三島作品の映画化を期待したいと思う。

（白百合女子大学）

＊引用は「三島由紀夫映画論集成」（ワイズ出版）所収のものは、これに依る。

特集　三島由紀夫と映画

自己聖化としての供儀
——映画「憂国」攷——

山中剛史

1

　三島由紀夫の作品を原作とした映画は幾つもつくられているが、中でも映画「憂国」(昭40・4製作、41・4封切)は、三島自身の手になるものとして、その生涯においてただ小説作品を映画化したということとは異なる意味を担っていよう。勿論、小説家が映画に携わるということでいえば、大正活映での谷崎潤一郎以来、少なからずその例を挙げることが出来ようが、商業資本に依らない作家自身による自主製作となるとどうであろうか。商業映画への出演もこなしていた石原慎太郎がかつて「ジャズ映画実験室」にて「夜が来る」を発表したり、映画現場にしばしば脚本として参加し自作のテレビドラマ演出にも手を染めていた安部公房が「時の崖」を自主製作したりといった例が思い浮かぶ。ただし映画「憂国」の場合、それらとはまた別の性質を、つまり三島にとってただ監督作であり、主演作でもあるということ以上の意味を持っているように思われる。無論、後の切腹による死がこの映画に特別な意味合いを見出させてしまうようなこともあろうが、その死の問題は別としても、三島由紀夫その人が、「からっ風野郎」出演や『薔薇刑』モデル、そして「憂国」の後には「人斬り」出演など、いわば己自身をしばしば芸術作品の素材とし、それが三島という芸術家のある種の本質的な部分に由来しているからだと、ひとまず述べておきたい。

　そのことはまた、次のようなことにも関係していよう。つまり自身、作家として作品を発表する一方で、テレビやグラビアを通して「三島由紀夫」というビジュアルイメージ、キャラクターとしても人口に膾炙していたということ。換言するなら、社交場の顔と書斎の顔を、もっといってしまえば虚像と実像というスタア三島の二重存在のことである。そしてそれはそうであるばかりでなく、時代が求めた「三島由紀夫」像と自らメディアにそれを流通させていった作家自身の思惑や意図を想定させる。その華麗な文学世界の反面、文壇には距離を置き、ボディビルにはげみ、楯の会を創立し、オカルトやUFOや怪獣映画といったものへの興味をこともなげに露わにし呵々大笑する等々、時として、多様な媒体に種々流通していく自己イメージを三島は巧みに偽悪的に統御しているようにさえ見えることがある。なるほど、三島は戦後一九五〇年代から六〇年代にかけて、〈イメージの問題を執拗に追求し、それを身をもって体現しようとした、日本ではおそらく初めての作家〉、〈自己のイメージをとりまく「メディア」の問題を初めて自己表現の射程に取り入れた作家〉[1]であったといえよう。その意味で、自主製作によって主演、監督を務めた映画「憂国」は、他者作品の素材となったものと比して唯一の自作自演映画であり、リアルな切腹を自ら演じたということもさることながら、三島由紀夫が主演俳優として見られつつ同時に監督／観客としてそれを見つつといった立場で創造された作品であったということは、自己のイメージ、「みられる」ということを異様に意識した三島を考える上で注目せざるを得ない。

　また、映画「憂国」封切当時の三島の発言を丹念に見ていくと、この映画は、原作に依拠しつつも、原作の物語とは全く別個の、プリミティブな祭儀的カタルシスを追求しようとした試みであったということがうかがわれる。この問題については後に触れるが、実際映画本編をみると、二・二六事件は状況設定に過ぎず字幕だけで説明は終わってしまうのであり、敢えて極言するならば、合間合間に挟み込まれる字幕以外といえば、映像としてはセックスと切腹のシーンに絞り込まれていく。切腹という特殊な自殺とそのリアルな表現をみていると、何故にここまでリアルな切腹にこだわるのかという素朴な疑問すら浮かんでくる。小説「憂国」（昭36・1）の方はといえば、映画公開の約二ヶ月後に発表された「英霊の声」と旧作「十日の菊」とあわせ、初出より五年を経、改めて「二・二六事件三部作」として単行本『英霊の声』（河出書房、昭41・6）にまとめられることになる。その際三島は小説「憂国」を〈二・二六事件外伝〉と位置づけるのだが、しかし、そもそも小説「憂国」以前には、二・二六事件について主体的に発言したことはなかった。また小説「憂国」自体は、発表当時、特に話題となって衆目を集め大々的な評価を受けた作品であったわけではなく、初刊本は作品集『スタア』（新潮社、昭36・1）であった。後年、三島自身が愛着を持って小説「憂国」を再評価していく過程には、小説「憂国」発表以降に熟していった三島の二・二六事件観と大きな関わりがあることは、既に鎌田広己「『憂国』およびその自評について」[2]が指摘しているところである。小説の英訳題名がPatoriotismであるのにもかかわらず、三島自ら染筆した映画版の海外向字幕タイトルが「YUKOKU or The Rite of Love and Death」と改めて付けられていることからも、映画の狙いが二・二六事件外伝としてのものとはまた別のものにあったことがうかがわれる。

　映画封切直後に発表された舟橋和郎との対談「三島由紀夫氏『憂国』を語る」で、何故映画で「憂国」を取り上げたのかと問われた三島は、個人的に好きな作品であり、自身の非常に原質的なものが出ているからと答え、〈ぼくは今度はイメージを絵でフィックスするんだから、そのフィックスする場所はどこかというと、字よりも後のものではなく、字よりも前のものというのがぼくの考えなんです。（中略）字は一度抽象化によって、われわれに伝えるんだが、その前の段階に戻したいという気があったんですよ。だから原作を脚色するんじゃなくて、その原作を元に戻してみよう。原作をぼくの潜在意識なり、大きな事を言えば日本人のもっと普遍的な潜在意識の中に戻してみたい〉(3)と発言している。三島はまた映画の自解「製作意図及び経過」で、〈そもそも映画化の場合には、言葉の表現による抽象作用を、抽象作用を経ない前の状態の混沌に引き戻すことが必要である〉、〈私はその混沌を自分の手でほじくり起してみたかった〉とも述べている。

　つまり原作の〈前の段階〉にある〈混沌〉を映画というメディアを駆使して表現した、と三島は説明するのである。それでは三島自身の原質的なものがあるというその混沌とは一体どのようなものなのか。また、それを自らリアルな切腹を演じてまで映画にすることは、三島にとって如何様な意味があったのか。とはいえ、これら三島自身が映画公開直後に語った言葉は、観客あるいはファンが期待する「三島由紀夫」像に語らせしめたところの、作家が欲した映画鑑賞のための読解コードであるかもしれない。小説「憂国」を発表する以前から三島の奥深くに蜷局を巻いていた混沌、ではなく、映画「憂国」を撮るにあたって自身新たに発見した混沌、であるかもしれない。だがしかし、そのことを認識した上で改めて三島のいう混沌なるものを腑分けしていくことは、何ほどか三島の創作活動における映画「憂国」製作の、そして自ら主演をした意味について明らかにしてくれるのではないか。本稿では、映画「憂国」を基点として、この映画に集約されるところの幾つかの問題に改めて光を当て辿っていきたい。

2

冒頭で石原慎太郎や安部公房の映画作品について言及したが、戦後の日本映画史の観点からすると、映画「憂国」は日本におけるプライヴェート・フィルムのはしり、興行的成功をなしえた個人映画の先駆的作品として位置づけることが出来、一九六〇年代の所謂アンダーグラウンド映画の文脈から評価することが出来よう。例えば白坂依志夫は、〈『憂国』の興行的成功は、日本中の映画青年に、啓示のようなものを、あたえた〉とし、その製作費を挙げて〈不満な映画青年たちは覚醒した。プライベート・フィルムを作ろう。「憂国」の技術的な稚拙さが、彼らを一層勇気ずけ《ママ》た〉(4)などと書いているが、「憂国」の低コストと興行的成功が、プライヴェート・フィルムの例外的な成功例として、当時アンダーグラウンド映画の側にもある種の刺激を与えていたという事実がある。(5)

　ここで少し当時の個人映画、プライヴェート・フィルムについて概観しておくと、戦後、大手六社（後に五社）に対峙する形での独立プロの活動は既にあったわけだが、技術と機材の発達と機材のコスト低下の中で、昭和三十年代中頃より、〈商業映画の規準や方法を意識的に排除しようとするアンダーグラウンド映画〉[6]の文脈が浮上してくる。松本俊夫が述べるように、一九五〇年代後半の個人的芸術映画の潮流としては、瀧口修三、花田清輝らの提唱に沿った形でのアヴァンギャルド映画の流れがあり、他方、VAN映画科学研究所そして日大映研を主流とした学生映画の流れがあり、そして後にシネマ・アンデパンダンを組織していく八ミリ出身のアマチュア映画の台頭がある。[7]また、これに加えて「シネマ57」や「日本アート・シアター運動の会」など、後の草月ホールや蠍座の下地を作っていくことになるいわば鑑賞側のムーヴメントもこの時期に動き始めてくる。とりわけ、日大映研の足立正生らによる「鎖陰」(昭38)の物議を醸したハプニング的上映[8]や、〈商業主義映画に対するフリー・シネマ、映画館で上映される三十五ミリのフィチュア作品に対するプライベート・フィルム〉[9]を宣言した飯村隆彦、大林宣彦、金坂健二、ドナルド・リチーらの「フィルム・アンデパンダン」結成と第一回フィルム・アンデパンダンの開催(昭39・12)等々、昭和三十年代末は、アンダーグラウンド映画、プライヴェート・フィルムといったものが日本でも運動として勃興してきた濫觴期であった。三島の年譜を繰ってみると、昭和四十年一月二日、「憂国」映画化についてまず堂本正樹に、次いで同十一日には藤井浩明に相談を持ちかけ、三者の会合を経て十六日には撮影台本を擱筆している。所謂シナリオではなく、カメラや照明の位置、ショットの秒数までをも一々指定しているこの撮影台本執筆の異様なスピードは、三島の中に「憂国」映画化について前年からある程度の構想が既にあったことを推測させよう。堂本が回想するように、当時三島が「憂国」映画化の相談をするにあたって学生映画を引き合いに出していること、また映画化の話を持ちかけられる前に堂本が「午後の曳航」を映画化する腹案を打ち明けていたことなど[10]は、三島の希望的構想を実際のプランとして打ち明けさせた引き金の一つになった可能性が強く、映画化案を具体化するにあたり、三島が昭和三十年代末の様々な映画運動の胎動を横目に据えていたとしても不思議ではない。

何もアンダーグラウンド映画の流ればかりではない。三島のそれまでの活動を細かく見ていくと、アンダーグラウンド映画や暗黒舞踊など、前衛的な新しい表現の試みに三島は一九五〇年代中盤辺りから積極的に興味を示し始めていることがわかる。例えば、電子音楽やミュージック・コンクレート等の実験的な作品を発表していた黛敏郎とのコラボレーションを成し(音によるドラマ「ボクシング」、「理髪師の衒学的欲望とフットボールの食欲との相関関係」)、その黛も参加していた650 EXPERIENCEの会主催の第一回「6人のアヴァンギャルドの会」(昭34・9)にはプログラムに「推薦の辞」を寄せている。この会には黛の他に、三島の小説から題を借用した舞踊「禁色」を踊った土方巽、その土方が出演した映画「犠牲」を監督、上映したドナルド・リチーなどが参加している。

また、澁澤龍彦によれば、〈たしか昭和三十七年の夏のことだったと思うが、馬込の三島邸で映画会がひらかれたことがあった。もうはっきりおぼえていないが、ドナルド・リッチーの十六ミリ作品や細江英公の「臍と原爆」が上映され〉たという[11]。学生映画に加え、リチーによる八ミリや十六ミリの自主映画なども、「憂国」を自主映画でという引き金を引かせた一つのきっかけとなったに違いない。細江の映画「臍とA-Bomb（原爆）」には土方が出演しており、「土方巽氏におくる細江英公写真集」とも銘打たれた「土方巽 DANCE EXPERIENCE の会」プログラム冊子に掲載の写真を見た三島から、後に写真集『薔薇刑』へと結実するにいたる写真撮影の指名を細江は受けることになる[12]。特に土方巽については、その「禁色」を端緒とする前衛舞踊の一連の刺激的な活動に三島は強い興味を覚えていた。そもそも土方に出会ったことが発端となり、アヴァンギャルドたちによる芸術の一つの潮流をつくろうという三島の発案によって、旧知の黛やリチーらに声がかけられ 650 EXPERIENCE の会が始動したという経緯があった[13]。後に三島は土方のアスベスト館や併設されたバー・ギボンを訪れ[14]、澁澤と共に「土方巽 DANCE EXPERIENCE の会」公演にはプログラムに文章を寄稿し続けた。

いま羅列的に六〇年代前半の三島と土方やリチーやらとの接点を見てきたが、これを映画「憂国」撮影に入る前年の昭和三十九年だけに限って見ても、三島は六月七日に草月ホールで催された「フェスティバル律」を澁澤らと混じって鑑賞している[15]。このイベントでは、塚本邦雄構成「催馬楽」、寺山修司作詞・堂本正樹演出「犬神」に加え、金坂健二監督の映画「燃えやすい耳」などが上映、上演された。その三日後の六月十日、同所で第九回草月シネマテークとして前述のフィルムアンデパンダンの作品がベルギーの国際実験映画祭特別賞を受賞した記念で公開されているのだが、上映作品には、三島旧知の画家藤野一友による映画「喰べた人」もあった[16]。

ここでことありげにアヴァンギャルド・アンダーグラウンドな催しを挙げたが、無論だからといってこれらが直接映画「憂国」製作の所以となったとするのは早計に過ぎる。況や三島がこれらのイベントを通して何らかの刺激を受けていたとしても、である。だが当時、種々新しい表現の試みにぶつかっていくクリエイターたちと交流しつつ、時にそれらの作家たちに導かれる形で、アンダーグラウンドの熱く猥雑な雰囲気に三島が浸かっていたことは確かだろう[17]。

ただし、井上隆史が三島と六〇年代アンダーグラウンドカルチャーとの関係を論じ、〈三島のアングラ文化的な関心が、直ちに前衛芸術のエネルギーと共振したわけではない〉として、当時の活力にあふれたアンダーグラウンドカルチャーと〈三島をめぐる微妙な違和感の存在〉[18]を指摘したように、三島は、戦後美術界におけるアンフォルメルあたりを源流とし、美術や音楽、演劇やパフォーマンス、映画などジャンルを問わず主に六〇年代に花開いていったアンダーグラウンドカルチャー、各種のアート・ムーヴメントをそのまま全的に受け身に吸収していたわけでは決してない。同じアンダーグラウンドやアヴァンギャルドでも、読売アンデパンダン展をはじめとする前衛美術やハプニングに対して三島は興味を示しておらず、黛とのコラボレーションにせよ、はたまた土方への興味にせよ、ただ外部からの刺激というのではなく、何かしら己の抱え持つ問題意識というフレームを通してのみそこに手を伸ばしていたと見るべきである。

それではこの場合、三島自身の抱え持つ問題とは一体何であろうか。映画「憂国」の場合については、三島は公開時のプログラムに寄稿した『「憂国」の謎』でそれを明確に語っている。何故自ら主演したかという謎への眉唾な自問自答であることを断って、次のように書いている。映画俳優とは〈目に見えるモノとしての存在感と「それらしさ」に充ちあふれ〉ている。他方、芸術家は〈そこにモノを存在せしめるといふ意志の自発性が必要〉だが、それが濃くなるに従い〈単なる存在性は希薄〉になる。というのも、芸術家は己の血で作品をあがなうのであり、〈作品というモノを存在せしめるにつれて、彼は実は、自分の存在性を作品へ委譲して〉しまうからだ。そして三島は〈芸術家の存在性への飢渇〉という問題を掲げ、この映画は、三島自身の〈存在証明〉だとする。

ところで、映画俳優とは、選ばれる存在である。自分で自分を選ぶとはどういふことか？　そこには論理的矛盾はないか？

選ぶ者と選ばれる者とを一身に兼ねることは、ボオドレエルではないが、「死刑囚と死刑執行人を一身に兼ねる」ことに等しい。その成否は一に、画面の「私」が、作中人物としての自明の存在感を持ちうるか否かにかかつてゐる。(中略)

画面の「武山信二中尉」の存在に、ほんの少しでも「小説家三島由紀夫」の影が射してゐたら、私の企図はすべて失敗であり、物語の仮構性は崩れ、作品の世界は、床へ落したコップのやうに粉々になつてしまふだらう。

〈小説家三島由紀夫〉即ち世間一般に流通していた「三島由紀夫」が映画の観客へ向けてこのように書いているのである。勿論、〈芸術家の存在性への飢渇〉という問題は、こと映画「憂国」のみならず、三島その人の生涯を見ていく時に抽出されてくる一つの問題、自己のオブジェ化の問題を指していよう。三島はここで、〈自分で自分を選ぶ〉ことに〈論理的矛盾はないか〉と問いながら、銀幕の中に周知の「三島由紀夫」ではない三島を見てくれという。だがそれは、当の三島自身にとってのみ問題にされることであって、海外での上映ならまだしも、国内封切り時の大多数の観客は「三島由紀夫」主演であるからこそ劇場に足を向けていたのではなかったか。これは、〈作中人物としての自明の存在感を持ち〉得ているか否か、即ち自分で自分をあたかも他人の如くモノとして見つめることが出来るだろうかといった自問なのである。本稿冒頭、三島には、いわば己自身を芸術作品の素材とするところがあり、それが三島という芸術家のある種の本質的な部分に由来していると述べた。また、映画俳優しかり、『薔薇刑』しかり、そしてボディビルその他マスメディアの波に乗る「三島由紀夫」の背後には、「三島由紀夫」に反比例するが如く増大する自己の存在感の希薄さその危うさを感じる実像として三島がいるといった、三島の二重的存在についても触れたが、それはことごとく、自己に対する自身の眼差し、いわば芸術家としての己と作品としての己への強烈な三島の自己意識といったものに関係してこよう。ただしまずここで問わなければならないのは、何故に作品を創造する芸術家が、芸術家でありつつ同時に創造される芸術作品そのものになるという事態が出来するのか、ということだ。

昭和三十四年末の「からっ風野郎」記者発表の際、三島は映画俳優とは〈完全に見られた存在〉であり、〈極度のオブジェである〉（「ぼくはオブジェになりたい」）と書いて、翌年映画へ主演した。それは、確かに一塊の俳優としてオブジェになった経験ではあろう。シナリオは三島の希望を入れ、役どころは反知性的で野卑なキャラクターであった。だが、幾ら三島が自分の小説家らしい要素を廃し、インテリ的な役を避け無鉄砲なヤクザを演じたところで、そもそも自身が述べるように、この出演は興行的に「三島由紀夫」のネームバリューを狙ったものであり、映画の予告篇および新聞雑誌はこぞって文壇の鬼才・三島由紀夫が……と大々的に謳った。つまり、殆どの観客は銀幕の中に小説家「三島由紀夫」の姿、映画俳優を演ずる小説家を見に来たのであり、映画俳優としては無名の主役を見にきたわけではなかったのである。そもそも三島はこの他人による映画でキャストの一人として使われたに過ぎなかった。それは存在感の飢渇を癒すオブジェとしての経験とはほど遠い、「三島由紀夫」の華麗なエピソードの一つでしかなかったといえよう。出演後に発表された短篇「スタア」（昭35・11）で、映画スタアとしての存在感の中で逼塞する「ほんとうの世界」の空虚感に苛まれる主人公は、実のところ、スタア「三島由紀夫」というあらかじめつくられた存在だけには充足出来なかった三島自身の事情を語っているようにすら見えてくる。

三島のオブジェになりたいという欲望は、ただオブジェになりおおせれば成就するというものではない。けだし、完全にオブジェになりつつ同時に外部からそのオブジェぶりを見なければならないからだ。己が創造したモノであり己自身でもあることとは、芸術家でありつつ芸術作品を同時に兼ねるということなのであり、それは実のところ、目に見え手に摑むことの出来る実体としての私を、それを感じさせる客体としてありつつも同時にそれを感じる主体としてもひしひしとそれを実感する、といったまことに由々しき事態なのである。見られる被造物でありつつそれではない造物主としてそれを見るということを同時に一身に兼ねるということのただならぬ欲望。それは、肉眼によってそれを見るということは到底かなわず、それとしてそれのゲシュタルトを観るという、正にその不可知な当体への飢渇であるともいえる。それは、後の三島の言葉を借りてしまえば、〈実際に見られなくても「見られる」擬制が許され、客体としての美が許される〉（「太陽と鉄」）瞬間を絶えず希求する、「傷口にして刃」であり「死刑囚にして死刑執行人」といった世にありうべからざる存在への憧憬ともいえよう。

では、映画「憂国」の場合はどうだったか。「製作意図及び経過」によれば、三島は〈ミスティフィケーションから自分と見せないことに楽しみを感じて〉牧健児という架空の名を字幕に用いた。しかし映写してみればそれが三島であることはすぐにわかることから、この企みは水泡に帰したという。特に中尉が帰宅したシーンの肩の雪を払う仕草などは、三島没後生まれの稿者にもそれとわかる。しかしこのことは、三島にとってミスティフィケーションであってはならぬのではなかったか。つまり〈画面の「武山信二中尉」の存在に〉〈「小説家三島由紀夫」の影が射してゐた〉のは封切前から自明だったのだ。さればこそ、〈作中人物としての自明の存在感〉を持つか否かという問題は、観客ではなく、それ自身でありそれをそれとして見る立場である三島自身のみの自己意識の問題であった。最早観客にとって、銀幕の中で主役を演じるのは「三島由紀夫」であることに間違いない。そして事実、草柳大蔵が評したように、それは事前に「三島由紀夫」の映画として周到にＰＲされ、公開後も「三島由紀夫の映像的世界」として周辺の人間は評価し続け、観客動員記録を塗り替えるまでヒットしたのである[19]。

では、三島が「三島由紀夫」であることがこの地上において不可避であるならば、「三島由紀夫」ではない三島がその存在感を如実に実感出来る場所を求め彷徨うたとて不思議ではあるまい。いみじくも先に触れた「フェスティバル律」プログラムへの三島の寄稿文が「地上より」と題していることは、如何にも象徴的である。常に既に周知の「三島由紀夫」という存在が今更改めて潜り込めない地下へ向けられた眼差しが、ここにはある。アンダーグラウンドカルチャーへ差し向けられた己が抱え持つ問題意識からのフレームが、このような眼差しに裏打ちされていたのであったとするならば、次には、三島はそこにおいて如何にして己の抱えた問題を問い、展開していったのかを検証しなければなるまい。

3

三島は最初映画「憂国」を、学生スタッフを使った自主映画として考えていた。それは勿論コスト面の問題を顧慮してということもあったであろう。とはいえ、「製作意図及び経過」の中で〈私には自作自演といふことは、自然な一連の芸術行為のやうに思はれる。又、それは、ボオドレエルの言葉を借りれば「死刑囚であると同時に、死刑執行人であることなのだ」。そのときはじめて私の中で一つの円環が閉ぢられるのだ〉と書きながら、そもそもは自らが監督ではなく堂本正樹監督作品というプランであった。製作の過程で、三島が監督、脚色、主演と兼ねた方がインパクトがあるということで堂本は演出となった経緯がある。[20]つまり当初は、三島は自身の監督作をというよりも、「憂国」の自演を念頭にプランを組み立てていたということである。監督をといったところで、三島が映像創作の欲望を持ったというよりも、自演するその背景や成り行きまでをも自ら設定したいといったところだろう。また、堂本は後に〈ドナルド・リチーが撮った実験映画などが、当時の我々のイメージだった[21]〉と『回想・回転扉の三島由紀夫』で語っている。同書でも回想されている、矢頭保撮影になる堂本と三島によるプライヴェートなセバスチャン殉教図の写真撮影を取り上げ、〈三島のこの種の遊びが極ったのが、『憂国』の映画化〉とする指摘も既にあるが[22]、堂本が同書で回想している、映画「憂国」撮影まで堂本との間で続いた切腹ゴッコや、〈初めは内々に作って置き、仲間ばかりのパーティーで映し、アッと云わせようという程度の悪戯だった[23]〉という証言などを踏まえると、映画「憂国」が本格的な三十五ミリ作品として始動する以前、これを小説家「三島由紀夫」監督主演の劇場公開作品ではなく、三島は堂本との一種プライヴェートな映画としてこれを考えていたのではないかという疑念すら浮かんでくる。

　ここで触れておきたいのが、三島が榊山保の変名で発表した小説「愛の処刑」（昭35・10）である。年表を見ると、昭和三十五年九月に「小説中央公論」用短篇の依頼を受け、翌月十六日には小説「憂国」を擱筆。同月、「愛の処刑」掲載の「ADONIS」別冊「APOLLO」が発行されている。掲載誌は、会員制同性愛組織による地下出版物であり、それが故に、三島直筆の原稿を、三島の筆跡を消すために堂本が三島の書斎で筆写させられた経緯は既に堂本前掲書によって知られているだろう。それによれば、堂本が筆写させられたのは昭和三十四年だという[24]。既に「憂国」と「愛の処刑」の比較検討はされているが、例えば麗子役の俊男の存在や、その切腹描写の酷似などから、先行する「愛の処刑」での切腹が、そのまま「憂国」に引き継がれているということは明らかである[25]。エスキースと本作というより、むしろ小説家「三島由紀夫」作品としての「憂国」と、否「三島由紀夫」作品としての「愛の処刑」という両作は、切腹を媒介としてパラレルな関係にあるのであり、それは正しく地上と地下を、そしてスタア三島の二重存在そのものをも象徴していよう。「愛の処刑」が三島作と断定される以前、奥野健男は〈もしこれが三島が書いたと仮定するなら遊びのひとつだったかもしれない。彼ほどになれば遊びの作品は発表できない。自分のモヤモヤとしたものを噴出させてカタルシスを得て、次のむつかしい作品にとりくんだのかもしれない[26]〉とコメントしているが、確かに周知の「三島由紀夫」がそのままで地下に降りては目立ち過ぎる。わざと文章を下手に崩して堂本に筆写させたことは、いわばその「三島由紀夫」という衣裳を脱いだということにほかなるまい。「愛の処刑」は、例えば芥川の「赤い帽子の女」や荷風の「四畳半襖の下張」的な一種の手すさび、即ち、奥野がいうように三島の遊びでもあろうが、しかしその文体を崩してしまった点などは、明らかに「四畳半襖の下張」とは異なっており、それはただの作家による手すさびであるというのではなく、三島にとって「三島由紀夫」を離れたところでの作品の試みであったということを意味していよう。

三島にとっての切腹について掘り起こしてみれば、それは映画「憂国」発表の十年以上前に遡らねばならない。堂本の前記回想によれば切腹ゴッコは昭和二十五年頃初めて行われたことになるが[27]、遅くとも昭和二十年代末には、既に三島は切腹の性的嗜好を持っていたようだ。男滝冽「私と三島由紀夫さんの『切腹』の午後」に写真と共に一部活字化された昭和三十七年二月の男滝宛三島書簡には、自身の切腹嗜好に触れ、〈これは冗談ですが、貴下は小生について多少の責任をお持ちです。もちろんこのやうな趣味が、ご明察の通り内在してゐたことはみとめますが、それが表面へ出て来たのは、明らかに貴下の「悩ましき……」と「我が倒錯の……」の二つの御文章を拝読してからであります。殊に前者は何度くりかへして拝読したかわかりません。その率直さに敬意を表し、且つその空想力に触発されること、多大なものがありました。拙作「憂国」などハ、全くその線上の作品で、お目にとまつたのを嬉しく存じます〉とある[28]。三島は昭和三十四年十月四日に京都在の切腹研究家中康弘通を訪ねているが、この男滝宛書簡は中康が三島に男滝を紹介したことによるもので、昭和三十七年三月、三島は「美しい星」取材で仙台を訪れた際、当地在の男滝に面会、堂本の時と同様の切腹ゴッコを行ったという。

中康宛書簡（昭34・9・11付）を見ると、〈半年ほど前、「裏窓」の須磨氏から〉中康の名前を聞き、当時中康が連載していた「少年切腹史」に興味を覚え須磨の紹介を経ずに手紙を出したとある。昭和三十年十月に雑誌「裏窓」を創刊した須磨利之は、元は昭和二十六年頃からSM雑誌へと路線変更した雑誌「奇譚クラブ」編集者で、須磨によれば、当時三島から面白く読んでいる旨手紙を貰ったり、直接三島が編集部を訪ねて来たことも十回位あったという[29]。三島がこの雑誌に連載された沼正三「家畜人ヤプー」（昭31・12〜34・6中断）を、中央公論社から出版しようと働きかけながらも嶋中事件で立ち消えてしまったというエピソードで知られているように、三島は熱心な「奇譚クラブ」読者であった[30]。先ほどの男滝宛書簡に出てくる二つの文章は、「奇譚クラブ」掲載の児島輝彦「悩ましき切腹悲願」（昭29・1）、「我が倒錯の系譜—悩ましき切腹悲願」（昭30・5）を指しているが、この二つの文章以外にも、当時の「奇譚クラブ」読者通信欄に幾つか児島の投稿は確認出来、遡れば第一出版社発行の「人間探求」（昭26・2）に自筆の切腹画と共に自らの嗜好についての投稿が既に活字となっている（ただし悩み相談として匿名）。昭和二十七年九月の創刊からしばらくの間「ADONIS」発行元のアドニス会（ギリシア研究会とも）はこの第一出版社内にあったこともあり、そもそもアドニス会の会員募集も「人間探求」誌上にて行われていた。[31]無論三島も会員であったと堂本前掲書にある。更に、編集は「ADONIS」（昭29・4）より中井英夫のパートナーであった田中純夫（貞夫）が担当、三島が榊山保名義で「愛の処刑」を出した別冊「APOLLO」、そして「ADONIS」には、中井英夫が碧川潭名義で、また塚本邦雄が菱川紳名義でそれぞれ作品を発表していたことは、今や明らかになっている。[32]こうしてみると、堂本以外にも、須磨、中康、男滝＝児島そして「裏窓」、「奇譚クラブ」、「人間探求」、「ADONIS」等々、三島の切腹嗜好をめぐってのあれこれのつながりが見えてくる。

三島の作品で最初に切腹について言及されるのは、「恋の都」（昭28・8〜29・7）だが、勿論この小説は「憂国」のように切腹自体が見せ場となっているわけではなく、大東塾の集団自決事件をそのまま流用したエピソードが出てくるのに過ぎない。小説「憂国」のモデルは、二・二六事件翌々日に自決した青島健吉中尉とその妻だが、この青島中尉夫妻についてのエピソードが紹介されており、小説執筆時に三島が参考にしたと思われる和田克徳『切腹』（青葉書房、昭18・9）にしても、この書を三島がいつ入手し読んだのかについては不明である。ただし中康弘通によれば、三島が中康宅を訪問した際、二・二六事件時に夫婦で自殺した青年将校について訊ねられ、その時中康がこの和田の本を示唆したという。[33]中康宛三島書簡では、〈このたび「裏窓」に書かれた「少年切腹史」の御高文を拝読、かねて興味を持つてゐた問題でありましたので、一しほ興味深く〉（昭34・9・11付）と、三島はかねてからの切腹への興味を露わにしているのだが、果たして三島がこの時点で青島中尉夫妻のことをどれだけ知っていたのかはわからないとしても、この昭和三十四年という年が、堂本が「愛の処刑」を三島宅で筆写したのと同年であることは偶然ではないかもしれない。例えば前出の児島が、己が理想の切腹幻想を「男性割腹図譜構成案十二種」と称しあれこれとその設定を創作しているように、[34]三島も堂本と同様の趣向を凝らしていたと堂本前掲書にある。あるいはその過程で、三島が青島中尉を知るに及んだ可能性も満更否定出来ない。

ともあれ、三島は昭和三十四年に榊山保として「愛の処刑」を書き、ほぼ同時期に知り得たと思われる青島中尉をモデルとして、翌年に小説家「三島由紀夫」として「憂国」を書いた。そもそも「愛の処刑」では、中学の体育教師が主人公であり、榊山保としての三島は、この作品で美少年との切腹心中にまつわる血みどろの性と死を描いたわけだが、これは「憂国」の中尉とその妻にもそのまま共通している。二人の登場人物が切腹を巡り、あたかも死刑囚と死刑執行人の如く、それを見る役割と見られる役割を担っていることである。榊山保そして「三島由紀夫」は、ただ自殺としての切腹を、そしてただの性的嗜好としての切腹をその作品で描いていたのではない。激越なる苦痛を伴う切腹は、これ以上なく生物としての、肉体としての私を、それをするものに感じさせるだろう。今ここで切腹している私という存在をこれ以上激しく自己に知らしめる手だてはほかにあるまい。そして同伴者はそれを当事者が事切れるまで見続ける。小説では二人の人物にそれぞれ役割分担されているが、実はここにこそ、それを自己として見つめ感じつつ同時に己が切腹を見られ感じさせつつといった最果ての自己意識が作動しているとはいえまいか。してみると、先ほどの芸術作品にして芸術家を一身に同時に兼ねるといった三島におけるオブジェとしての存在感への飢渇という問題を改めてここに当てはめてみるならば、三島は自己を二分割することによってその成就を作品として描き出したのだ、といえよう。あるいはこのような自己の存在感の充溢の実感と性と死の昂揚こそが、映画「憂国」時に三島が語った三島自身の原質といったものではないのかとすら思われてくる。

　そして小説「憂国」を発表したことで、三島の切腹への興味はおさまったわけではなかった。地上の「三島由紀夫」の合間を縫って、地下なる榊山としての三島は、その私的な活動を継続する。男滝＝児島が三島と切腹ゴッコをしたのは昭和三十七年であったが、先述したように堂本ともそれは映画「憂国」撮影まで続いた。また、矢頭保撮影になる三島の切腹自演写真が先の男滝の文章などに図版紹介されているが、これは福島次郎が『三島由紀夫―剣と寒紅』（文藝春秋、平10・3）の中で三島から貰ったと触れている写真と同工のものであったという。こういった地下なる私的嗜好の傍ら、「三島由紀夫」にもまた切腹への興味が滲み出てくるようになる。青島中尉を事件当時検屍した元陸軍軍医中尉川口良平から電話を受けた三島は、それをきっかけに〈将来の改訂の用意のためにも〉〈死にいたる詳細な臨床的経過及び、その苦痛の様相など〉（昭41・11・1付川口宛書簡）を聞き出している。これは、末松太平の助言によって三島が小説「憂国」本文を昭和四十一年五月に改訂したこと[35]に因んでいると思われるが、三島は二・二六事件に限らず、第二次大戦の戦記物特にその自決関連書については継続して興味を抱き続けていたようである。『定本三島由紀夫書誌』（薔薇十字社、昭47・1）収録の「蔵書目録」にはそれらの複数の書名が見え、映画「憂国」公開時の大宅壮一との対談（「週刊文春」昭41・5・9）では、当時出版されたばかりの田々宮英太郎『大東亜戦争始末記自決編』（経済往来社、昭41・2）収録の切腹エピソードに言及している。無論それらの読書を一概に三島の地下なる嗜好だけに結びつけるわけにはいかない。これらの興味は「三島由紀夫」の二・二六事件への関心からであり、後に武人を公称するようになっていった「三島由紀夫」の武士道への興味からのものでもあっただろうからだ。そういったものの例としては、河端照孝「三島由紀夫に伝えた『切腹の作法』[36]」などが、武道の型としての切腹を三島が探究していたことを伝えている。

ところで、三島と切腹について公私それぞれの面から少しく見てきたわけだが、そもそも映画「憂国」で切腹を演じるということは、三島にとってどういった意味があったのか。先に、芸術家の存在性への飢渇、芸術家とその作品を同時に兼ねるといった問題があることを提示した。そして三島にとっての切腹には、ただの性的嗜好を超えて、激越なる手段を以て自己のオブジェとしての存在感を確認しつつそれをそれとして意識し見据えるといった意味があることを見てきた。他方、三島は、先述した舟船との対談で、映画にもし原始的な芸術の性格があるならば、〈昔の祭儀的なものを見て暴力がカタルシスを起こす〉こととして、それを〈芸術の根本性格[37]〉と呼んでいる。切腹をめぐるプリミティブな祭儀と暴力的カタルシス。これについては、二・二六事件とも性的な切腹嗜好とも異なる別個の意味があろう。

4

映画「憂国」は能形式を活用している。「製作意図及び経過」によれば、〈堂本氏と私とのプランは、能形式でやることが一番経済的だといふことだつた。私も堂本氏に頼んだそもそもの理由がそれであつて何らかの形で能の集約性と単純性をこの作品の製作の大きな要素にしたいと考へてゐた〉という。演出担当の堂本は能の専門家であり、映画公開直後の三島の文章や対談などを読んでいくと、映画のそこここに堂本のアイデアが採用されていたことがわかる。例えば堂本は、公開時のプログラムに寄せた「儀礼化による永劫回帰」で次の如く述べている[38]。

　三島由紀夫氏にこの映画の演出協力を依頼された時、筆者は直ちに原作の持つ儀礼的な面を拡大し、その「愛と死」を儀礼化、典礼化すべきである事を提言させていただき、氏が全く同じ意向をこの映画化に対して持っていられた事を知り、非常に喜ばしく思った。二人の愛の営みを二畳台の上にのせる事。枕許の刀を、刀掛けに横たえて、その鍔もとを寛げておく事。大ラストの二人の死を、竜安寺の石庭のような白砂の波でかこむ事、等を筆者は同じ見地から提案し、三島氏は、矢張り同じ目的に添うものとして、容れて下さったのである。

例えば竜安寺石庭風のラストなどは既に三島の撮影台本には書き込んであることから、台本執筆前に堂本のアイデアが三島プランとして採用されていたことがわかる。また完成作品には撮影担当の渡辺公夫の意見なども採用されているかも知れない。つまり映画というものは、スタッフ会議や現場のあれこれの要因から常にそのプランが変動する蓋然性を持しているのが当然のことであってみれば、いうまでもなく完成作品としての映像は全て三島の当初の意図通りに出来たものではなく、最終的に監督の三島が納得する形での完成であったわけである。となると、もともと三島が抱いていた映画「憂国」における切腹の意味について考えていく場合、〈氏が全く同じ意向をこの映画化に対して持っていられた事〉という、堂本のその意向もまた重要である。

堂本は前記の文章で、古代ローマのサツルナリア祭儀を例に出し、この映画は、劇行為への永劫への回帰と神に対する人間供儀を指向したものである、としている。堂本の述べるところの、三島の〈同じ意向〉とは、「製作意図及び経過」にある次の一節を指していよう。

> 一つの映画作品として、私が究極的に狙つたものは、もともと一個のドラマではなかつた。むしろドラマの前段階の宗教的なドローメノンの、農耕祭儀の犠牲《いけにへ》の儀式、自然の中における人間の植物的運命の、昂揚と破滅と再生の呪術的な祭式に似たものだつた。従つてそれは、何ら文学や文字を介さずに、狩猟の歓喜に似た人間のもつとも原始的な感動を呼びさますものでなければならず、目をおほふほどの恐怖と衝撃の中から、主人公と共に観客も亦再生する、反文明的なリテュアルの再現でなければならなかつた。

堂本からの知識に加え、三島の「蔵書目録」に見える、例えばハリソン『古代芸術と祭式』やエリアーデ『永遠回帰の神話』、またはフレイザー『金枝篇』などが、右の発言を幾分なりとも裏打ちしていることは明らかであり、ここで、海外向けタイトルが「YUKOKU or The Rite of Love and Death」であったことを思えば、堂本と同じくしたという三島の意向なるものはほぼ明瞭であろう。神に対する人間供儀、それは、来るべき死を前にしての交情というオルギアを経て供犠としての切腹を遂げ、二人が浄化されるということ、それが死の後の再生を祈る呪術的意味を持つ祭儀・ドローメノンであり、またその交情と死が、エリアーデ流にいえば「カオスからコスモスへ」という宇宙開闢の死と復活の原初的行為の模倣・反復として俗的時間を撥無させ、神的な聖化と永遠化を成就させる、というわけである。

その一方、三島は川喜多かしことの対談で、中尉の軍帽はシテの面に相当し、〈面をかぶっている主人公の軍人の方は、もう超人間的なものでしょう？　つまり軍人精神だけでいいんですよね、いわば。女の方はまだ素面の人間なんです。その女も、おしまいの方で、お化粧することで民俗学的にいうと神になるんですよ。―お化粧は本来、神をのり移らせるためのものなんですね[39]〉と語っている。橋がかりを渡って登場する中尉はいわば人ならぬ神としてのシテであり、妻も結局のところ化粧を以て神を迎え贄として浄化される。〈能が死と再生にもとづく構成をもっているのは、根本的な点で鎮魂としての遊び〉即ち〈死者を復活させるための呪術的歌舞[40]〉なのであり、もともと能舞台というものはその見所をも含めたひとつのリテュアルな場であった。三島と堂本は、いうなれば劇場という悪場所の闇に輝く銀幕を舞台として、見所の観客を忘我に導く半時間に満たない呪術的祭儀としての能を目論んだのである。

刃を見せた刀の許での情交はいや増して「死にまでいたる生の高揚」を際だたせられ、そのオルギアの果てに中尉夫妻は壮絶な自死を以てサクリファイス＝自己聖化を遂げるのであり、竜安寺石庭風の背景をバックに、神として浄化、再生する。正にディオニッソス祭儀さながらの自己犠牲と聖化を、三島が自らの肉体をして演じるのである。そして何より重要なことは、これがそれまでに密かに行われた切腹ゴッコでも、そしてまた小説でもなく、演じる自らを銀幕の上に見つめることが出来、それを何度でも繰り返すことが出来る映画というメディアであったということだ。

　芸術家であり同時に芸術作品を一身に兼ねること、客体としての存在感を十全に感じさせつつ同時にかくあるオブジェとしての存在感を主体として噛みしめ感じるといった、主客の一致あるいは芸術体現の不可能事が、映写されたフィルムの影を媒介とすることによって、あくまで仮構的にではあるがここに一時的に成立する。今こそ「三島由紀夫」の切腹自演を通して、地下なる三島の存在への飢渇は癒され、陰と陽は一体となる瞬間を得る。劇場の大画面の中に、永遠に四十歳である「三島由紀夫」が三島由紀夫として、その死と再生の祭儀を無限に繰り返す。己の死後にいたっても、この複製可能なヴィジュアルとして残された三島の「人生究極の夢」は、その唯一の監督主演作品として劇場で上映され続けるだろうことを、三島は当然意識していたに違いない。そこには、〈外形の永続によって時間に打勝ちたいという原初以来の欲求[41]〉、時間軸の外へ己を作品としてあらしめようという側面もあったのかもしれないが、そもそもドローメノンとは、規則的反復性を持つものであり、〈再生のための供儀は、「創造」の儀礼的くりかえし[42]〉であるためにも、自己聖化の供儀として映画「憂国」は繰り返し上映されなければならないからである。

注1　倉林靖『澁澤・三島・六〇年代』（リブロポート、平8・9）、136頁。

2　「国文学研究ノート」（昭63・8）。

3　「シナリオ」（昭41・4）、25～26頁。

4　「日本地下映画論」（「映画芸術」昭41・9）、43～44頁。他に、佐藤重臣らによる座談会「これがアンダーグラウンド・シネマだ」（「映画評論」昭41・8）等でもプライヴェート・フィルムとして「憂国」が話題にされている。なお、「プライヴェート・フィルム」および「パーソナル・フィルム」は、厳密には本来それぞれ意味が異なろうが、本稿では広義の「個人映画」として「プライヴェート・フィルム」という名称に統一した。

5　映画公開直後の雑誌『シナリオ』（昭41・4）は「映画製作費のすべて」を特集に組み、前出の舟橋和郎との対談と、藤井浩明「"HAND MAID FILM"―『憂国』」を掲載しているが、ここで藤井は制作費の明細を掲げた上で〈パーソナル・フィルムの一つのサンプル〉（21頁）として「憂国」を位置づけている。

6　シェルドン・レナン（波多野哲朗訳）『アンダーグラウンド映画』（三一書房、昭44・6）、55頁。レナンによれば、アンダーグラウンド映画という言葉は、一九五九年にアメリカで初めて個人的芸術映画の意味で使われたものであり、このような系統の映画は当初ニューアメリカンシネマと呼ばれていた。本稿では、日本におけるプライヴェート・フィルム、フリー・シネマ、アヴァンギャルド・フィルムなど、一九五〇年代からの商業資本によらない個人的芸術映画を暫定的に広義のアンダーグラウンド映画として総称した。ただしこの時点でのアンダーグラウンド映画と、六〇年代後半に流行語ともなった所謂「アングラ」といった和製英語が示すものとには微妙な温度差があると考えている。

7　松本俊夫・宇川直弘「すべての前衛映画の最前線から」（平沢剛編『アンダーグラウンド・フィルム・アーカイブス』河出書房新社、平13・7）、22頁。

8　小笠原隆夫「私の中の三島由紀夫—切腹・介錯と死について」（「江古田文学」平18・2）によれば、昭和三十七年夏、この映画で三島邸をロケ地として使用したく直接三島邸に赴き交渉したが結局断られたという経緯があった。

9　飯村隆彦、石崎浩一郎、大林宣彦、金坂健二、佐藤重臣、ドナルド・リチー「真に自由な映画を—フィルムアンデパンダンの提唱」（「日本読書新聞」昭39・9・14）、8面。

10　堂本正樹「『憂国』裂罅泉」（「MLMW」昭55・5）、60頁。

11　『三島由紀夫おぼえがき』立風書房、昭58・12）、15頁。なお、おそらく澁澤が語るのと同じ三島邸での映画会について、草壁久四郎が「三島由紀夫さんと映画のこと」（「アートシアター」昭41・4）でも触れており、当時リチーの「熱海ブルース」ノーカット版が上映されたことを伝えている。

12　細江英公「撮影ノート」（『薔薇刑・新版』集英社、昭59・9）参照。

13　無署名「三島氏と六人のアバンギャルド」（「週刊現代」昭34・9・6）参照。

14　元藤燁子『土方巽とともに』（筑摩書房、平2・8）参照。

15　雁「フェスティバル律—その意義と背景」（「短歌」昭39・7）参照。

16　ただし、この藤野の映画を三島が鑑賞しに赴いた確証はない。

17　例えばドナルド・リチー「現代文化のインキュベーター」（『輝け60年代—草月アートセンターの全記録』「草月アートセンターの記録」刊行委員会、平14・12）によれば、三島は寺山修司の舞台にはいつも初日に駆けつけ、リチー作品上映の際は必ず草月に足を運んだ、という。

18　「時代の交点の力—六〇年代と三島由紀夫」（「昭和文学研究」平11・9）、20頁。

19　草柳大蔵「三島由紀夫の完全犯罪—映画『憂国』とその興行的ヒットを論ず」（「キネマ旬報」昭41・6上旬）、13～14頁。

20　堂本正樹『回想・回転扉の三島由紀夫』（文芸春秋、平17・11）掲載の、三島直筆コピー台本の写真には、堂本正樹監督作品とある。

21　右同、１２１頁。

22　三木良「透し彫りの迷宮—昏碑三島由紀夫」（「MLMW」昭55・7）、82頁。

23　堂本前掲「『憂国』裂罅泉」、60～61頁。

24　堂本前掲『回想・回転扉の三島由紀夫』、61頁。また、初出の「APOLLO」には発行月は明記されていないが、無署名「ホモ・ポルノ『愛の処刑』は三島由紀夫作品か」（「週刊ポスト」昭48・4・13）によれば十月発行。

25　例えば、嵐万作「切腹同性愛の変容―三島をめぐる一考察」（「薔薇族」昭58・12）などが、既に具体的な描写の比較を行っている。また、高橋睦郎「存在感獲得への熱望」（中条省平編『続・三島由紀夫が死んだ日』実業之日本社、平17・11）は、「憂国」と「愛の処刑」の類似については既に三島生前にある雑誌誌上で指摘されていたことを伝えている。

26　前掲「ホモ・ポルノ『愛の処刑』は三島由紀夫作品か」、29頁。

27　堂本前掲書に、初めて切腹ゴッコをした際、前年文学座で上演したアヌイ「アンティゴオヌ」の話をしたとあるが、文学座フランス演劇研究会での「アンティゴオヌ」上演は昭和二十四年六月なので昭和二十五年と推定した。

28　「宝島30」（平8・4）、89頁。

29　下川耿史『極楽商売―聞き書き戦後性相史』（筑摩書房、平10・3）参照。

30　奥野健男「『家畜人ヤプー』伝説」（沼正三『家畜人ヤプー』都市出版社、昭45・2）参照。

31　「ADONIS」の会員募集から創刊までの動向については、拙稿「解題『アドニス』総目次」（「薔薇窗」平17・9）を参照されたい。

32　碧川潭については、アドニス版「虚無への供物」を再掲した「小説推理」（平17・1）を、菱川紳については、高橋睦郎「菱川からもよろしく」（現代詩手帖特集版『塚本邦雄の宇宙』思潮社、平17・8）を参照。

33　中康弘通『切腹―悲愴美の世界』（久保書店、昭46・2）、259頁。ただし、早乙女宏美『性の仕事師たち』（河出書房新社、平10・10）所収の中康へのインタビューでは、この時三島に青島事件のコピーを手渡したとも語っている。

34　児島輝彦「男性切腹同性愛者より」（「奇譚クラブ」昭30・1）、178頁。

35　『現代日本文学館42　三島由紀夫』（小学館、昭41・8）収録の「憂国」末尾に、五月に改訂したと著者注記がある。

36　「新潮45」（平10・6）。

37　前掲「シナリオ」、29頁。

38　「アート・シアター」（昭41・4）、53頁。堂本はまたこの半年後に「人間供儀のドラマ―能に見る遺例を中心に」（「演劇空間」昭41・11）という論文を発表し、自らの専門に則った人間供儀への考察をしている。

39　「映画『憂国』の愛と死」（「婦人公論」昭41・5）、196頁。

40　戸井田道三『能―神と乞食の芸術』（毎日新聞社、昭39・11）、94頁。

41　アンドレ・バザン（小海永二訳）『映画とは何かII』（美術出版社、昭45・5）、14頁。

42　久米博訳『エリアーデ著作集3　聖なる空間と時間』（せりか書房、昭49・10）、29頁。

＊注を付さない三島の引用は『決定版三島由紀夫全集』（新潮社）に依る。

（大学非常勤講師）

戦中派的情念とやくざ映画

――三島由紀夫と鶴田浩二――

山内由紀人

1

やくざ映画が市民権を得たことで知られる三島由紀夫の映画評論、「『総長賭博』と『飛車角と吉良常』のなかの鶴田浩二」が発表されたのは、昭和四十四年の「映画芸術」三月号のことである。当時は東映の任侠路線を中心に、やくざ映画の全盛期であった。しかしこの血と暴力を描いた映画は、映画評論家やマスコミからはほとんど黙殺され、正当に評価されることはなかった。興行的には、全学連の世代や中高年サラリーマン層の熱烈な支持を受け、成功を収めていた。そんな中で三島がいきなりやくざ映画の芸術性を認め、しかも鶴田浩二の主演した『博奕打ち・総長賭博』(監督・山下耕作)を「これは何の誇張もなしに『名画』だ」と絶賛したことから、やくざ映画は一気に脚光を浴びることになる。その意味からも、三島の書いたやくざ映画論は画期的なものだった。

三島は昭和二十四年七月に『仮面の告白』を上梓する前後から映画評論を書きはじめ、対談や座談会にも数多く出席するようになった。小学校に入学直後の夏休みにはじめて映画を見て、その空想の世界に魅かれ、ナルシシズムと変身願望にめざめる過程は、『仮面の告白』の幼少年期のエピソードとして語られている。そして十二歳の時に『女だけの都』というフランス映画によって、映画に開眼する。以後、三島は映画狂を自認するほどの映画好きとなる。三島の映画評論は、細部への目配りがゆきとどいた、きわめて正統的でオーソドックスなものである。まさに映画青年のお手本のような評論だった。

しかしそれも昭和四十年代に入ると、かなり異質なものになってくる。冷静かつ客観的な批評意識は、主観的かつ心情的なものとなり、自らの内面的な主題を語るためのテーマ批評の傾向をつよくしてくる。対象がやくざ映画になるのは、一つの必然であった。その必然は、戦後二十年余を過ごした時間から生みだされたものである。つまり戦中派的情念に再びめざめ、小説家から行動家への道を歩みはじめた三島は、映画に対しても行動と男の美学を描いたものを好むようになった。アラン・ドロン主演のフィルム・ノワール『サムライ』がその好例だろう。やくざ映画論が異質なのはそのためであり、それはむしろヒーローを演じる鶴田浩二へのオマージュとして書かれているからである。

昭和四十四年といえば、三島にとっては人生最後の大きなターニング・ポイントになった年である。その年頭にやくざ映画論が発表されたことの意味は大きい。自死までおよそ一年と十一ヵ月。この〈鶴田浩二論〉に、蹶起に至る行動の意味を読みとることもできるだろう。これは六〇年代の思想的転回を告白する『林房雄論』（「新潮」昭和三十八年二月号）と一対のもので、もう一つの『林房雄論』ともいうべき一面をもっている。林が戦中派的情念への回帰を裏づける思想の象徴的人物なら、鶴田はその情念を行動へと駆り立てる象徴的人物だった。林が戦中派的情念の思想の化身、鶴田が行動の化身といいかえてもいい。『林房雄論』から〈鶴田浩二論〉への六年という時間にこそ、三島の死と行動の謎を解く重要な精神過程が隠されている。

ことに昭和四十三年の年明けからの一年間は、「楯の会」の母体となる民兵組織の結成のために精力的に動き回っていた。さらにその一年前の、昭和四十一年の春から翌四十二年の春にかけて、「論争ジャーナル」や「日本学生新聞」の学生編集者たちと出会った三島は、青年たちの日本を憂える純粋な思いに感銘を受けた。紹介したのは林房雄だった。彼らにとって、「二・二六事件三部作」（昭和四十一年六月）を完結させた三島は、小説家であるより、むしろ偉大な思想家だった。やがて三島から自衛隊体験入隊の予定があること、民兵組織を作る構想があることが告げられる。四十二年四月、三島の単身での自衛隊体験入隊が実行されるのと前後して、日本学生同盟や早稲田大学国防部などの民族派の学生たちとの討議がはじまる。そして十月には「『国土防衛隊』草案」が作成され、年末にはほぼ骨格が固まる。四十三年一月、「J・N・G仮案」と「『祖国防衛隊』綱領草案」を発表。二月、十四名の学生たちと「祖国防衛隊」を結成し、三月に隊員二十名とともに自衛隊に体験入隊する。これが「楯の会」一期生である。以後、積極的に隊員の招集がはじまり、昭和四十五年の春までに五期生、約百名に近い集団が組織される。四十三年四月、「祖国防衛隊」の最初の閲兵式が行われる。十月、名称を「楯の会」に変更。十一月からは月例会議がはじまる。四十四年一月三日には、幹部隊員と、前年度の反省と新年度の活動目標が話し合われた。五日には『豊饒の海』の第一巻『春の雪』が、つづいて二月二十五日には第二巻『奔馬』が発売になった。そんな状況下で、『総長賭博』と『飛車角と吉良常』のなかの鶴田浩二」は書かれた。

2

三島が書いた鶴田の二本の映画に関する評論がパセテックなのは、鶴田の演じる主人公に対する共感として語られているからである。それは任侠道に生きる男の行動美へのつよい憧れからきている。『総長賭博』が「『名画』」である理由を、三島はこう語る。

〈何といふ自然な必然性の絲が、各シークエンスに、綿密に張りめぐらされてゐることだらう。セリフのはしばしにいたるまで、何といふ洗練が支配しキザなところが一つもなく、物語の外の世界への絶対の無関心が保たれてゐることだらう。(それだからこそ、観客の心に、あらゆるアナロジーが許されるのである。)何と一人一人の人物が、その破倫、その反抗でさへも、一定の忠実な型を守り、一つの限定された社会の様式的完成に奉仕してゐることだらう。(中略)何といふ絶対的肯定の中にギリギリに仕組まれた悲劇であらう。しかも、その悲劇は何とすみずみまで、あたかも古典劇のやうに、人間的真実に叶つてゐることだらう〉

さらに三島は二つの象徴的な場面をあげ、その完成度は「みごとな演劇的な間《ま》と、整然たる構成」にあるとし、「私はこの監督の文体の確かさに感じ入つた」と書く。

〈この文体には乱れがなく、みせびらかしがなく、着実で、日本の障子を見るやうに明るく規矩正しく、しかも冷たくない。その悲傷の表現は、内側へ内側へとたわみ込んで抑制されてゐるのである〉

作品としての評価はほぼ完璧に近い。このあとからいよいよ鶴田に対する異様なまでの感情移入をみせることになる。三島は二本の映画における鶴田の「年配にふさはしい辛抱立役」に感服する。

〈このことは、鶴田の戦中派的情念と、その辛抱立役への転身と、目の下のたるみとが、すべて私自身の問題になって来たところに理由があるのかもしれない。おそらく全映画俳優で、鶴田ほど、私にとつて感情移入の容易な対象はないのである〉

心情的共感というようりはむしろ、スクリーンの鶴田はもはや三島の分身なのである。三島は大正十四年(昭和元年)一月十四日生まれ。鶴田はそれより一ヶ月ほど早い、大正十三年十二月六日生まれである。まったくの同年といっていい。「戦中派的情念」を共有する世代である。鶴田は学徒動員され、「海軍飛行科予備生徒第二期生」という軍隊経験をもつ。それが戦中派世代の体験的な思想となって、俳優人生を決定した。敗戦後に高田浩吉劇団に入団、のちに松竹から映画デビューする。戦後を代表する青春映画の二枚目スターとして活躍。しかし昭和二十八年、家城巳代治監督の独立プロ作品『雲ながるる果てに』の主演を契機に、「戦中派的情念」にめざめはじめる。この学徒航空兵を描いた反戦映画で、鶴田が演じたのは愛国心のつよい特攻隊員だった。その役への感情移入と軍隊経験が混然となり、鶴田は「特攻帰り」を自称するようになる。それが詐称であったことが、昭和六十二年の死後に明らかになり、大きな話題となる。軍歴に詐称はあっても、鶴田の同世代の仲間たちへの哀悼の気持ちに偽りはなかった。鶴田は生涯、一徹なまでに反戦主義を主張したが、熱烈な愛国主義者でもあり、右翼のイメージがつよい。右翼の街宣カーからは、今も鶴田の歌声が流れている。三島はもちろん鶴田の軍歴詐称のことは知らずに死んだ。「特攻帰り」の鶴田は、三島にとって自らの戦中派体験を投影させる映画スターだったのである。

昭和三十年代に入ると、鶴田はそれまでの青春スターを脱皮して、東宝や東映で多くのギャング映画に出演するようになる。そして昭和三十八年から三十九年にかけて公開された、沢島忠監督による〈人生劇場・飛車角シリーズ〉三部作によって、任侠映画のヒーロー像を形づくる。念のために言っておけば、三島の絶賛する『人生劇場・飛車角と吉良常』は、内田吐夢監督作品でそのシリーズとは別の独立した作品である。鶴田の任侠スターとしての人気を決定づけたのは、昭和四十年の『明治侠客伝・三代目襲名』(監督・加藤泰)といっていいだろう。

三島は、『総長賭博』や『飛車角と吉良常』が公開される以前に行われた、大島渚との対談「ファシストか革命家か」(「映画芸術」昭和四十三年一月号)で、すでに鶴田のファンであることを熱っぽく語っている。

「鶴田浩二が好きなんですよ。よく東映に行くんですよ/鶴田が好きなんです。ちょっと疲れた目の下がだぶってきて、なんかじっと考えるでしょ、考えることなんか何もないですよね。だけど考える/あの悩んでるときの鶴田はありゃ深刻ですよ。いつも、必ず、やっぱり悩むんです。着物着てね。こうじーっと考える。その考えてる顔いいですよ。ホント/あったんだと思う。あいつね、自分の生活体験のなかにあったんだと思う。そこまで役者をバカにしちゃ可愛想だと思う。やっぱりあった、必ず、それがにじむよ/あの顔はいいね。どうしても行かざるを得ないという前のね」

まさに男が男に送ったファンレターである。このラブコールは、「楯の会」の結成準備と決して無縁ではない。戦後を生きのびてきた三島の苦悩を、鶴田が演じてみせる。三島が鶴田の「『万感こもごも』といふ表情」に見たのは、「男の我慢の美しさ」だった。

〈思へば私も、我慢を学び、辛抱を学んだ。さう云ふと人は笑ふだらうが、本当に学んだのである。自分ではまさか自分の我慢を美しいと考へることは困難だから、鶴田のさういふ我慢の美しさを見て安心するのである〉

三島は一体何を我慢し、何を辛抱していたのだろうか。おそらくこれは『鏡子の家』(昭和三十四年九月)に由来する。この作品は、『金閣寺』で成功を収めた三島がもう一度〈戦後〉という時間と向き合い、自らの精神史を総括するために書かれた、渾身の書き下ろし長編小説だった。執筆に一年と三カ月を費やした、九五〇枚近い大作だった。三島には『金閣寺』につづくもう一つの傑作になるという、つよい自信があった。しかし文壇にはほとんど黙殺され、マスコミの評価も低く、失敗作とされた。期待していた三島は落胆し、絶望した。当時はその心境を公に語ることはなかったが、前述の大島渚との対談では臆面もなく愚痴をこぼしている。

『『鏡子の家』でね、ぼく、そんなことというと恥だけど、あれでみんなに非常にわかってほしかったんですよ。それで、自分はいま川のなかに赤ン坊を捨てようとしているると、みんなとめないのかというんで橋の上に立ってるんですよ。誰もとめにきてくれなかった。それで絶望して川のなかに赤ン坊投げ込んでそれでもうおしまいですよ。ぼくはもう。あれはすんだことだ。まだ逮捕されない。だから今度は逮捕されるようにいろいろやってるんですよ。しかしそのときの文壇の冷たさってなかったですよ。ぼくが赤ン坊捨てようとしているのに誰もふり向きもしなかった。そんなことを言っちゃ愚痴になりますがね。ぼくの痛切な気持はそうでしたね。それから狂っちゃったんでしょうね、きっと」

三島の口惜しさがよくわかる。ここから文壇と戦後社会での「我慢」と「辛抱」がはじまり、六〇年代の鬱屈に入っていく。それをまぎらすために、三島は昭和三十五年二月、大映映画『からっ風野郎』に主演し、やくざを演じる。そしてこの年の十一月、世界一周旅行に出発する直前に『憂国』を書き上げ、「小説中央公論」冬季号に発表。のちの日本回帰の契機となり、六〇年代の存在証明の先駆的な作品となる。翌三十六年一月末に帰国。直後に深沢七郎の『風流夢譚』をめぐり、掲載した「中央公論」の嶋中社長の自宅が右翼の少年によって襲撃される事件が発生。『風流夢譚』を推薦したのは三島であり、事件の責任を問われた三島はつよい衝撃を受け、警戒した。こうしてますます孤独感をつよめていった三島は、昭和三十八年になって『林房雄論』を書き、戦後社会と訣別した。主題となる「転向」と「日本回帰」は、十代の思想への回帰を意味した。三島が「戦中派的情念」をはじめてモチーフとした批評作品であった。そのモチーフを小説化したのが、同年の「新潮」九月号に発表された『剣』であるだろう。この『葉隠』と陽明学を一体化したような明快な行動小説によって、三島に大きな転機が訪れる。戦中派世代としての自覚と責任、行動家としてのめざめである。おそらく『剣』の世界は、鶴田の演じたやくざ映画の世界と等価なものなのである。三島の戦後社会における責務がはじまる。

3

三島は、「スクリーン上の鶴田の行動」は『『しがらみ』の快刀乱麻の解決としてではなく、つねに、各種のしがらみの中に彼が発見した『純粋しがらみ』、各種のしがらみから彼が抽出した共通の基本原理たる『しがらみ』に則つて起されたものだという。この「しがらみ」こそ、三島が鶴田に共感する最大の要因である。

〈それがどんなものであるかは言ひがたい。しかし殺人は、いつも悲しみであり、必然性と不可避性は、いつも、「人にわかりやすい正義」に反することになる。彼は正

義の戦争ができないやうになつてゐる。その基本的情念は困惑であり、彼が演ずるのは困惑の男性美なのだ〉

この評論のテーマはここにある。巧みなレトリックである。三島の死と行動が「困惑の男性美」だといっては性急すぎるだろうが、三島にその思いがあったことだけは確かである。しかも三島は小説家なのである。「男性美」とは無縁であるからこそ、「困惑」もまた激しいのだ。鶴田は「二律背反」「矛盾錯綜」「衝突背反」の立場につねに置かれるが、「必ずや一つの情念にとけ込むことを約束されてゐる」という。三島はそこに行動の意味を見出そうとする。現実の状況は映画と同じである。鶴田の生きるやくざ社会と、自分が綿綿と生きる戦後社会がダブル・イメージを形成するのである。昭和四十年代になって三島を追いつめていった一つの問いは、小説家として生きることの意味は何かということである。だからこう書くのだ。

〈しかも、その世界に住むことは、決して快適ではなく、いつも困惑へ彼を、みちびくほかはないのであるが、その困惑においてだけ、彼は「男」になるのである。それこそはヤクザの世界であつた。

鶴田は体ごとかういふ世界を表現する。その撫で肩、和服姿のやや軟派風な肩が、彼をあらゆるニセモノの颯爽さから救つてゐる。そして「愚かさ」といふものの、何たる知的な、何たる説得的な、何たるシャープな表現が彼の演技に見られることか〉

三島もまた小説家としての「困惑」を生きることを決意する。決意は小説家であることより、行動家になることを選ぶ。それが愚かであることも、もとより自覚している。「男」になるというのはそういうことであった。三島はかつての仮面を捨て、「ニセモノ」の世界から「本物」の世界に存在証明を求めはじめたのである。

主題が鶴田の演じる「愚かさ」に及んで、この映画論の結論は一気に時局的なものとなる。話はいきなり東大安田講堂の攻防戦に移るのである。三島はテレビで、攻防戦を見学している教授達の顔を見て、何ともいえない「愚かさ」を感じたというのである。その「愚かさ」が、鶴田の演じる「愚かさ」と対極にあることを指摘する。

〈それは到底知的選良の顔といへる代物ではなかつた。人間はいくら知識を積んでも、いくら頭がよくても、これほどに「愚かさ」を顔に露呈し、しかもその「愚かさ」にはみぢんも美がないといふことに、私はむしろおどろいた。鶴田の示す思ひつめた「愚かさ」には、この逆なもの、すなはち、人間の情念の純粋度が、或る澄明な「知的な」思慮深さに結晶する姿が見られる。考へれば考へるほど殺人にしか到達しない思考が、人間の顔をもつとも美しく知的にするといふことは、おどろくべきことである。

一方、考へれば考へるほど「人間性と生命の尊厳」にしか到達しない思考が、人間の顔をもつとも醜く愚かに

するといふことは、さらにおどろくべきことである〉

　このやくざ映画論が面白いのは、こんな結論に達するからである。これは戦後知識人に対する猛烈な皮肉と批判であると同時に、自戒の言葉でもある。三島は戦後知識人であるよりも、スクリーンの鶴田になることを望んだのである。三島が林房雄との対談『対話・日本人論』（昭和四十一年十月）の中で、戦後知識人たちの戦後日本の再建における責任を激しく追及し、「彼らは思想を一つもつくらなかつた」と糾弾する論理と、これは同一のものである。三島には対米隷属によって経済的繁栄にうつつを抜かす、虚妄の戦後民主主義が我慢ならなかった。そしてその受益者でもある自己への辛抱。鶴田の「我慢」と「辛抱」はここに重なる。戦中派的情念が純粋に結晶化し、やがて蹶起に至るのは時間の問題だった。

　死の半年ほど前に刊行された小高根二郎の『蓮田善明とその死』（昭和四十五年三月）の序文において、三島は戦争中の蓮田の怒りは「日本の知識人に対する怒り」「最大の『内部の敵』に対する怒り」だったと書き、そのあとをこうつづけている。

〈この騎士的な憤怒は当時の私には理解できなかつたが、戦後自ら知識人の実態に触れるにつれ、徐々に蓮田氏の怒りは私のものになつた。そして氏の享年が近づくにつれ、氏の死が、その死の形が何を意味したかが、突然啓示のやうに私の久しい迷蒙を照らし出したのである〉

　蓮田は「文芸文化」同人の一人であり、『花ざかりの森』が連載になった時、十六歳の三島の登場を誰よりも喜び、編集後記に「この年少の作者は、併し悠久な日本の歴史の請《もほ》し子である」と書いて、惜しみない賛辞を贈った人物である。三島の十代の思想への回帰とは、この「文芸文化」の時代への帰郷を意味するのである。ことに蓮田による思想的影響は大きかった。三島は蓮田から浪漫的心情の何たるかを学び、その精神を受け継いだのである。出征した蓮田はマレー半島のジョホールバルで敗戦を迎え、三日後の八月十八日、通敵行為及び国体批判をした上官を射殺して自決、四十三歳の生涯を閉じた。思想に殉じたこの蓮田の死が二十五年のちに、戦後を生きのびた三島の「迷蒙」を照らし出すのである。「我慢」も「辛抱」も、「迷蒙」を打破する行動の力となる。「騎士的」とは「武士的」と同義である。蓮田の最期には、スクリーンの鶴田のような「男の我慢の美しさ」があるのである。三島の「憤怒」は、戦中から敗戦直後への青春体験にあったことがわかる。鶴田へのオマージュが、戦中派的情念の発露にあるのはそのためである。それを証言する言葉が、『蓮田善明とその死』の序文にある。

〈「予はかかる時代の人は若くして死なねばならないのではないかと思ふ。……然《さ》うして死ぬことが今日の自分の文化だと知つてゐる。」（大津皇子論）

　この蓮田氏の書いた数行は、今も私の心にこびりついて離れない。死ぬことが文化だ、といふ考への、或る時代の青年の心を襲つた稲妻のやうな美しさから、今日な

ほ私がのがれることができないのは、多分、自分がそのやうにして「文化」を創る人間になり得なかつたといふ千年の憾みに拠る〉

これは悔悟の言葉である。戦中派世代の一人の若者として、青春期に死を逸したことへの悔いである。鶴田が「特攻帰り」を自称し、英霊に対する鎮魂を責務としたように、三島もまた英霊となった「『われら』の世代」のために生きようとする。三島と鶴田は、三島がやくざ映画論を発表した直後に対談をしている。そこで鶴田はこう発言している。

「ぼくは学徒兵なんです。学生が自殺行為に近いことを強いられたことは事実。その悲しさは確かにあります。ありますけれども、われわれの仲間はほとんど独身者《ひとりもの》だったんですよ。一方では、一家の支柱になっている男が、赤紙一枚でいきなり持っていかれるわけです。（中略）三島さんのいわれたことと同じことだと思いますよ。人間として、真実に向かって、誰がどうひたむきに生きたかということがいちばん大事だと思う」（「刺客と組長―男の盟約」「週刊プレイボーイ」昭和四十四年七月八日号）

鶴田の思想の原点だといっていい。その発言の前に、三島は『きけわだつみのこえ』にふれ、「ある悲しい記念碑ではあるけれども、どこに根拠があるかというんだ。テメエはインテリだから偉い、大学生がむりやり殺されたんだからかわいそうだ、それじゃ小学校しか出ていないで兵隊にいって死んだやつはどうなる」と激怒している。また戦時中については、「あの時代は、日本人がいろいろな目にあって、もうどうしようもねェという、そういうシガラミの中で生きてきた人間だろう」と言って、鶴田に対し理解を示している。二人は意気投合する。

しかし三島には軍隊経験がない。しかも入隊検査で軍医の誤診で不合格となり、即日帰郷となった身である。その時の入隊者がほとんど戦死したことを、三島はのちに知ることになる。だからこんな言葉が生まれるのである。

〈一体自分はいかなる日、いかなる時代のために生れたのか、と私は考へる。（中略）自分の胸の裡には、なほ癒やされぬ浪曼的な魂、白く羽搏くものが時折感じられる。それと同時に、たえず苦《にが》いアイロニーが私の心を嚙んでゐる。〉（「『われら』からの遁走―私の文学」「われらの文学5」昭和四十一年三月）

「われら」という世代から遁走し、戦後社会に孤立した三島は、再び「われら」の時代へ帰ろうとする。遅すぎた死を夢見て、『「文化」を創る人間』になろうとする。そのためには集団が必要だった。なぜならかつて三島が逸したのは、「集団の悲劇であり、あるひは集団の一員としての悲劇」（『太陽と鉄』）だったからである。その悲劇の再現のために、「楯の会」はもう一つの意味をもった。「集団は死へ向つて拓かれてゐなければならなかつた。私がここで戦士共同体を意味してゐることは云ふまでもあるまい」。『太陽と鉄』の最後には、三島の死と行動の意味が婉曲的に語られているが、まさにそれは戦中派的情念の裏返しであった。
〈心臓のざわめきは集団に通ひ合ひ、迅速な脈搏は頒たれてゐた。自意識はもはや、遠い都市の幻影のやうに遠くにあつた。私は彼らに属し、彼らは私に属し、疑ひやうのない「われら」を形成してゐた。（中略）しかも他者はすでに「われら」に属し、われらの各員は、この不測の力に身を委ねることによつて、「われら」に属してゐたのである。
かくて集団は、私には、何ものかへの橋、そこを渡れば戻る由もない一つの橋と思はれたのだつた〉
集団としての「楯の会」は、次の二つのことによって大きな意味をもった。一つは「死ぬことが文化だ」ということの、「われら」の一員であることの証明のために。もう一つはその死が批評であることの証明のために。

4

鶴田に仮託されて語られる〈男〉の行動美は、きわめて武士道の美学に近い。やくざ社会における〈男〉とは、三島にとっては武士の生き方なのである。たとえば「檄」で執拗に繰り返される「男」「武士」という言葉。

〈我慢に我慢を重ねても、守るべき最後の一線をこえれば、決然起ち上るのが男であり武士である／今こそわれわれは生命尊重以上の価値の所在を諸君の目に見せてやる。それは自由でも民主々義でもない。日本だ。われわれの愛する歴史と伝統の国、日本だ。これを骨抜きにしてしまつた憲法に体をぶつけて死ぬ奴はゐないのか。もしゐれば、今からでも共に起ち、共に死なう。われわれは至純の魂を持つ諸君が、一個の男子、真の武士として蘇へることを熱望するあまり、この挙に出たのである〉

憲法改正を訴える三島は、自衛隊員に向かってこう叫ぶ。この心情と論理は、鶴田に対する共感と一つのものである。蹶起を促すために、「われわれは悲しみ、怒り、つひには憤激した」と、蓮田に共通する武士的な怒りをあらわにする。

やくざ社会の任侠道と武士道が同じ一つの起源であることを考えれば、三島の論理は正しいといえる。台頭期の武士たちの世界を描いた『平治物語』（鎌倉時代初期）には、すでに「されば武の道に、血気の勇者、仁義の勇者と云事あり。いかにも仁義の勇者を本とす」という記述がみられる。武士道はそもそも任侠心から発生しているのである。十代から『葉隠』を愛読していた三島が、やくざ映画を愛するのは自然な成行だった。三島は鶴田との対談で語る。

「ぼくはやくざ映画が好きなんだけれども、最近のやくざ映画は、一時みたいな、あさはかなやくざ否定がない。『総長賭博』にしても、『飛車角と吉良常』にしても、やくざ肯定なんだよ。（中略）そこまで進歩した。あとは進歩すれば、やくざ映画なんて名称はいらない。日本人の映画なんだよ。ある種の日本人が、どういうところに追いつめられたら、どう感じて、どう行動するかというテストをする映画」

非常に明快なやくざ映画賛美である。日本人の行動をテストする映画とは、もはややくざである必要はなく、日本人であることに一般化され、その行動哲学が主題になるということである。すでに三島の戦中派的情念は単に世代的なものを超えて、日本人そのものの情念の問題になっている。それは当時、三島が民族意識にめざめ、日本人としての自覚をつよくしていたことを意味する。『憂国』の映画化もその一つの実験的な試みである。三島が最終的に考えているのは、日本という国に外国からの脅威で危機が迫った時、「日本人としてどう処すべきか」という問題だった。鶴田もこれに賛同を示し、こう答える。「ぼくはね、三島さん、民族祖国が基本であるという理《ことわり》ってものがちゃんとあると思うんです。人間、この理をきちんと守っていけばまちがいない」。

三島は感銘し、「きちんと自分のコトワリを守っていく」ことの大切さを述べ、鶴田の「昭和維新」という言葉に共感、「いざというときは、オレもやるよ」と断言。鶴田もまた、「三島さん、そのときは電話一本かけてくださいよ。軍刀をもって、ぼくもかけつけるから」と、共に戦うことを意思表示。三島は哄笑し、「きみはやっぱり、オレの思ったとおりの男だったな」と楽しそうに語り、対談は終わる。

また死のほんの一カ月前に行われた石堂淑朗との対談「戦争映画とやくざ映画」（「映画芸術」昭和四十六年二月号）では、「日本文化の伝統を伝えるのは、今ややくざ映画しかない」と発言している。三島が最後に行き着いた心のよりどころは、やくざ映画の世界だったのである。この対談を読むと、やくざ映画がいかに三島の行動の支えになっていたかがよくわかる。

かつての三島にとっては、「日本文化の伝統」とは、古典文学の世界にあった。十代の文学的故郷ともいうべき「日本浪曼派」から「文芸文化」に連なる浪曼主義精神こそ、三島美学の根本思想だった。伝統への回帰と、古典文学による日本精神の研鑽、そして美と浪曼的心情の絶対化こそ、文化の全体性を意味した。それが今、やくざ映画の世界と重なり合い、独自の文化意識を形成するのである。

死の一週間前の古林尚との対談で、三島は次のように語っている。

「どうしても自分の中には理性で統御できないものがある、と認めざるを得なくなった。つまり一度は否定したロマンティシズムをふたたび復興せざるを得なくなった。ひとたび自分の本質がロマンティークだとわかると、どうしてもハイムケール（帰郷）するわけですね。ハイムケールすると、十代にいっちゃうのです」（「三島由紀夫・最後の言葉」「図書新聞」昭和四十五年十二月十二日、四十六年一月一日）

三島の戦中派的情念、すなわち日本人としての情念の本質は「ロマンティシズム」なのである。やくざ映画の行動美は、その「ロマンティシズム」の体現だといっていい。三島にとって、やくざ映画は十代の思想のカタルシスになっているのである。

やくざ映画の偏愛を裏づける言葉が、「楯の会」に関する文章にみられるのは当然といえよう。たとえば次のような一節。

〈行動のための言葉がすべて汚《けが》れてしまつたとすれば、もう一つの日本の伝統、尚武とサムラヒの伝統を復活するには、言葉なしで、無言で、あらゆる誤解を甘受して行動しなければならぬ。Self-justificationは卑しい、といふサムラヒ的な考へが、私の中にはもともとひそんでゐた〉（「『楯の会』のこと」『楯の会』結成一周年記念パンフレット」昭和四十四年十一月）

日本の文化と伝統、文と武の意味を解き、行動の必要性をつよく説くこの文章は、『太陽と鉄』に連続している。最後に三島は、激しい戦闘訓練のあった日の夜の休息時、一人の学生が横笛で雅楽を吹奏するエピソードを紹介して、こう結んでいる。

〈私はこの笛の音を、心を奪はれてききながら、今目《ま》のあたりに、戦後の日本が一度も実現しなかつたもの、すなはち優雅と武士の伝統の幸福な一致が、（わづかな時間ではあつたが）、完全に成就されたのを感じた。それこそ私が永年心に求めて来たものだつた〉

やくざ映画を愛するのも、これと同じ論理だといえる。三島は『文化防衛論』において、「政治概念としての天皇をではなく、文化概念としての天皇の復活」を主張したが、その根柢にあるのは「みやび」への憧れだった。「みやび」こそが「文化における生命の自覚」を促すのだった。文化を守るとは国を守ることであり、守るとは行動することである。ここに「文化と行動」の幸福な一致、つまり文と武との完全な結合が成就される。しかしそれは逆説的な営為であって、その行為とは自死をもってしかありえないことも、三島はもとより知りぬいていた。やくざ映画はまさにその行為の物語だったのだ。おそらく三島は孤独にただ一人、映画館の暗闇の中でやくざ映画を見ながら、「優雅と武士の伝統の幸福な一致」を夢みていたのだろう。最後の映画評論で、「私の映画に求めてゐるのは『忘我』であつて、娯楽といふ名で括られるのは不本意である」（「忘我」「映画芸術」昭和四十五年八月号）と、三島が語っているのは印象的である。

三島が鶴田と対談したのは、実は「週刊プレイボーイ」が最初ではない。それより十五年も前の昭和二十九年、防衛報道出版部から発行されていた「自衛」八月号で、「もし徴兵令が布かれたら——対談・若き世代の真情」と題し対談している。まだ自衛隊は正式には発足しておらず、保安隊と呼ばれていた時代である。自衛隊法が施行されたのは昭和二十九年七月一日であるから、おそらくそれをふまえての企画と思われる。二人の顔合わせは、文壇、映画界のそれぞれの若手スターを選んだということだろう。ともに二十九歳。この年、三島は『潮騒』が大ベストセラーになり、戦後を代表する人気作家になっていた。一方の鶴田は前年に『雲ながるる果てに』に出演したばかりだった。この人選はもちろん「特攻帰り」を自称する、戦争体験者であったからだ。

テーマからいっても、この対談は興味深い。三島は昭和二十三年に発表した「重症者の兇器」（「人間」三月号）をはじめとして、これまでさまざまな文明論、社会論を戦後世代の一人として発言してきた。また『青の時代』（「新潮」昭和二十五年七月号〜十二月号）では、東大生によるヤミ金融の「光クラブ事件」を題材に、戦後青年の屈折した心理を戦争体験をもとに描いた。だから三島が指名されたのだろうが、十数年後に三島自身が自衛隊に体験入隊し、自ら民兵集団を組織するとは誰も想像できなかっただろう。しかし面白いのはすでにこの対談には、「楯の会」を予言し、やくざ映画の偏愛を予感させる発言があることである。三島は自らの本質がロマンティシズムにあることを告白し、戦中派的情念の一端をそれとなく垣間見せている。当時としては珍しく小説家らしからぬ一面をみせ、武への愛着を語っている。要点は次の二つである。

①戦時中へのノスタルジー

「とにかく僕は皆と一しよに生活をやつたこと、戦時中の動員生活の頃の経験は楽しかつた。軍隊でなくてもい丶んだ、若いうちに団体生活をした方がいいよ。古代ギリシヤでは、肉体と智能を均等に鍛錬することを厳しく命じた／近頃、僕はつくづく平和と自由という言葉ほど、呪わしい言葉はないと思つたよ。僕はむしろ戦時中の方が自由があつたと思うんだ／も一つ戦争映画の魅力といえるのは、あの軍国主義時代のユニフォームへの郷愁だな／やはり、男の服装はユニフォームが美しい。（中略）美しいよ。数でいくんだな。そこには必ず軍隊とかファシズムが低迷してくる。服従、規律の命令とか……」

②男の美しさ

「軍隊だけだよ、男だけの世界は……。暴力とか、規律正しさにひかれるのは、男より女性の方が多い。つまり、男の美しさは、自我の強いところと規律を愛する精神だと云えるんだな／軍隊が華やかに活動している時は男の美しい時代で、平和な時代は女が美しくなる」

三島は読者を想定したためか、かなり思いきった発言をしている。①は古林尚との対談での「ハイムケール（帰郷）」に直結する。三島が「『われら』からの遁走」の中で、「青年の盲目的行動よりも、文士にとつて、もつと危険なのはノスタルジアである」と言ったのを思い出してもいい。この「ノスタルジア」という言葉に注目し、「彼は戦後一貫して、その『死病』を抱き続けていたのではないだろうか」（「狂い死の思想」）と指摘したのは橋川文三だが、「死病」こそまさに戦中派的情念の宿痾であったのだ。三島は生涯、その宿痾から逃れることができなかった。そしてここには「私は日本の戦後の偽善にあきあきしてゐた」（『楯の会』のこと）とのちに書くことになる、三島の率直な姿がある。さらには「ユニフォーム」、つまり軍服への郷愁。「私が組織した『楯の会』は、会員が百名に満たない、そして武器も持たない、世界で一番小さな軍隊である」(同)。三島がその「軍隊」のために軍服を誂えたのは、この頃からの夢であったのかもしれない。いやむしろ「軍隊」をもつことが夢であったのだ。

②はそのことを物語る。軍隊という男だけの世界がもつことができる、男の美しさへの憧れ。それは軍隊経験を持ちえなかったことの反動でもある。夢の実現のために、「楯の会」は生まれた。戦後社会の偽善に対する怒りと、男の世界への郷愁。その二つが宿痾の戦中派的情念によって一つに重なり合う時、文と武は一致し、行動原理が成立する。それをみごとに投影してみせたのがやくざ映画であった。逆にいえば三島はやくざ映画の精神を実践するために、「楯の会」の会員四名とともに、男として武士として蹶起し、自死に赴いたのだった。それは「われら」の一員としての、戦中派的情念の一つの形代でもあったのだ。

(文芸評論家)

特集　三島由紀夫と映画

市川雷蔵の「微笑」
——三島原作映画の市川雷蔵——

大西　望

はじめに

三島由紀夫の『橋づくし』（「文芸春秋」昭和三十一年十二月）には、「映画俳優のR」が出てくる。新橋の料亭の箱入娘満佐子が「一緒になりたい」と願う相手である。満佐子は、「Rの甘い声や切れ長の目や長い揉上げを心に描」きながら、料亭に来た時のRを思い出す。「Rがものを言ったとき、自分の耳にかかったその息が、（中略）夏草のいきれのように、若い旺んな息だったと憶えている。」——

前田愛は、この映画俳優Rは市川雷蔵であるらしいと言っている。[1]『橋づくし』が書かれた当時、市川雷蔵は、溝口健二監督映画『新・平家物語』（昭和三十年）で注目されていた大映の新人俳優であったから、右の引用から雷蔵を想起するのも無理でない。二年後に映画『炎上』（昭和三十三年）で主演を務めることになる雷蔵であるだけに想像は膨らむ。

三十七歳の若さで亡くなった俳優市川雷蔵は、十五年間の俳優生活で百五十八本という数の映画を残している。[2]単純計算でも、年間平均十本以上の映画に出演したことになる。

昭和三十年代、日本の映画隆盛期に「大スター」と呼ばれた俳優にとっては、この出演数は驚くべきものではない。昭和三十三（一九五八）年には、総人口が一億人に満たないにも拘らず、映画観客人口が十一億二千七百万人に達したという。[3]映画会社もこのチャンスを逃すまいと映画を量産した時代である。

市川雷蔵は昭和二十九（一九五四）年、二十三歳で歌舞伎界から映画界に入った。デビュー作『花の白虎隊』で勝新太郎と共演し、以後二人は、長谷川一夫の後継者として「大映名物カツ（勝）ライ（雷）ス[4]」と言われ、「スター」の仲間入りを果した。しかし、雷蔵はその「スター」の地位に安住することのない、非常な野心家であった。

雷蔵は長谷川一夫の「美剣士」を継承し、ファンの期待を裏切らないようにそれを守りながらも、新しい市川雷蔵像を作り出していった。歌舞伎や文芸作品の映画化、『眠狂四郎』や『忍びの者』に代表されるシリーズものの開拓、最晩年の劇団立ち上げ（ポスターまで完成していた第一作目の公演は雷蔵の死により未完となった）など、俳優市川雷蔵の幅の広さと可能性を知らしめた。

そんな市川雷蔵にとって、映画デビューをして初めて俳優としての転機となった作品が『炎上』なのである。言うまでもなく、三島由紀夫『金閣寺』（「新潮」昭和三十一年一月〜十月）の映画化である。その後、三島原作の映画を雷蔵が演じたのは、『剣』（昭和三十九年）だけであるが、『炎上』、『剣』のこの二作品は、雷蔵の俳優人生の中でも異彩を放っている。

本論ではまず、映画『炎上』、『剣』を市川雷蔵の側から見ていき、原作へと言及していきたい。

1 『炎　上』

昭和三十三（一九五八）年八月、映画『炎上』は公開された。その前月、雷蔵は後援会会誌にこんなことを書いている。

私が『炎上』で丸坊主になってまであの主人公の宗教学生をあえてやるという気になったのはもとより、三島由紀夫氏の原作『金閣寺』の内容、市川崑監督をはじめとする一流スタッフの顔ぶれにほれ込んだことも大きな原因ですが、それと同時に私はこの作品を契機として俳優市川雷蔵を大成させる一つの跳躍台としたかったからにほかありません。（市川雷蔵『雷蔵、雷蔵を語る』朝日文庫、二〇〇三年九月）

『炎上』は雷蔵が映画デビューから五年目、四十八本目にして初めての現代劇である。これまで時代劇で人気を博した雷蔵は、現代劇を跳躍台に選んだ。しかし、大映からは今まで築いてきた「美剣士」のイメージが壊れると反対され、スタッフからも雷蔵ではこの役は務まらないと思われていた。

一方で、映画化決定の際、三島由紀夫と市川崑監督は、主演は市川雷蔵だと期せずしてイメージが一致していた。[5] 雷蔵は、もともとファンであった原作者の三島がそう言っていたことを知り、益々意欲がわいたという。雷蔵は、周囲の反対を押し切り会社を説得するのに一年を費やしている。[6]

三島由紀夫『金閣寺』の映画化に、ここまでの執念、確信をもっていたのには雷蔵なりの計算が働いてのことだろう。

一つは、三島由紀夫という知名度の高い作家の作品であったことが挙げられる。三島は、当時すでに『愛の渇き』（新潮社、昭和二十五年六月）、『永すぎた春』（「婦人倶楽部」昭和三十一年一月〜十二月）などで純文学の読者だけでなく、「婦人」層をも獲得したベストセラー作家になっていた。またこれらの作品も映画化され、三島が演技を絶賛していた浅丘ルリ子、『からっ風野郎』（昭和三十五年）では三島の相手役もした若尾文子などが女主人公を演じ、好評を得ていた。

次ぎに、小説の内容が昭和二十五（一九五〇）年に実際に起きた金閣寺放火事件を材にしたものだったことが挙げられる。国宝が放火されるという衝撃的な事件は、当時の人々には記憶に新しいものだったろうし、三島の小説を知らない人々にとっても、事件の映画化として話題性があった。

以上のようなことを考えて、雷蔵は興業的にも期待がもてると判断したのではないだろうか。それと同時に、雷蔵は三島文学の最高峰『金閣寺』を読んで、武者振いのような感動、役者魂に火をつけられたような感覚を得たのではないだろうか。主人公溝口の美への憧憬と疎外感、難解な観念、そして金閣寺の放火に赴く心理……。それらを鮮やかな独白体で表現し、現実の事件を芸術作品にまで昇華しえた三島由紀夫の文章は、表現者市川雷蔵を大いに感化したことだろう。

従来の「市川雷蔵」のイメージを払拭するために、雷蔵は対極に位置するような役を選んだ。化粧を施した端整な顔と美しい声の「美剣士」から、すっぴんの顔を歪ませながらしゃべる屈折した青年へ。まさに変貌を遂げる俳優の姿を見せつけたのである。

原作者三島は、映画の制作途中の雷蔵を見ている。三島が撮影現場を見学した日の日記に、

頭を五分刈にした雷蔵君は、私が前から主張していたとおり、映画界を見渡して、この人以上の適り役はない。

（「『炎上』撮影見学[7]　六月七日（土）」「新潮」昭和三十三年八月号〈日記（五）〉抜粋）

と書いている。三島は雷蔵主演の成功を確信していたようだ。この撮影見学は、三島が新婚旅行の途中に寄ったもので、瑶子夫人も一緒だった。この時の一場面は写真として残っており、市川雷蔵の写真集『孤愁』に収められている。

ちなみに、三島と雷蔵にはこんな不思議な繋がりもある。昭和三十七（一九六二）年三月に行われた雷蔵の結婚披露宴に三島は出席し、ユーモアに富んだスピーチをしている。三島は新郎側代表の一人としてスピーチをしたが、新婦側代表の中には、新婦の学友として瑶子夫人の妹、杉山瑤子がいてスピーチをしたという。[8]

さて、『炎上』撮影見学の約二ヵ月後に、三島は大映本社で完成した映画の試写に参加している。

この映画は傑作というに躊躇しない。（中略）俳優も、雷蔵の主人公といい、鴈治郎の住職といい、これ以上は望めないほどだ。試写会のあとの座談会で、市川崑監督と雷蔵君を前に、私は手ばなしで褒めた。こういう映画は是非外国へ持って行くべきである。（「『炎上』八月十二日（火）」「新潮」昭和三十三年十月号〈日記（七）〉抜粋）

『炎上』の前年に上映された映画『美徳のよろめき』を「これ以上の愚劣な映画というものは、ちょっと考えられない」（『三島由紀夫映画論集成』）とまで言った三島が、『炎上』や雷蔵の演技に対して大絶賛しているのが分かる。原作者として満足したと同時に、原作を離れて独立した映画作品としても感動を味わったのだろう。

映画全体の評として、有吉佐和子原作『華岡青洲の妻』（昭和四十二年）などで雷蔵と仕事をした増村保造監督は次のように言っている。

「映画にならない小説」を見事に映画化した成功例として『炎上』がある。三島由紀夫氏の小説「金閣寺」に

於ける金閣は、主人公にとって、一つの主観的な美意識であり、映画が追究するには厄介な対象であった。ところが市川監督は、映画化に際し、この「金閣」を、主人公の父親への愛情と、社会的な正義感の結晶に転換し、彼の金閣に対する愛情を見事に客観的に描き出したのである。『炎上』はその意味で、小説の鮮やかな映画的再構成と云えるであろう。（「原作映画とその映画化」「映画評論」一九五九年七月号、引用は増村保造『映画監督　増村保造の世界』ワイズ出版、一九九九年三月）

また、この映画から四年後、昭和三十九（一九六四）年一月に雷蔵が、武智歌舞伎のメンバーとして久しぶりに舞台に出演した際、三島は、「雷蔵丈のこと」（日生劇場プログラム）という文章を送った。

君の演技に、今まで映画でしか接することのなかった私であるが、『炎上』の君には全く感心した。（中略）あの孤独感は、なかなか出せないものだが、君はあの役に、君の人生から汲み上げたあらゆるものを注ぎ込んだのであろう。私もあの原作の「金閣寺」の主人公に、やはり自分の人生から汲み上げたあらゆるものを注ぎ込んだ。そういうとき、作家の仕事も、俳優の仕事も、境地において、何ら変るところがない。（『三島由紀夫映画論集成』ワイズ出版、一九九九年十一月）

三島由紀夫にとって『金閣寺』は、それまでの創作活動の集大成であり、これからを指し示す重要な転機となった小説でもある。市川雷蔵にとっても、同じことが言える。同じ作品に人生を賭け、大業を成し遂げた者同士の共鳴というものをこの文章からは感じることが出来る。

この映画で雷蔵は、キネマ旬報主演男優賞やＮＨＫ最優秀主演男優賞を受賞。イタリアの映画誌『シネマ・ヌオボ』でも最優秀男優賞に選ばれた。この作品は市川雷蔵の代表作の一つとなり、日本映画史にも残る傑作となった。

2　『剣』

映画『剣』は昭和三十九（一九六四）年三月に公開された。小説は前年の十月に「新潮」に掲載されたので、小説発表から映画化までわずか五ヶ月である。雑誌に掲載された小説を雷蔵が読んで、自ら映画化したいと希望した作品である。

『炎上』以来、雷蔵が『からっ風野郎』撮影中の三島を陣中見舞いするなど交流を深めた二人だが、『剣』の映画化に際し、こんなエピソードもある。

昭和三十九年一月四日。午前四時四十五分。厳寒の早朝、目白にある学習院大学剣道道場に、三島由紀夫、市川雷蔵、舟橋和郎、藤井たちは集合した。かつて学習院長乃木将軍時代の面影が残る道場で、学生たちの寒稽古を見学したいという雷蔵のたっての希望と、この映画に賭ける雷蔵の熱き思いを汲んだ三島さんが、その機会を作って下さったのである。（［藤井浩明寄稿文］「雷蔵の挑戦　ＤＶＤ『剣』角川映画、二〇〇四年九月二十四日）

年明けすぐ、午前四時の寒稽古見学。多忙を極める二人がここまでするのは、作品への情熱、そして、三島が雷蔵を本物の俳優だと認め、期待していたからだろう。

『剣』はTVドラマとしても映像化されているが、三島はそのドラマと映画を比較した感想も日記に書いている。

　加藤剛の主役は、みごとな端然たるヒーローだが、映画の主役の雷蔵に比べると、或るはかなさが欠けている。これはこの役の大事な要素だ。（「TV「剣」金曜日」「週刊新潮」昭和三十九年五月二十五日号〈週間日記〉抜粋）

雷蔵は、次郎の正しさ強さ、「はかなさ」を見事に表現した。映画『剣』に関して、「ここでは雷蔵が三島の分身ではないかと思わせせられるほどだった」[9]という感想もあるほど、雷蔵は三島の理想を体現することに成功している。

ところで、市川雷蔵が、勝新太郎や中村（萬屋）錦之助と良きライバル関係にあったことはよく知られている。特に雷蔵と錦之助はお互い対抗心に燃えていたようだ。もちろんワイドショーネタになるような、陰湿なライバル関係ではない。同じ道を志す者同士、切磋琢磨することで、雷蔵は映画俳優としてのアイデンティティーを確立していったと言える。だからこそ雷蔵にしか演じられない溝口（『炎上』）や机龍之介（『大菩薩峠』）などが誕生したのである。

さらに言えば、雷蔵が『剣』の国分次郎を演じたのは、もう一人の同時代俳優、石原裕次郎を意識してのことだったかもしれない。時代劇で映画デビューをした雷蔵に対して、石原裕次郎は兄慎太郎の原作映画『太陽の季節』（昭和三十一年）に脇役出演し、同年の『狂った果実』で主演デビュー。「太陽族」と言われた戦後派青年の象徴的存在だった。しかし、同じ戦後派の国分次郎は、

　カンニングをすること、いろんな規則から一寸足を出すこと、友だちとの貸借をルーズにすること、そういうものが若さと考えられているのは本当に変なことだ。強く正しい者になるか、自殺するか、二つに一つなのだ。（その二）

という反時代的な生き方をしている青年だ。雷蔵は、この国分次郎を演じることで「市川雷蔵」という俳優をアイデンティファイするという意図もあったのではないだろうか。

雷蔵は、俳優「市川雷蔵」のアイデンティティーを反時代的な美に求めていたように思う。それは、市川崑監督が「若いくせに妙にクラシックなところがあって、そのくせ強情なんですよ」[10]と言ったように、雷蔵の生来の性質だったかもしれない。また、『剣』で原作にはないヒロイン役を演じた藤由紀子は「たしかに、雷蔵さんは誤解されやすい人です。人にこびるということを知らない方のようです」[11]と語っているが、この特徴は次郎にも当てはまるものである。

雷蔵は三島作品によって自己を表現することが出来た。自分を思う存分表現出来る作品に恵まれなかった勝新太郎に比べると、雷蔵の俳優人生にとって三島の作品は、かけがえのない存在であっただろう。

3　三島文学の「微笑」

三島由紀夫が描き、市川雷蔵が体現した反時代的な青年は、三島の理想とした反時代的な「美」を象徴する人物でもある。三島はこういった青年を描くときに、共通した特徴を持たせている。それが「微笑」である。

三島の小説の中で、主人公がしばしば「微笑」することに注目したい。なにげなく書かれた「微笑」という言葉は、三島の描く主人公のシンボルとなっている。ここからは映画を少し離れ、主人公が「微笑」する小説を時代順に並べて差異や共通点を見ていくことにする。

まずは『潮騒』（新潮社、昭和二十九年六月）の新治の「微笑」である。

新治は微笑して、壁際に坐って膝を抱いた。そうして黙って、人の意見をきいているのが常である。（第三章）

新治はというと、黙って膝を抱いて、にこにこしながら皆の意見をきいているだけである。あれは馬鹿にちがいない、とあるとき機関長が船長に言った。（第十四章）

一つ目の引用は、青年会の例会へ行った時、もう一つは、沖縄へ向かう船の中での新治の描写である。どちらも新治以外の若い漁師仲間や船長たちが「漁の自慢をしたり」、「愛情と友情について」とか「食塩注射と同じくらいの大きさの葡萄糖注射があるか」などを熱心に「議論」している場面である。新治はそういう「議論」には参加しない。ただ「微笑」して聞いている。しかし人一倍海や漁のことを考えているし、いざとなれば誰もが怖ける嵐の海にも飛び込む青年である。

次ぎは『金閣寺』である。一見、主人公の溝口に「微笑」する余地があるとは思われないが、実は「金閣を焼かなければならぬ」と決意してから、「微笑」し出すのである。

「俺にはわかるんだ。何かこのごろ、君は破壊的なことをたくらんでいるな」

（中略）

「いや。……何も」

「そうか。君は奇妙な奴だな。俺が今まで会った中でいちばん奇妙な奴だ」

その言葉は私の口辺から消えぬ親愛の微笑に向けられたものだとわかったが、私の中に湧き出した感謝の意味を、彼が決して察することはあるまいという確実な予想は、私の微笑をさらに自然にひろげた。（第八章）

大学の友人柏木との会話である。引用の「感謝の意味」とは、柏木が溝口から未だ返されぬ金を老師（住職）にせびったことで、溝口はこれ以上寺にいられなくなり、金閣寺の放火へ踏ん切りがついたという、そのことへの感謝である。これまで溝口は、「人生の幸福や快楽に私が化身しようとするとき」、「金閣」によっていつも阻まれてきた。しかし「人生に参与」することを諦めてからは、「金閣」は溝口の前に現れず、溝口は「微笑」し出すのである。

三つ目は、『剣』である。この作品は、作者が「微笑」について言及しており、主人公国分次郎の生き方の象徴として「微笑」が意図的に使われている。

友だちの「下らない」お喋りは、ただ黙って微笑してきいていた。（その二）

その微笑は美しかった。次郎が「くだらないこと」に耐え、煩雑で無意味なことに耐えるときの表情は、決って、その微笑、ただ黙って浮べる微笑なのだ。（その三）

次郎にとって「剣」以外すべて「くだらないこと」で、「剣」以外の生活に耐えるときに、次郎は「微笑」する。そして、ここで注目したいのは、次郎の「微笑」が美しい、ということである。このことは後に述べることにする。

最後は、『奔馬』（「新潮」昭和四十二年二月〜翌年八月）である。勲たちの「昭和維新」が実行前に検挙され、長い裁判の結果、勲が刑を免除され一年振りに家に帰った場面である。

勲は家へかえってから、微笑するばかりで何も言わなかった。（三十八）

佐和は大声で獄中の物語をして人々を興がらせていたが、勲は微笑を泛べて黙っていた。（三十八）

勲は、「昭和維新」のためにこれまで生きてきたのだが、行動をおこす前にあっけなく捕えられてしまった。若い勲が挫折し、目的を喪失したときに「微笑」しているのが分かる。

このように、四作品の主人公に「微笑」する場面がある。いずれも主人公は外界との関わりを回避したいときに「微笑」している。いわば「微笑」は、主人公の内面を覆い隠す仮面である。そして、「微笑」することで、主人公が一般人とは交わらない特別な人物、「選ばれた者」（『金閣寺』）であることを示しているとも言える。

この「微笑」は、三島の行動や肉体の思想とも関係している。例えば、『潮騒』の新治は、『剣』の次郎ほど外界を拒絶してはいない。三島も、新治の「微笑」に思想を持たせてはいない。むしろ、行動する若い肉体に「議論」はいらない、という作者の思想が見え、新治の行動力の隠喩として「微笑」は使われているようだ。『潮騒』が書かれたのは、三島が世界一周旅行で肉体の存在に目覚めたものの、自らの肉体改造を試みる前のことなので、小説も単純に、行動する若者を描写することに主眼が置かれているように思う。

しかし、『金閣寺』以降の三作品では、主人公の「微笑」は外界という言葉よりも「人生」を拒絶していると言ったほうが適当だろう。それは、三島が「美」に対立するものとして「人生」を置いているからである。特に、『金閣寺』と『剣』においては、「微笑」を使った共通の構図を描くことが出来る。

まず、『金閣寺』の主人公溝口は、生来の吃音のために自分が「人生」から疎外されていると感じている。「人に理解されないということ」を唯一の誇りとしながら、人並みの

「人生の幸福や快楽」、「生活の魅惑」も欲している。しかし、そういうものに手を出そうとすると「金閣」＝「美」が現れ、溝口を「無気力」に、不能にする。一方、『剣』の次郎は、「強く正しい者になる」ため、自ら「人生」を拒んでいる。それは『金閣寺』で言うところの「繁殖する」人間の生ではなく、「厳密な一回性」（＝「金閣」）を生きているからである。

つまり、『剣』では主人公が「美」そのものなのである。だから、その「微笑」は「美しい」ものとなる。「人生」を目撃したとき、直面したときに次郎は「微笑」するのである。また、次郎と「人生」の間には、「微笑」とともに剣道が存在する。剣道の勝利だけを目的にすることで次郎は生きている。言うなれば、剣道の防具が「美」そのものの次郎を包み、「人生」から守っているのである。ここで、この二作品の構図を示すことが出来る。主人公と「人生」の間に、溝口には「金閣」が、次郎には「微笑」と剣道がある。そして溝口が「人生」と決別した時、「金閣」は消え、「微笑」が生まれる。つまり、溝口と次郎の「微笑」は、「人生」と決別した人間の絶対的な孤独の表明なのである。

また、溝口と次郎の違いは、やはり鍛錬によって肉体を獲得した三島の「美」に対する捉え方の変化が関係している。三島は、肉体を鍛え出してから映画に出演し、その彫刻的な肉体を露出し始めたが、『からっ風野郎』の増村保造監督の言うように、「文字による「美」の追求だけでは十分でないと思」い、「自分の肉体で「美」を追求し、表現しようとした[12]」のだろう。その変化が溝口、次郎の違いでもあるといえる。このように各主人公の「微笑」を見れば、三島の思想の変遷が分かるのである。

4　雷蔵の「微笑」

これまで見てきた三島文学の「微笑」、特に溝口の「微笑」は映画化された『炎上』には残念ながら存在しない。厳密には小説と映画は独立した作品であるから、人物設定や物語が再構成されているのは当然である。映画では、「微笑」のかわりに、雷蔵演じる溝口が、闇夜に浮かぶ驟閣寺（金閣寺）を呆然と見ながら「誰もわかってくれへんのや」と嘆くシーンが加わっている。これが放火への契機にもなっている。

一方、映画『剣』では、次郎の「微笑」が原作と同様、象徴的、効果的に使われている。規律を乱した同級生の賀川を四十分間の壁面正座で罰した後、「賀川、時間だ」と言って、次郎は面の中で「微笑」する。クローズアップで映された雷蔵の顔には、「剣道で昔から言う「観世音の目」」（『剣』）と口角をわずかに動かした「微笑」があった。

そもそも「微笑」は、感情が伴わなくても出来る人間の一つの表情だろう。顔の筋肉を少し動かせば「微笑」になる。笑い声も必要ない。先述したように、「微笑」は仮面であり、孤独の表明である。それを雷蔵はさりげなく的確に演じている。市川雷蔵は、『金閣寺』と『剣』の主人公を演じた。それは今まで述べてきたように、「美」から疎外された人物と、

「美」そのものの人物の両極を演じることであった。この二作品だけでも、三島作品の男主人公を演じられる俳優は市川雷蔵しかいないと思えるほど、強い印象を観る者に残す。

市川雷蔵という俳優自体、生活臭がなく人生にも芸道にもストイックなところがあった。そこが、「人生」よりも「美」を選ぶ三島作品の主人公たちを表現できた所以だろう。

雷蔵は、映画化された二作品の他に、『獣の戯れ』の映画化を計画したり、闘病中にも『春の雪』を舞台でやりたいと構想を練っていたりしたそうである[13]。一人の俳優が、これほどに三島由紀夫作品を映画化し主演したいと言った例が他にあるだろうか。また、増村保造監督と二・二六事件の青年将校の役もやりたいと相談していたという[14]。こういったエピソードから、フィールドが違っていても、三島と雷蔵の追求していたものが似ていたことを思わずにはいられない。

雷蔵が『奔馬』の勲を演じる機会がなかったのが悔やまれる。雷蔵であれば、三島文学の「微笑」の系譜を作れたのではないだろうか。

注1　前田愛『幻景の街――文学の都市を歩く』（小学館、昭和六十一年十一月）
2　「市川雷蔵フィルモグラフィー」（市川雷蔵『雷蔵、雷蔵を語る』朝日文庫、二〇〇三年九月）を参照。
3　野沢一馬『剣――三隅研次の妖艶なる映像美』（四谷ラウンド、一九九八年三月）
4　田中徳三監督は、「キネマ旬報」（一九九二年六月下旬号）のインタビューで、「勝ちゃんをカツレツ、雷ちゃんをライスにひっかけて、二人を「カツライス」と。（中略）二人は長谷川さん主演の「水戸黄門海を渡る」（三十六年）で助さん（雷蔵）格さん（勝）を演じた。その時、あんまり仲がよいので、そう呼んだんですな」と由来を述べている。
5　石川よし子『市川雷蔵』（三一書房、一九九五年十二月）
6　雷蔵映画祭パンフレット「RAIZO　2004　艶麗」（角川映画、二〇〇四年十一月）
7　引用は、『三島由紀夫映画論集成』（ワイズ出版、一九九九年十一月）。以下、映画についての三島の日記は全て『三島由紀夫映画論集成』からの引用。
8　村松友視『雷蔵好み』（集英社、二〇〇二年十一月）
9　塩田長和「7　三島由紀夫の素顔」（『日本映画五十年史』藤原書店、一九九二年二月）
10　注5に同じ。
11　藤由紀子「こわくてやさしいお師匠さん」［よ志哉三十六号（昭和三十八年九月）より転載］（DVD『剣』角川映画、二〇〇四年九月二十四日）
12　増村保造「三島由紀夫さんのこと」（「ユリイカ」一九八六年五月）。引用は増村保造前掲書。
13　藤井浩明「プロデューサー・市川雷蔵」（注6に同じ）
14　注5に同じ。

（一葉記念館学芸員）

異常性愛と階級意識
——日本映画とフランス映画「肉体の学校」について——

松永尚三

たとえばイタリア映画の名作「激しい季節」（一九六〇年、ヴァレリオ・ズルリーニ監督）やF・サガンの小説『ブラームスはお好き？』を映画化したアメリカ映画「さよならをもう一度」（一九六一年、アナトール・リトヴァック監督）などのような年上の女性が年下の青年に抱く恋情を描いたメロドラマと、三島由紀夫の小説『肉体の学校』を映画化したフランス映画「L'ecole de la chair」（一九九八年、ブノワ・ジャコ監督）は、主人公の女性の心情がまったく違っている。

フランス映画「肉体の学校」は、ジャン・ジュネの原作を映画化したジャンヌ・モロー主演の「マドモアゼル」（一九六六年、トニー・リチャードソン監督）や、ジョセフ・ケッセルの同名小説の映画化であるカトリーヌ・ドヌーヴ主演の「昼顔」（一九六七年、ルイス・ブニュエル監督）、そして「肉体の学校」にも主演しているイザベル・ユペールが好演した「ピアニスト」（二〇〇一年、ミシェル・アネク監督）などフランス映画の一つのジャンルである女性の異常性愛を描いた系列の作品となっている。

そしてこのことは三島由紀夫のエンターテイメント小説「肉体の学校」とも、日本映画「肉体の学校」（一九六五年、木下亮監督）とも、決定的に違っている。

だいたい欧米における日本の現代小説の映画化には原作にはない、あるいは原作からイメージを膨らませた性的描写が過剰である。

たとえば三島の小説「午後の曳航」のイギリス映画化「The sailor who fell from grace with the sea—海の恩寵から堕ちた航海士—」（一九七六年、ルイス・ジョン・カリーノ監督）は、主人公の少年の母親が鏡の前でマスターベーションをする原作にはないシーンが付加されているし、川端康成の「美しさと哀しみと」の同じ題名のフランス映画（一九八五年、ジョイ・フルーリー監督）は、同じ小説の日本映画（一九六五年、篠田正浩監督）に比べ、レズビアンラブの描写もずっとエロティックに描かれている。

イザベル、ウペールは、現代のフランス女優のなかで女性の異常性愛を演じたら右に出るものはいない名女優である。

「ココアをありがとう」（二〇〇〇年、クロード・シャブロル監督。モントリオール映画祭主演女優賞）や「ピアニスト」（二〇〇一年、ミヒャエル・ハネケ監督。カンヌ映画祭最優秀主演女優賞）などの作品で、たんなる深情けの年上女とも淫乱症（ナンホァマニー）とも違う変態性欲の女性を好演しているが、フランス映画「肉体の学校」で、イザベル・ユペールの演じる女主人公ドミニックも、若い男の肉体を飼い慣らし飼育することに悦びを持つサディスティックな女性として動物的に描かれている。日本映画で岸田今日子が演じた、年下の男への恋情に溺れる優雅で洗練された上流婦人・浅野妙子とは、まったく違う性質の女性なのである。

小説「肉体の学校」は、今読むとあきれるほど階級意識という大時代な意識が、主人公妙子の恋愛感情に色濃く翳を落としている。

ゲイバーで働く〝売りセン〟の若者と、今はラブホテルになっている旧財閥の屋敷ではじめての情事を持つ妙子は、『その過去へ踏み込んで。その過去を蹴散らしてやれるのだ。』と思い、『素晴らしい歓喜』に襲われる。旧財閥邸で〝売りセン〟の若者を買う行為は、戦前の貴族社会に属していた妙子の、自分自身の過去に対する復讐の快感と、『生活無能者』であり、『耐えがたい変態的傾向』をもっていた貴族社会の前夫との惨めな結婚生活への復讐の快感を、性の歓びに還元させる絶好の機会だった。

しかし戦前の名家名門のほとんどが没落し、戦後の土地成金から、バブル成金、そしてＩＴ成金が、日本の富裕層をしめ、庶民も一億総中流意識を持つ現代の日本では、こうした女主人公の大時代な心理は、時代錯誤というものであり、ほとんど無意味で、若い読者には理解不可能に違いない。

一九六五年制作の日本映画「肉体の学校」は、この小説の女主人公の恋愛心理の重要な鍵である階級意識が完全に欠落していた。

だいたいこの日本映画は、ミス・キャスティングが随所に見られる。

女主人公の岸田今日子は、『際限もない砂漠』を見てしまう美貌の中年女の倦怠（アンニュイ）には欠けるとしてもそれなりに好演しているが、恋人のジゴロ・千吉役の山崎努には「肉体そのものの性のかがやき」など求めるべくもなく、肉体的若さも美貌も感じられず、性的魅力に至っては皆無だった。だいたい日本の映画俳優（ことに七〇年代くらいまでの）には、肉体そのものが性の輝きのような俳優は皆無に等しかった。たとえばテネシー・ウイリアムズの小説の映画化「ストーン夫人のローマの春」（一九六二年、ホセ・キンテーロ監督、ビビアン・リー主演）のジゴロ役のウォーレン・ビューティーのような悪の輝きといった性的魅力からは日本の俳優は程遠かった。因みにこの「ストーン夫人のローマの春」は、主題といい、女主人公の心理や行動といい、三島の小説「肉体の学校」にもっとも近い映画である。そして、主人公のストーン夫人にしろ、浅野妙子にしろ、彼女たちの心理や行動のゆくたては、女性のそれと言うより、男色の男がヘテロの男に対する恋情や絶望をなぞらえているように思われる。

ミスキャスティングは脇役にも随所に見られ、たとえば花柳界ものなどなら光った名脇役の演技を見せた新派女優で先々代団十郎の一人娘の市川翠扇も、およそお人よしのブルジョワ夫人室町秀子のニンではなく、最悪の配役は妙子の母親役の村瀬幸子だった。

『妙子の母は、家へよく外人を大勢呼んでパーティーをやったものだ。（中略）彼女の母は必ず箱根の別荘にこもって、紋章の入った便箋に、一週間のうちに溜まる手紙の返事を書くことで、週末を過ごすのだった。』（小説『肉体の学校』）

戦前の日本の貴族社会にこういう一九世紀のフランスの貴婦人のような女性が実際にいたのかどうか知らないが、三島はこういう貴婦人が好きだったらしく、同じパターンの女性を彼の小説や戯曲の中にたびたび登場させている。彼のライフワークとなった『豊饒の海』の第三巻『暁の寺』と第四巻『天人五衰』に登場する重要な狂言回しの一人久松慶子もまったく同じ種類の女性で、彼女もときどき御殿場の別荘に「溜まった手紙の返事をゆっくり書くため」（小説『暁の寺』）にやってくるのである。

それが村瀬幸子では、どう見ても妙子付きのばあやかよくて女中頭としか見えない。

この映画で一番の適役は、ゲイボーイ役の照子だった。俳優は誰だか分からないし、あるいは本物のゲイボーイ（この言葉も最早死語である。当時の〝ゲイボーイ〟と現在使われている世界共通語の〝ゲイ〟とは、まったく違うものである）を抜擢して使ったのかとも思われるが、狂言回しの脇役としては一人光っていた。助演男優賞をあげたいくらいである！

さて、フランスの現代映画「肉体の学校」は、この階級意識を持ってくるのに苦心してか、ジゴロの若者をアルジェリアからの移民の若者と言う設定にしている。

現代のフランス社会で目に見える階級的差別や偏見は、かつて植民地だったアフリカやアルジェリアから入国する移民やその子供たちに対してであって、貧富の差はもちろん、居住地区も違えば、職業や教育も歴然と差があって、彼らがフランス社会で日の目を見ることはほとんど絶望的である。今年に入ってからも、パリの周辺都市に住むアラブ系移民の若者たちの暴動が起こり、瞬く間にフランス各地に飛び火して、一時はパリなどで厳戒体制が布かれツーリストも夜の外出を控えるように勧告されたほどだった。

このジゴロの若者カンタン（この名前もフランス人のクリスチャンネームではない）役のヴァンサン・マルチネスは、この映画がデビューだそうだが、これもおよそ原作の千吉のイメージとはかけ離れている。第一にぜんぜん美形ではない。粗野で暴力的で、インテリのフランス女性が触手を動かすであろうエキゾチィクなセックスアピールは確かに持っているが、こういう粗暴で野獣的な性的魅力は日本人の女性の好みではないし、たぶん三島の好みでもないだろう。だいたいナショナリスト（？）の三島は西洋人の肉体には性的な魅力を感じなかったらしい。剣道の稽古をしているシーンを入れて（原作の千吉はボクシングをしていた）三島の原作との繋がりを暗示させたのかもしれないが、これは唐突でなくもがなである。

パリの高級ブティックを経営する中年のインテリ女性ドミニックは、友達と立ち寄ったゲイが集るバーで、ジゴロの若者カンタンに出会い、彼の野卑な性的魅力のとりこになる。

現代のパリのゲイバーは、六〇年代の日本のいわゆる〝ゲイバー〟とは、まったく趣が違っている。当時の日本のゲイバーは、江戸時代の陰間茶屋の系列に属す、要するに〝オカマバー〟であり、女装や薄化粧をした美少年の〝ゲイボーイ〟たちが接客し、猥雑なショーなどを見せる陰湿な場所で、もちろん男をあさりに来る男の客も多かったであろうが、ほとんどは変わった遊びを楽しむヘテロの遊び人や女客だったそうである。そして、それは三島の小説に描かれているような「普通のバーよりもっと破廉恥で猥雑」で「澄んだ秋空や、さわやかな野面」からは絶望的に遠い、つまりに日常の社会生活からはまったく隔たった夜の世界の特殊な空間だった。

だからこそ、妙子のそこで働く若者への絶望的な執着や、千吉の明るい社会への滑稽なまでの渇望も、心にしみるし、「私は一生ここを離れないわ。男を愛しては捨てられ、愛しては捨てられながら、おしまいには貯めた小金で不良を買って、その不良にお金を狙われて殺されるんだわ。幸福な一生じゃない？」というゲイボーイ照子の台詞のアイロニーが、胸を撃つのである。

しかし、ホモセクシュアルの市民権が急速に進む西欧社会にあって、ゲイバーは、ただ単に同性愛者が集るバーなのであって、ヘテロセクシュアルが行くバーと、何処といって特別変わった特色もなく、淫靡な秘密の空間ではない。むろん照子のような女装のボーイなどは皆無である。因みにこの照子役に相当するパリのゲイバーのマスターの役は、ヴァンサン・ランドンという俳優が演じているが、無論女装もしていなければ、化粧もしていない、ゲイの中年男として登場する。

近年こそ日本でもゲイに対する意識が変わって、ホモセクシュアル＝女装のオカマ、という見方は変わってきたようだが、ドラッグクイーンと呼ばれる女装のゲイ（ゲイではなくセクシュアル・オリエンテーションはヘテロの女装者もたくさんいるが）たちは、欧米では一般のゲイバーではほとんど見かけることはない。彼ら（彼女ら？）は、観光客も行くようなトラベスティ（女装の芸人）のショーを見せるキャバレーで働いているし、ニューヨークなどのゲイバーでは、ドラッグクイーンお断りの店さえある。

同性同士の結婚やパートナーシップが法制化されつつある西欧社会（パリやベルリンの市長はホモセクシュアルであることを公表し、それでも一般の市民から絶大な人気を得ている）は、ゲイバーもゲイであることも、『肉体の学校』に描かれたような社会の暗部に蠢く健全な日常から「絶望的」に遠い秘密の場所ではない。

したがって現代のパリで職業を持つフランス女性のドミニックは、六〇年代の日本の浅野妙子がゲイバー勤めのジゴロに抱いたような、自虐的歓びや絶望の幻想を持つことは出来ない。

六〇年代までの戦後の日本のゲイバーはそれほどに不健全で、夜の社会の暗黒部に属しており、そのことは最後に明かされる千吉の秘密、彼自身が被写体になってる男同士のポルノ写真に収斂されている。

しかしフランス映画「肉体の学校」では、この最後の妙子と千吉の関係を決定的にする挿話は大幅に改竄されている。カンタンは普通の男性モデルはしていても、ポルノモデルはしていたという事実は暗示さえない。

つまり〝ゲイバー〟のバーテンという存在に、六〇年代の日本人が覚えたであろう卑猥で淫靡な幻想が皆無な現代のフランスでは、この〝恋物語〟の結末に、男同士のポルノ写真のモデルというような悪徳の象徴は必要なく、その代わり原作にも日本映画にも存在しない次のような挿話を付け加えて映画を終わらせている。

カンタンと別れて数年後、ドミニックはパリの地下鉄の入り口で、幼い娘を連れたカンタンと偶然出会う。カンタンはそれがドミニックとの別れの原因となった金持ちの令嬢とは別れ、今は小さなホテルの経営者の娘と結婚し、そのホテルで働いていると言う。

人間の性愛は、完全に矛盾した両面を持っている。一つは結婚とか出産とかいうこの社会に直結した〝パブリック〟な面であり、もう一方はセックスと言うまったく社会生活からは締め出された〝プライベイト〟な面である。そしてこの二つの性愛の要素は、コインの裏と表のように連繋している。

かつてドミニックとカンタンは、日常生活からは隔たった〝性〟という密室の行為によって繋がっていた。

今カンタンは〝結婚〟と〝子供〟という社会に直結した日常生活の中で、つまりパブリックな明るい光の下でドミニックと再開した。

そして、連れている自分の幼い娘の名前を聞きたくないか？　と、ドミニックに訊ねる。しかし、ドミニックは首を横にふり（このときのイザベル・ユペールの絶妙な表情はこの映画の一番の見ものである！）それを拒否する。

性愛の〝非日常性〟から、結婚という〝日常性〟にたどりついたカンタンを、拒否してフランス映画「肉体の学校」は幕を閉じる。

カンタンは幼い子とメトロの入り口（日常の中）へ、ドミニックはまた新しい恋人であろう男の車（恋愛という非日常の中）へ、それぞれ別れて行くのである。（二〇〇六・三・一）

特集　三島由紀夫と映画

肯定するエクリチュール
―「憂国」論―

佐藤秀明

1

三島由紀夫が森鷗外の文体を理想の文体としていたことはよく知られているが、「憂国」のエクリチュールを論じようとする本論は、まずここから入って行かうと思ふ。『文章読本』（「婦人公論付録」昭和34・1）で三島は、鷗外の「寒山拾得」の次の一節を引用し、この中の「水が来た」の一句に「文章の極意がこもつてゐる」と称揚する。

　閭は小女を呼んで、汲立の水を鉢に入れて来いと命じた。水が来た。僧はそれを受け取つて、胸に捧げて、ぢつと閭を見詰めた。清浄な水でも好ければ、不潔な水でも好い、湯でも茶でも好いのである。不潔な水でなかつたのは、閭がためには勿怪《もつけ》の幸《さいはひ》であつた。暫く見詰めてゐるうちに、閭は覚えず精神を僧の捧げてゐる水に集注した。

　唐の時代、台州の主簿であった閭丘胤《りよきゆういん》が頭痛に苦しんでいると、乞食坊主が水の呪《まじな》いで治して進ぜようとやって来た場面である。この「水が来た」を三島は、「一般の時代物作家」はこうは書かないし、ましてや「文学的素人」には決して書けない文だと言う。そして「このやうな現実を残酷なほど冷静に裁断して、よけいなものをぜんぶ剝《は》ぎ取り、しかもいかにも効果的に見せないで、効果を強く出すといふ文章は、鷗外独特のものであります」と解説する。さらに三島は、「そこらの大衆小説」を繙けばここはこんなふうに書かれているはずだと、自作の悪文の見本までも並べて見せるのである。それも引用してみよう。

　閭は小女を呼んで汲みたての水を、鉢に入れてこいと命じた。しばらくたつうちに小女は、赤い胸高の帯を長い長い廊下の遠くからくつきりと目に見せて、小女らしくパタパタと足音をたてながら、目八部に捧げた鉢に汲みたての水をもつて歩いてきた。その水は小女の胸元でチラチラとゆれて、庭の緑をキラキラと反射させてゐたであらう。僧は小女へ別に関心を向けるでもなく、なにか不吉な兆を思はせる目付きで、じつと見つめてゐたのであつた。

三島の嫌いな擬音語や擬態語のむやみな使用はいまは問わない。ここまでして三島が言いたかったのは、これでは「漢文的な直截《ちょくせつ》な表現」が台無しになってしまうということである。「言葉をよけいな想像で汚すことにしかならない」と言うのである。それはそのとおりであろう。しかし、ここにあるのはそれだけのことだろうか。三島の提起した問題は、小説のエクリチュールをめぐる方法に関わっているように思えるのである。

「水が来た」の一文を語っているのは無-人称の語り手であり、「寒山拾得」をさしあたりは三人称の小説と呼んでおいてもよい。しかし、この「水が来た」は単に水が運ばれてきたことの説明に終わってはいない。閭にすれば、軽い期待と疑いの混じった心理状態で小女に水を持ってこさせたのであり、したがって「水が来た」の一句は、事実の説明であると同時に閭の心理を乗せたことばになっているのである。それゆえにこの一句は、閭の心理に同化しつつあった読者にも腑に落ちたはずである。その上で「水が来た」の一句は、閭の心理と読者の期待ともまるで無関係であるかのように、事実を単純に、すなわち語りの作用を感じさせずに提示されているのである。

一方、三島が試みた悪文では、「しばらくたつうちに小女は、赤い胸高の帯を……見せて……水をもつて歩いてきた」とあり、「しばらくたつうちに」という時間感覚の主体を暗示しつつ、「見せて」とある見る主体をより明確にしながら、いずれもそれが誰かは不確定のままに、「水をもつて歩いてきた」と無-人称の語り手による説明の形をとっている。そして次の文では、「反射させてゐたであらう」という語り手の想像が加わり、そのために語り手の主体性を出現させ、最後の文に至って、これが「じつと見つめてゐた」僧に即した語り手の説明であったことが判明するという仕組みになっている。だがそれにしても、「反射させてゐたであらう」という想像の主体は僧よりは語り手に傾いているので、この地の文の感覚の主体は二つに分裂し、あるいは二つの主体の間を揺れていると感じざるをえない。そのように辿ってみると、「水が来た」の一句が、いかに簡潔に事象を捉えているか、三島の批評能力がより明確になろう。

だが、「寒山拾得」の三島が引用した箇所をその前の文章から見ていくと、以上の説明には多少の変更が必要になってくるのである。今度は「閭は小女を呼んで」の直前にある文章を引用する。

今乞食坊主に頼む気になつたのは、なんとなくえらさうに見える坊主の態度に信を起したのと、水一ぱいでする呪なら間違つた処で危険な事もあるまいと思つたのとのためである。丁度東京で高等官連中が紅療治《べにれうぢ》や気合術に依頼するのと同じ事である。

ここにある「丁度東京で」云々の文には、語り手の判断が前面に出ており、語り手が露出しているさまが表れている。

小堀桂一郎は『鷗外選集』第五巻の「解説」(岩波書店、79・3)で、この部分を「作者の現代人としての批評意識が、(中略)少し荒けずりな形で表はされ」「散文芸術の完成度といふ点から言へば余計な添加かもしれない」と評している。

「附寒山拾得縁起」(「寒山拾得」の初出「新小説」大正五年一月と同じ月の「心の花」に発表)によれば、「寒山拾得」は「子供にした話を、殆其儘書いた」ものだという。この点からすれば、「寒山拾得」は一人称の語りものに近い作品と言えるかもしれない。しかし、語り手の人称が表れないところからすれば、これはやはり三人称の小説と括られるべきものである。そして「寒山拾得」は、語り手が作中人物に融合して介在の痕跡を消す「同情的作物」というよりは、語り手が作中に露出する「批評的作物」とでも言うべき性格が強いと言えよう。いま、「同情的作物」「批評的作物」という夏目漱石の『文学論』「第八章 間隔論」の用語を使ったのは、文学史的な関連性からではなく、全く説明の便宜のためであるが、その流れで言えば、「批評的作物」を漱石は「作家自からに偉大なる強烈なる人格ありて其見識と判断と観察とを読者の上に放射し、彼等をして一言の不平なく作家の前に叩頭せしめざるべからず」と説明していた。これが「子供にした話を、殆其儘書いた」という鷗外の父権的な創作態度と通じていることは明らかである。

だから、「水が来た」の後にある「不潔な水でなかつたのは、闇がためには勿怪《もつけ》の幸《さいはひ》であつた」という一文や、その前にある「清浄な水でも好ければ、不潔な水でも好い、湯でも茶でも好いのである」という一文にさえ、語り手の「見識と判断と観察」が露呈していると見ることができる。「水が来た」の前後は、「批評的作物」の文に囲まれているのである。

ということは「水が来た」の一文の特異性は、このように語り手の主体が明白に露出した文章の中に、語りの主体が抑制された文として置かれ、そのことで言表行為よりも物語内容のレベルが簡潔に印象づけられることになったのだと解説することができよう。

ここで付け加えておけば、漱石は、「同情的作物」と「批評的作物」を「小説の二大区別」としているが、これは小説を「区別」するものとは思われない。同一の小説にあっても、見てきたように「同情的作物」の文と「批評的作物」の文とは共存するのである。

2

ところが、「憂国」の中から「水が来た」に相当する文を探すのはなかなか困難なのである。『文章読本』の初出発表からちょうど二年後の発表になる「憂国」(「小説中央公論」昭和36・1)のほとんどの文は、「水が来た」とは異質な文である。その中で、次の引用箇所を見ていただきたい。

中尉は右手でそのまま引き廻さうとしたが、刃先は腸にからまり、ともすると刀は柔らかい弾力で押し出され

> て来て、両手で刃を腹の奥深くへ押へつけながら、引廻して行かねばならぬのを知つた。引廻した。思つたほど切れない。中尉は右手に全身の力をこめて引いた。三四寸切れた。

武山信二中尉の切腹の場面である。最初の「中尉は……」の文は、語り手が、武山信二に即して語っているところであるが、激しい苦痛に襲われている武山中尉には、おそらくこのように言語化される明確な意識はないであろう。行使すべき力の感覚だけがあり、その意味ではこの文は、武山中尉の意識そのものではなく、語り手の理解が先行しているところである。しかし次の「引廻した」の一文は、客観的な観察の文でありながら、同時に武山中尉の感覚とも重なっている。なすべきことの意志とその行為が、「引廻した」という一句に結集して武山中尉に感知されたと思われるのである。次の「思つたほど切れない」の「思つた」のは誰か。前の文で武山信二の感覚と融合した語り手のこのことばは、もはや単一の主体に限定できず、ここも語り手であり武山中尉であると言うほかあるまい。「切れない」という句も語り手の観察であると同時に武山の感覚でもある。そうなると「中尉は右手に全身の力をこめて引いた」という文も、中尉の行為を客観的に見た語り手の説明のように見えながら、いくぶんかは中尉の意識が含まれているのを否定できない。同様にその後の「三四寸切れた」も、力を行使した中尉の達成感の表明に傾いているのである。そして読者は、「引廻した」という動作を傍観者として見ているにとどまらず、身体感覚として共有してしまい、その後の文の、武山信二と語り手の融合にやはり参与してしまうであろう。しかしそうでありながら、「引廻した」「三四寸切れた」の二文は、単純な事実として投げ出されているのである。つまり、ここにはあの「水が来た」と同じ効果があるのだ。この二つの文は、「現実を残酷なほど冷静に裁断して、よけいなものをぜんぶ剝《は》ぎ取り、しかもいかにも効果的に見せないで、効果を強く出すといふ文章」という三島由紀夫の説明とも合致するのである。

このような文は、先に述べたように「憂国」にはわずかしかない。[1]しかし、言うまでもなくここでは鷗外の文体的影響を指摘するのが目的ではない。むしろ鷗外の文体「水が来た」とは別のエクリチュールこそが問題となる。したがって、次は任意の引用でかまわないのだが、各文の頭に数字を入れて引き、検討してみよう。

> ①麗子は雪の朝ものも言はずに駈け出して行つた中尉の顔に、すでに死の決意を読んだのである。②良人がこのまま生きて帰らなかつた場合は、跡を追ふ覚悟ができてゐる。③彼女はひつそりと身のまはりのものを片づけた。④数着の訪問着は学校時代の友達への形見として、それぞれ畳紙《たとう》の上に宛名《あてな》を書いた。⑤常日頃、明日《あす》を思つてはならぬ、と良人に言はれてゐたので、日記もつけてゐなかつた麗子は、ここ数ヶ月の倖せの記述を丹念に読み返して火に投ずることのたのしみを失つた。

①は麗子の心中を語り手が述べた文であるが、これは麗子の思いをそのまま表したのではなく、語り手が整えて語った文である。②も語り手の説明だが、これは麗子の心中の思いとほぼ重なっていると見てよい。③④は麗子の振る舞いを説明した文である。⑤は「麗子」にかかる修飾部は事実であるにしても、「たのしみを失つた」とは麗子の感慨であるかどうか。「たのしみを失つた」ことが事実に反しないものの、これは麗子の感慨であるよりは、むしろ語り手の感慨として提出されているのではないか。この引用文では、語り手が場面や登場人物に従属し、己の主体性を消極的にしか働かせないというのではなく、ある程度、言表の前面に顔を覗かせているのである。このような語り手は、例えば夫婦の性の営みについて語る次の一文、「かうした経緯を経て二人がどれほどの至上の歓びを味はつたかは言ふまでもあるまい」では、文末で「言ふ」という言表行為に自己言及し、否定推量の助動詞を加えて、自らの判断を明示して語ることもするのである。さらにこの語り手は、登場人物が慎ましく口をつぐむ秘密までも語ってしまう、遠慮のないところも見せる。「さうしてゐるあひだにも、中尉の逞《たく》ましい腕が延びてくる刹那《せつな》を思ふと、きちんと着た銘仙の裾前《すそまへ》の同じ模様のくりかへしの下に、麗子は雪を融かす熱い果肉の潤ひを感じた」。これは、登場人物の身体感覚と背反しないが、しかし日常的な観察者の域をはるかに超えた能力の誇示となっている。そして、登場人物の性格や意志と反する暴露をやってのける性格までも示しているのである。

このような語り手の在り方は、三人称小説の無-人称の語り手が、作品内に偏在し、あるいは登場人物に内在して、話者としての存在形態を可能な限り消去して語ろうとする方法とは隔たっている。エミール・バンヴェニストは、三人称の性質について四つの弁別性を挙げるが、そのうちの「話《わ》の現存を反映することは決してなく」[2]という点を捉えてみたい。三人称の場合、語りは基本的には「話《わ》の現存」の外部の事象と関係する。野口武彦が「言語上の三人称とは言表行為性のゼロ標示のことである」[3]と述べているのは同じことを指している。したがって、原則的には「話の現存」の主観は現れ出ず、語られる内容には客観性や一般性が保証されることになる。ところが「憂国」の語りはそうなっているとは言えない。「話《わ》の現存」(言表行為性)は抑制されているものの、語り手の主観が、いくぶんかは出てしまっているのである。もっとも、これは三島由紀夫の小説に限ったことではない。「不潔な水でなかつたのは、闇がためには勿怪《もつけ》の幸《さいはひ》であつた」と書く鷗外の小説にもある。いや、当たり前の話だが、三人称のいかなる小説にも大なり小なりありうることである。とはいえ、三人称小説の地の文には客観性や一般性が付与されているから、主観的に見える記述も客観性や一般性に還元されてしまうのである。「勿怪《もつけ》の幸《さいはひ》であつた」という語り手の判断は、客観的に見ても「勿怪《もつけ》の幸《さいはひ》」であるという事実に落着するわけである。そうなると、「憂国」の次のような文章はどう見えるであろうか。

中尉がやうやく右の脇腹まで引廻したとき、すでに刃はやや浅くなつて、膏《あぶら》と血に辷《すべ》る刀身をあらはしてゐたが、突然嘔吐に襲はれた中尉は、かすれた叫びをあげた。嘔吐が激痛をさらに攪拌《かくはん》して、今まで固く締つてゐた腹が急に波打ち、その傷口が大きくひらけて、あたかも傷口がせい一ぱい吐瀉するやうに、腸が弾《はじ》けて出て来たのである。腸は主《あるじ》の苦痛も知らぬげに、健康な、いやらしいほどいきいきとした姿で、喜々として辷り出て股間にあふれた。中尉はうつむいて、肩で息をして目を薄目にあき、口から涎《よだれ》の糸を垂らしてゐた。肩には肩章の金がかがやいてゐた。

切腹の最も激しい情景を語り手が観察し語っているように見えながら、じつはこれが語り手の観察だけで成り立っていないことはすぐに理解されよう。「膏《あぶら》と血に辷《すべ》る刀身」という部分は、観察とも言えず、中尉に知覚された感覚であるかも疑わしい。むしろこれは、知識による概括ではないかと思わせるところである。「突然嘔吐に襲はれた」というのも、この異常な状態から観察しうる身体反応かどうか判断しがたく、「肩で息をして目を薄目にあき、口から涎《よだれ》の糸を垂らしてゐた」中尉にも（この状態が、腸が弾け出た結果であるにしても）、「嘔吐」として自覚されていたかどうかは疑問が残る。となると「嘔吐が激痛をさらに攪拌して」という感覚はなおさらそうで、ここは語り手の観察に想像が加わっているとしか考えられないのである。はみ出した腸を擬人化した語りは、語り手の観察とそれを表現に移し替える際の工夫《レトリック》の産物である。しかし、これを語り手の主観にすぎないとすることはできない。以上の事柄は、小説という約束事の世界では、客観性をもつことになるからである。その場合、語り手が、切腹の最中の人の感覚をどうして理解できたかという疑問は不問にしたままとなる。[4]

この切腹場面は、対座している麗子の目を通した観察だという見方もある。青海健は「憂国」を「眼差しのエクリチュール」と捉え、見られる中尉と見る麗子との間には同化の不可能性があるから、「眼差しのエクリチュール」が、「殉教の至福の物語」「供犠の物語」をズラしているというふうに分析を進める。[5]青海の分析は面白く読み応えもあるのだが、麗子が「顔を伏せて、ただ自分の膝もとへ寄つて来る血の流れだけを一心に見つめてゐた」という事実がある以上、「眼差しのエクリチュール」は破綻していると言わざるをえない。

ところで、青海はこの論文で、夫の裸体を「眼で淫する」麗子は「〝男〟」だと断定しているが、この本質主義的ジェンダー化が、論理の脆弱さを示しているのは明らかである。麗子が見る人に徹底していないことも、この読み方を成立させにくくしている。しかし、麗子を「〝男〟」とする拡大した解釈は、作者のセクシュアリティに照らせば、あるレベルではいまや常識であろう。切腹行為を麗子が見届けないというのは、見られることで生じるエロティシズムが十分機能していないということになる。見られる切腹行為のエロティシズムに、三島が無関心であったはずはない。見る―見られる図式が崩壊した「憂国」では、ヘテロセクシュアルな愛が成立するのを、作品の表層の叙述とは異なり、作者はどこかで回避しようとしていたのではないか。あるいは、若妻に凄惨な切腹を凝視させるのは忍びないとするジェンダー規制が働いたとも考えられるのである（もっとも、それを古風な夫婦愛と呼ぶことはできるのだが）。

それというのも、「憂国」の異稿と思われる「愛の処刑」が存在し、そこでは男性同士の見る―見られる関係が明確な形で成立しているからである。異稿と言ったのは、三島が「憂国」を「愛の処刑」と比べて、「桐の函に入った、世間向けの純文学」と呼んだからである。[6]「愛の処刑」で切腹を見届ける少年が、冷酷な残虐趣味をもっているのは、見るための（彼に見せるための）資格補強なのである。「愛の処刑」（「ADONIS」別冊「APOLLO」昭和35・10）は、男性同性愛のアドニス会の機関誌に変名「榊山保」の名で発表されたサド・マゾ的切腹小説である。中学の体操教師・大友信二が、愛する教え子を彼が下した懲罰がもとで死なせてしまい、同じクラスの美しい教え子・今林俊男から、切腹せよと迫られ成し遂げる話である。今林俊男は、逞しい大友信二が血みどろになって死ぬのを見たいがために切腹用の日本刀を用意する。

「ウーム……ググー……ウーム」

信二の呻きはだんだん高くなり、汗みどろの肩の筋肉が光つてゐる。刃は臍の真下へ近づいてゐる。すでに白い褌の前袋は真赤になり、飛び散る血で、白いズボンも血のまだらで一ぱいだ。乳までたくし上げたランニング・シャツの純白をも、口から垂れた血や、飛んだ血が、美しい赤に染めてゐる。おそろしいほどの血だつた。刀身を伝はつて、信二の拳は血でヌルヌルし、腹一面を流れる血に、陰毛が泳いでゐた。ズボンの尻のところにもういつぱい股を伝はつた血がたまつてゐた。信二の顔はだんだんに蒼《あお》ざめてゐた。しかし苦痛に堪へて見上げる目は、濃い眉の下で、鋭く精悍だつた。

この部分のすべてが、――「信二の拳は血でヌルヌルし」という部分も含めて――「これが見たかつたんだ」と心に呟く今林俊男の観察に即した語りになっている。つまり、語り手の主観は抑制されているのである。一方、切腹をする大友信二の感覚の描写も、忠実に彼の感覚に即している。[7]語り手の介在はここには出ていない。この二点から、「愛の処刑」の方が、「憂国」より切腹の情景をより生ま生ましく読者に伝えることに成功していると判定できる。

ということは、「憂国」の先に引用した切腹場面は、語り手に通常の観察者以上の特権が与えられていると理解すべきところなのである。激痛に襲われ、おそらくは意識も朦朧としている武山信二の身体に起こっている出来事を的確に語ることのできる語り手の特権。しかしそのような語り手は、武山信二の身体感覚を別のものに変換していると言えないだろうか。切腹という現代では稀な自殺行為の際の痛みの感覚が、「憂国」では語り手のロゴスの体系に組み込まれ、伝達される形に整序されている。そのため、ほとんどの読者にとっては、未知の想像も及ばない身体反応が、コード化され一種の普遍性を獲得してロゴス的な理解に至る。しかしそれは、擬似体験とも異なるし、ましてや武山信二の固有の一回限りの身体的感覚とも別ものである。このような稀有な出来事を小説として読者に伝えるには、「愛の処刑」のように、擬似的な体験をつくり出すか、外部からの観察に徹して報告するかの二つの方法が考えられるのだが、「憂国」ではそのどちらの方法も採らなかった。さらには、麗子が顔を伏せて武山信二の切腹を見届けていなかったにもかかわらず、地の文の語りでは、夫婦の鞏固な絆が強調されていた。それはどういうことなのだろうか。

3

ここまでは、解説的な文章分析を重ねてきた。それはこの論文にとって必要なことではあるのだが、ここで少し話を変えて「憂国」の「死」について考えておこうと思う。「「死」とは認識不可能であることの認識としてのパラドクスを宿命的に背負うことになろう」と青海健は言う。そして青海は、ジョルジュ・バタイユの「絶対性」（この点については後述する）を基に次のような議論を仕掛ける。

　未知なるもの・他者・非-知……これらバタイユ的な不可能性の壁につきあたった彼（三島―注・引用者）は、それでもというべきか、それ故にというべきか、それらへ到達することを夢見る。だが繰り返すなら、到達は問題ではない。それは到達不可能なのだから。到達を夢見るその眼差しが〝自己〟という〝他者〟の無限の分裂を終末へと運んでくれる仄かな予感、しかし、終末とは背理の果てにある「死」であり、まさに死の到達不可能性という背理《パラドクス》そのものなのだが……背理の円環、かくてそれは〝神の死の暗鬱な翌日〟（これはサルトルがそのバタイユ論で用いた表現）を生きるのだろうか。

　青海健の議論の前提となっているのは、死が絶対的な不可能であるという認識であり、しかし三島はそこへ到達を目論んだという「背理」であり、そこには「背理の円環」だけが認められるというポストモダニズムの思考である。ここには、死が生にとって絶対的な不可能であるがゆえに認識不可能なものであり、しかし死は生によって認識されるがゆえに認識として成立するというパラドックスも含まれる。これは「死」の一般論であり、そのかぎりにおいて三島の死の志向もここに包摂される。しかし、三島の死に、あるいは死の認識に焦点化するならば、ここで議論を収めるわけにはいかない。はたして三島の死の志向は、不可能へ到達することを夢見て、その背理を生き、その果てに「未知なるもの・他者・非-知」を「顕現」し、「未知の聖性を帯び」（青海健）たのであろうか。それが三島の死の志向なのだろうか。いや、議論を縮小しよう。三島由紀夫の「憂国」という小説、そして映画には、三島の望んだ好もしい「死」が描かれているが、ここには青海健の言うような「死」のパラドックスが崩壊しているように思えるのである。むろん、生物としての人間のその果ての死に、未知なる他者性が刻印されていないはずはなく、生ある者にとって絶対不可能な領域である死への傾斜に「到達不可能性という背理《パラドクス》」が存在しないはずもなく、それでも到達を夢見るならば、そこには「背理の円環」が形作られるというのは言をまたない。しかし「憂国」に描かれたのは、そのような絶対性が崩壊したところに生じる到達可能の自信ではないのか。

それというのも、これまで見てきたように「憂国」のエクリチュールでは、語り手が露出し、事態を確定し内容を先導する役割を果たしているからである。もう一箇所だけ「憂国」から引用してみよう。

> 苦痛は腹の底から徐々にひろがつて、腹全体が鳴り響いてゐるやうになつた。それは乱打される鐘のやうで、自分のつく呼吸の一息一息、自分の打つ脈搏の一打ち毎に、苦痛が千の鐘を一度に鳴らすかのやうに、彼の存在を押しゆるがした。中尉はもう呻きを抑へることができなくなつた。しかし、ふと見ると、刃がすでに臍の下まで切り裂いてゐるのを見て、満足と勇気をおぼえた。

切腹も中盤にさしかかったあたりの描写であるが、「乱打される鐘のやう」という比喩は、武山信二の混乱した激痛からはるかに隔たって、明解にその苦痛を説明してしまっている。「中尉は呻きを洩らした」というのではなく、「呻きを抑へることができなくなつた」と、中尉の身体に内在しつつ、その状態を冷静に見極めて説明するのである。事態を把握し、この状態が終息までの過程の奈辺にあるかを心得ているかに見える語りは、未知なる状態、不可知の結末とは無縁である。そして刃先が自分の腹を切り裂いた様子を知り、「満足と勇気をおぼえた」当の武山信二も、経験にとらわれずに突き進む気力と、少し先の未来への確信に満ちている。彼にあるのは、到達可能だとする自信以外の何ものでもない。死は行為の延長上に必ず訪れることであり、「未知」でもなければ「不可能性の壁」でもないのだ。

思えば、帰宅した武山信二に迷いはなく、失敗の恐れも、ひるむ気持ちもなかった。麗子にしても、死は淀みなく覚悟され、たじろがず、共に死ぬことを自ら願い出た。田中美代子が言うように「最初から二人は死のために結婚したとしか思われず、ひそかに死の機会を待ちのぞみ、その機会を決してのがさず、あまりにもいさぎよく、喜びいさんで死出の旅につく」のである。[8] 「憂国」には、命を投げ出すことの自然な状態しかありえないし、葛藤やドラマは成立しないのだ。彼らが慮る他者もありえず（麗子が両親に先立つ不幸を詫びるだけである）、死という外部でさえ、到達可能な親密な領域にある。自刃は、夫婦相互の了解として、「皇軍」への意志として、苦痛の甘受として、肉体の生物的な結末をもたらす行為として、すべての点で肯定されているのだ。その肯定の全体が、幸福なエロティシズムとして表現されているのである。

　三島由紀夫は「二・二六事件と私」（『英霊の声』河出書房新社、昭和41・6）で、「憂国」にジョルジュ・バタイユへの共感が反映していると述べているが、「憂国」にあるバタイユ的要素は、死とエロティシズムの「連続性」への共感であり、青海健が言うような「絶対性」ではない。そもそも、清水徹「ジョルジュ・バタイユと三島由紀夫」によれば、「侵犯」すべき「禁止」を絶対者の秩序に求めたのは、バタイユではなく三島の思考であり、[9]絶対者の「禁止」もそれへの「侵犯」も、「憂国」には存在しないのである。

　歓喜の死に赴く武山信二の死は「至福」であり、積極的な価値の獲得にほかならない。しかし、武山信二はその価値を語らない。武山が語るのは、蹶起した友人を討つことができないという消極的な理由である。そういう「地上的な絆」が、夫婦の死を必然化する価値をもつかどうかは疑わしいとする柴田勝二の見解は肯ける。[10]とするならば、死の価値＝理由は、武山信二が語らなかったところにあり、それを語るのは、自己の見解を露わにし、それを客観性に回収することのできる語り手の役割なのである。

　語り手の語る地の文には、「親友が叛乱軍に加入せることに対し懊悩《おうのう》を重ね、皇軍相撃の事態必至となりたる情勢に痛憤して、（中略）軍刀を以て割腹自殺を遂げ」たとある。友情からくる「懊悩《おうのう》」を主たる理由から外せば、割腹自殺の理由は「皇軍相撃の事態必至となりたる情勢に痛憤し」たからということになる。ここに語り手の意見は出ていないが、語り手がこのように理由を整序したところに、その見解は存在するだろう。むろんそれは、武山信二の抱く見解と相違があるはずはない。「中尉の遺書は只一句のみ「皇軍万歳」とあり」という地の文もある。この遺書については、中尉が「筆をとつて、紙を前にしてためらつた」という心理的なそぶりも語られるから、「只一句のみ」という箇所で、語り手が武山信二を離れて自己の見解を押し出し、それを客観化しようとしているわけではないことは明らかだ。では、「ためらつた」ことを言い添えた語り手は、何を言わんとしたのか。語り手の地の文をつなげてみれば、ここに語り手が露出せずに、しかし主体的に言おうとしたことが明らかになる。武山信二は「ためらつた」結果、「只一句のみ「皇軍万歳」」と書いたのであるから、「皇軍万歳」以外のことばが書かれるべくして書かれなかったことを窺わせるのである。それは、彼が「痛憤」した「皇軍相撃の事態必至となりたる情勢」に関わるはずである。その「情勢」をつくり出した中心は、言うまでもなく蹶起軍を叛乱軍とした天皇である。武山信二が書こうとして「ためらつた」結果、書かなかったのは、「天皇陛下万歳」の六文字であったろう。

　これは、のちに「英霊の声」（『文芸』昭和41・6）が出るに及んで読者には明確になる。二・二六事件の将校たちの霊が、理想とした天皇像との関係を語った一節――「われらは躊躇《ちゅうちょ》なく軍服の腹をくつろげ、口々に雪空も裂けよとばかり、『天皇陛下万歳！』を叫びつつ、手にした血刀をおのれの腹深く突き立てる」――武山信二のためらいから語り手が剔抉しようとしたことばがここには記されている。

　自分が憂へる国は、この家のまはりに大きく雑然とひろがつてゐる。自分はそのために身を捧げるのである。しかし自分が身を滅ぼしてまで諫《いさ》めようとするその巨大な国は、果してこの死に一顧を与へてくれるかどうかわからない。それでいいのである。ここは華々しくない戦場、誰にも勲《いさを》しを示すことのできぬ戦場であり、魂の最前線だつた。

　武山信二の思いをなぞったこの語りから窺えることは、切腹が諫死であり、その対象は「巨大な国」であって、それは、天皇でもなく、人々でもなく、「この家のまはりに大きく雑然とひろがつてゐる」空間である。自己の命を捧げて諫める対象を、武山信二は曖昧なままにとどめている。そして「この死に一顧を与へてくれるかどうかわからない」と思い、「それでいいのである」と、それ以上の想像を停止しているのである。これが陸軍歩兵中尉の抱く国家像なのである。しかし、「憂国」の語り手はその曖昧さを取り払い、武山信二が「ためらつた」末に「只一句のみ「皇軍万歳」」と書き、筆にしなかった文字を暗示して、彼の死が天皇への諫死であったことを示したのである。それは「水が来た」のような現実を鋭く切り取る語りではなく、陸軍歩兵中尉武山信二という現実の、その向こうにあるものを描き出さずにはいられない語り手の力業《ちからわざ》が働いているところである。武山中尉の自決の前日、二・二六事件の将校たちは事態収束のため自刃の決意を表明し天皇に勅使を願い出たが、天皇はこれをはねつけた。「憂国」の語りは、その観察と作中人物の内面の語り以上の説明になっていたが、そのことで、地の文は、勅使を拒絶した天皇への訴えを暗示することになったのである。[11]「憂国」には、若い夫婦の健康な性愛が「教育勅語の「夫婦相和シ」の訓《をし》へにも叶つてゐた」と書かれているが、「憂国」が男性同性愛を夫婦愛に応用した作品であるとすれば、教育勅語への言及には作者の皮肉が籠められている。だがそれは、武山信二と麗子の絆に亀裂が入ったというのではない。それは登場人物の心情や地の文のどこにも出ていない。しかし、切腹行為を終始見届けられなかった麗子と、地の文の語りとの間には微妙な齟齬があり、そこを語り手が主体的に働き修復したのを指摘することができる。教育〝勅語〟への皮肉が埋め込まれたのである。

4

　ここまできて、やっと本誌の特集である映画に触れることができる。三島由紀夫が監督・脚色・製作・主演を務めた映画「憂国」（昭和40・4撮影、41・4封切り）では、小説の地の文の語りはほとんどなくなってしまう。ほとんどというのは、自決に至る状況や心情が三島の筆跡で書かれ、スクリーン上でその巻紙が三島の手によって繰られるからである。しかし、文章はむろん短く、映像メディアにおけることばの役割はさほど大きくはない。ワーグナーの「トリスタンとイゾルデ」が流れるこの無声映画では、身体が映像の中心を占め、巻物のことばさえもが、三島の手跡という身体性に収奪されてしまうのである。軍帽を目深に被った武山信二の表情はほとんど見えず（苦悶の表情だけはアップで写されるが）、麗子も面を被ったように表情を変えない。表情という表現も、この能舞台を模した室内での映像では、きわめて限定的にしか用いられないのである。

三島由紀夫が被写体となった細江英公の写真集『薔薇刑』（集英社、昭和38・3）が出版されたのは、映画製作の二年ほど前のことである。刑に処せられる悦楽的な受苦をテーマとしたこの写真集で、最も印象深いのは三島の目の力であろう。とりわけ、大きく目を見開いた三島が、薔薇の花に唇を触れてこちらを直視する写真は圧巻である。眼光が、写真集を見る人を射抜くような写真である。「この眼は他者の、読者の眼と明らかに対決しようとしており、その対決における勝利をいささかも疑おうとはしない。彼は見るのであって決して見られることがない」と坪井秀人は言う。[12]『薔薇刑』の他の写真では、受動的なポーズの身体を晒しているから必ずしも「見られることがない」とは言えないのだが、目の写った写真は、いずれも目に力が凝集していて、見る能動性を感じさせる。中でもカメラを凝視した写真は、見る者に圧力をかけてくる仕方でまっすぐに見つめ返してくるのである。

このような目の印象は、映画「憂国」にはない。そもそも軍帽を必要以上に目深に被ることで、視線の動きは遮断されているのだが、それでも三島の目が写されないわけではない。例えば、武山と麗子の目のクローズアップがクロス・カットするシーンは見交わす視線として表現され、麗子の裸体を見る目や、切腹の前に麗子を見る目、試みに太股を切ってそれを見る武山の目のカットもある。これらはいずれも、『薔薇刑』のカメラを凝視した写真のように作品の外部に投げかける視線ではなく、映像の内部にあって、しかも視線の行き着く身体に外部の（観客の）視線を誘い込むのである。このように映画「憂国」の身体は、見られる身体に集中する。しかしそれは、見られる身体が行為すると言うよりは、行為するそのこと自体が見られる対象になるのである。おそらく、映画製作の前年に開かれた東京オリンピックで、世界最高の身体技能を間近に見た三島は、心身の統一された身体行為が、衆目を集める価値のあることを実感したにちがいない。

『薔薇刑』では、撮る主体（細江英公）が他者として存在し、三島の主体は見られる側に固定される。三島の視線が撮るカメラを射抜くような写真は、その構図を打ち破る試みとしてあるが、三島のナルシスティックな見る―見られる往還は絶たれている。しかし、映画「憂国」は、三島が監督と主演を務めることで、見る―見られる快楽を臆面もなく得ることができたはずである。ところが、肝心な切腹の場面ではそうはいかなかった。夥しい血糊を使った切腹のシークエンスは、白色で統一された空間にあっては、撮り直しがきかないのである。見られる主体に分断され統一された三島の身体は、演技であるにもかかわらず、一回限りの見られる自決に終始せざるをえなかったのである。見るのは行為（演技）を撮り終わらなければできない。

　ではいったい三島は何を見られたいと思ったのだろうか。セックスのシークエンスは、「撮影台本 憂国」のカット・ナンバー35に「彫刻的ポーズ」とあるように、様式化された動きになっているから、見られる欲望とはややかけ離れている。それに対して、切腹のシークエンスは様式を激しく逸脱し、過剰にリアルなぶん欲望の強さが表れ出ている。痛みの表情、苦痛苦悶の表情は、脂汗を浮き上がらせ口から泡を吹く迫真の演技となって頂点に達する。だが、映像はそこで終わらず、朦朧とした意識の中で、妻に助けられて力弱く頚動脈を切断し骸《むくろ》になり、倒れた死体までをも追うのだ。見られる欲望が死体となった自分にまでつづくとすれば、そこに籠められた意味は、暗示や象徴ではない。

　ここには意味の方向を示す語り手はいないから、映画の意味は小説のそれとはやはり異ならざるをえない。ただ切腹の出来事が異様に詳しく迫ってくるだけである。映画「憂国」が表す意味は、活力ある身体が苦痛の果てにやがて衰弱しうつろになって一個の物質になることの、詳細な情景をおいてほかにない。三島の欲望は、そのような情景を見せたいということ尽きるだろう。こういう個人的な表現を、あえて文化現象に編入して配置するならば、自傷愛好、流血嗜好、軍服趣味、褌愛好、体毛嗜好、死体愛好などのマイノリティのグロテスク文化における圧倒的な存在意義をもつ作品ということになるだろう。その狭い範囲が、逆に多くの人の目を引きつけたのは、そこに、人間が自分で選択し自分に課すことの中で、これ以上はない凄まじい行為があったからである。そしてそれがあらゆる点で肯定されているからである。映画「憂国」は、自ら選択した血みどろな行為が、全面的に肯定され、克明に描かれた映像として、人間性の恐しい扉を開いた作品である。

注1　他には、漢文的簡潔さという点ではやや異なるが、以下の引用箇所の傍線部分が挙げられる。「中尉は自分で力を加へたにもかかはらず、人から太い鉄の棒で脇腹を痛打されたやうな感じがした。一瞬、頭がくらくらし、何が起つたのかわからなかつた。五六寸あらはした刃先はすでにすつかり肉に埋まつて、拳が握つてゐる紙がぢかに腹に接してゐた」。

2　エミール・バンヴェニスト『一般言語学の諸問題』（みすず書房、83・4、引用部分は高塚洋太郎訳）

3　野口武彦『三人称の発見まで』（筑摩書房、94・6）。なお、本論は、江戸時代の散文の形態から明治の三人称の発見までを論じたこの著書から多くの示唆を得た。

4　作者の三島由紀夫には、切腹の実際についてかなりの知識がすでにあった。例えば、中康弘通（のちに『切腹悲愴美の世界』を上梓）に宛てた昭和三十四年九月二十二日の書簡には、「小生の拝見したき資料は、文献ではなく、なるべくリアルな絵画写真、できれば実況写真、手紙などでございます」としたため、同年十月に中康宅を訪れている。中康は再刊本『切腹　悲愴美の世界』（国書刊行会、昭和62・6）の「再刊にあたって」で、「もともと三島由紀夫氏が私を訪ねたのは、本書の底稿が雑誌連載中、「憂国」の取材だったのだが、実例の詳しい話を知りたいということであった。そのとき青年将校二人が終戦で切腹する状況報告を差上げた。氏は腹の切りようはどうなのかと訊ねた。私は小説の取材と信じ、切腹刀をもつ右手の肱が直角になる臍下一寸を、筋肉質の男なら五寸、少し肉づきのいい女なら七、八寸は切れる、と過去の調査から推定できる旨を答えておいた」と述べている。また、堂本正樹は『三島由紀夫事典』（松本徹他編、勉誠出版、平成12・11）の「切腹」の項目で「三島は風俗雑誌の投書欄に、変名で切腹嗜好者との連絡を計り、多くの友人を得ている」と書いている。これらのことから、「憂国」のエクリチュールは、切腹の実際的知識を編み込んだテクストだと考えられる。

5　青海健「眼差しの物語、あるいは物語への眼差し―『憂国』論」（『三島由紀夫とニーチェ』青弓社、92・9）

6　堂本正樹『回想　回転扉の三島由紀夫』（文春新書、05・11）

7　一例を挙げる。「「エイッ！」思ひ切つて、光る刃の切先を突き当てた。「ズブズブ」といふ音がして、切先が腹の中へ入つてゐた。痛さは感じない。強いゾッとする昂奮だけだつた。そこだ！　そこだ！　と思つて、右拳に力を加へた。刃は面白いほど深く入り、巻いた紙のところで止つた。まだ血は出て来なかつた。『切腹つてこれだけのことか』と思つた。腹がギューッと強く痺れるやうな感じだけだつた」。

8　田中美代子『鑑賞日本現代文学　三島由紀夫』「本文および作品鑑賞　憂国」（角川書店、昭和55・11）

9　清水徹「ジョルジュ・バタイユと三島由紀夫」（『国文学』昭和45・5臨時増刊）

10　柴田勝二『三島由紀夫―魅せられる精神』（おうふう、01・11）

11　三島は、「憂国」を深沢七郎の「風流夢譚」と並べて掲載するように「小説中央公論」の井出孫六に提案したという（「衝撃のブラックユーモア―深沢七郎「風流夢譚」」「新潮」昭和63・12）。三島は、「憂国」を右翼イデオロギーに合致した作品と幻惑するものだと考えていたにちがいない。

12　坪井秀人『感覚の近代』（名古屋大学出版会、06・2）

（近畿大学教授）

三島由紀夫における「闘争のフィクション」
――ボクシングへの関心から見た戦略と時代への視座――

柳瀬善治

1　ボクシングとのかかわり

三島がボクシングに興味を持ちはじめたきっかけについては、『決定版三島由紀夫全集』29巻所収の「ボクシングと小説」（初出「毎日新聞」１９５６年10月７日）に「なぜボクシングをやりたくなつたかといふと、それが激しいスピーディーな運動だからである。ボディビルの静的な世界は、肉体の思索の世界ともいふべきで、そこでは動きとスピードへの欲求が反動的に高まつてくる」（29、p.２９８）、「私は自分が住みたいと思ふ理想的な世界を考へるのだが、そこではボクシングと芸術とが何の不自然さもなしに握手してをり、肉体的活力と知的活力とが力をあはせて走り、生と芸術とが微笑をかはしてゐる」（29、p.３００）という記述がある。[1]

さらに「ボクシングベイビー」（初出「ボクシングタイムス」１９５７年１月15日、決定版全集29巻 p.４７７～４７９）には日大の小島智雄氏に師事しボクシングを始めて３ヶ月になる心情が述べられている。

なお、『複雑な彼』（初出「女性セブン」１９６６年１月１日～７月20日、単行本『複雑な彼』集英社、１９６６年８月）のモデルとして知られ、自らもボクシング経験者である安部譲二は、集英社文庫『複雑な彼』（１９８７）の解説で、三島をジムに紹介したことを書いている。[2]

「私の商売道具」（初出１９５７年２月、初出未詳）では「暮れの最後の練習の時、ボクシングのコーチの小島智雄氏が、自らパートナーとなってスパーリングをやつてくれました」（29、p.４９２）と書いており、このときのことを三島は「実感的スポーツ論」（決定版全集33）で触れ、また八ミリで撮影した石原慎太郎が旧全集の月報30で、非常に緊張していたこと、まだ三島がフックを習っておらず打てなかったことを書いている。

「実感的スポーツ論」にはボクシングを習い始めた動機として「もつとも困難な、もつとも激しいスポーツ、三十歳に達した男の大半が怖気をふるうやうなスポーツ、それは何だらうか？―それはボクシングだつた。」「合宿のきたない古い建物。シャワー室の便所の匂ひ。リングにかけまはされたきたないシャツやタイツ。破れかけたサンドバック。……これらはみなスポーツの詩であり、私がかつて知らなかつた種類の血の優雅《エレガンス》を象徴してゐた」（33、p.163）という文章がある（ただここには剣道との対比という意味付けと後世からの後付けがあることも指摘しておく必要がある）。

それまでにもラジオドラマとして「ボクシング」（放送台本1954年11月21日、第9回文部省芸術祭放送部門参加作品、日本文化放送協会より放送、決定版全集22）があるのだが、これは劇の設定としてボクシングの東洋タイトルマッチが使われたという印象で、説明はもっぱらアナウンサーの実況により、ここから三島なりのボクシング観を探るのは難しい（ただ、東洋タイトルマッチがラジオの実況の対象になるという点は、現在では理解しがたいと思われるので、当時のボクシングが人々の熱狂の対象であったことは注意しておく必要がある。有名な白井義男がはじめて世界フライ級タイトルを奪取したダドマリノ戦（1952年5月19日）はラジオで実況されており、後楽園球場へ集まった観衆は4万人、ラジオ聴取率は80%を越えたとされる[3]）。

日大のボクシング関係者と交流を持ち、自分でも習い始めた三島は、意識的に試合会場に足を運ぶようになったと思われるが、この当時の三島のボクシング観戦記で目につくのは1956年12月10日に行われたフェザー級ノンタイトル12回戦金子繁治（当時東洋王者）と中西清治（当時日本王者）との一戦を記したものである。これは過去2度戦っている二人の因縁の対決であり、両者7度のダウンのあったこの壮絶な試合は、その年の東京ボクシングライターズクラブ選出の年間最高試合であり、日本ボクシング創生期の名勝負である[4]。

リングサイドで観戦したという三島は強く印象に残ったのか、その翌日に書かれた「きのふけふ」（朝日新聞コラム）の「悲劇」と題する断章では、「今日、目はくるめきつつ、何度もダウンから立ち上り、よろめき、血みどろの空間のうちに敵を探してゐる中西のやうな、人間の意志の挫折を身を以て象徴する意志悲劇の主人公の役を、どんな俳優が演ずることが出来るか？　また、あの永遠の冷静な勝利者、あの変幻する力、あのやうな絶対性を表現してゐる金子の役を、まして誰が演じることが出来るか？　それよりこのやうな強力な劇的対立を、現在どんな劇作家が描きえてゐるか」（29、p.467）と書き、また翌年1月1日のエッセイ「美しきもの」（河北新報その他）でも「お正月早々、あまり平和な話ではないが、最近見た美しいものはなんといつても、旧臘十日夜に国際スタジアムで見た中西、金子のノンタイトル十二回戦における中西であつた」と断って、「立上るとき彼は、見えない中空に何ものかを探すやうに、鋭い目であたりを見まはすのだつた。彼の目に敵は見えなくなる。しかし敵は必ず存在するのだし、それもこの白い無情のリングの中で、彼を待ち構へてゐることは必定なのだ。だから彼は敵を探し出さねばならぬ。渦巻きのやうな世界、目まいと苦痛と観客の歓呼とでギッシリ詰まつた固い世界、暗黒と光輝との交代する世界……この中に敵を、またしても自分に苦痛を与へる相手を、必死に探し出さうとしてゐる彼の目は、実に美しかつた。これはかりは、舞台や映画では決してみることのできないものだ。」（29、p.438～439）と記している。[5]

また、当時、他の作家の書いたボクシング小説にも関心を寄せていたと見え、井上友一郎『瀕死の青春』（角川書店、1957年6月）には「プロ・ボクシングの世界を描いた小説は数多いが、プロ・ボクサーの生活と匂ひの滲み出た小説は恐らくこれを以て嚆矢とする。井上氏の「銀座川」以来の傑作として、私は連載中から一行ものがさず耽読した。シャルル・ルイ・フィリップの筆でボクシングを書いた日本におけるすぐれたポピュリズムの小説である」（29、p.591　また「瀕死の青春」帯の原文も参照した）という帯文を寄せている。[6]

また、「私の見た日本の小社会」では「平林たい子さんが「殴られるあいつ」（文芸春秋社、1956年―引用者注）というプロ・ボクシングの内幕小説を書いたが、彼女に資料を提供した人の話を聞くと、あそこに現はれる特殊な社会の人たちの心理的反応は微妙であつて、怒ると思つて書いたことが気にさはらなかつたり、何でもないと思つて書いたことが気にさはられたりするさうだ」（29、p.609）と書いている。[7]

2　石橋広次について　『鏡子の家』「峻吉」造形との差異

三島との交流がしばしば語られる元日本バンタム級王者石橋広次については『裸体と衣裳』1958年2月27日に以下の記述がある。

「6時半ケテルスでボクシングの小島智雄氏と石橋選手とを待ち合はせる。石橋選手は私の外遊中に全日本バンタム級チャンピオンになり、世界第8位にランクされた。」「石橋広次選手はリング上で決して昂奮しない人である。ボクシングにおけるほど、観衆と選手の冷静が見事な対照をなすものはない。闘争を見ることの熱狂は人間の本性に根ざしてゐるが、ボクシングはもつともよくできた闘争のフィクションである。スポーツの中で最も現実の闘争と似た外観を呈してゐながら、そのスポーツとしての技術性科学性（私のいふフィクション性）は高度である。私にそれがジャンルとしての小説を想起させる。」（決定版全集30、p.82『裸体と衣裳』）

石橋広次は1957年8月に左フックの強打で謳われた当時の日本バンタム級王者大滝三郎に挑戦し判定勝ちし、第13代日本バンタム級王者となり、11月にはレオ・エスピノザの東洋バンタム級タイトルに挑み12回判定負け。1958年1月7日には両国国技館で大滝と再戦し判定勝ち。その後これを含め5度の防衛に成功するも、1961年2月1日に新鋭の山口鉄弥に判定負け、王座を追われている。生涯成績23勝（4KO）19敗5分9EX（エキシビジョンマッチ）1NC（ノーコンテスト）。[8]

『裸体と衣裳』11月5日に記載のある山野ホールでの石橋と池田光春のタイトルマッチは彼の2度目の防衛戦であり、

『裸体と衣裳』4月11日の項に記述がある「川崎との8回戦」とは川崎四郎とのノンタイトル戦である。当時の三島は『鏡子の家』を執筆中だった。[9] 当時のテレビで石橋の試合の生中継が放送されるなど当時の日本王者は現在の世界王者をはるかに越える知名度があった。[10]

生前の石橋広次のインタビューが「ボクシングマガジン」1999年5月号に掲載されている。1931年1月11日長崎生まれの石橋は高校時代にインターハイのフライ級を制覇し、立教大学から明治大学、日本大学と転学してアマ128戦94勝26敗8分けの成績を残し、卒業後1956年3月にAO拳からプロデビュー（なおAO拳はこの石橋のプロ転向とともに再興されたという。郡司信夫『ボクシング百年』p.324）。[11] 三島とは日大時代に知り合ったという。「三島さんとは日大時代に知り合ったんだけど、プロになった僕の試合を見て「君のボクシングは歌舞伎役者のような華がある。きわめて芸術的だ」と言ってくれてね、義兄弟の契りも結んだんですよ。」「僕は一日6時間はボクシングのことを考えていた。どうすればあのパンチをかわせるのか、その方法を最低5、6種類は頭に入れて試合に臨んでいたんです。」つまり石橋氏を王座に導いたのは頭を使ったボクシング、言葉を換えれば徹底したイメージトレーニングだったのだ。」（インタビューアーはボクシングライターの丸山幸一、記事には1999年当時の石橋の写真と1950年5月の小林久雄戦の写真が掲載）

石橋は引退後、1962年に石橋ジムを開きながらも西日本新聞のスポーツ記者となり61歳で定年退職するまで二足のわらじを履くことになる。また逝去後の追悼記事が「ワールドボクシング」2002年4月号p.112〜113に掲載されている。記事にはチャンピオンベルト（三島が『鏡子の家』創作ノートでスケッチし（決定版全集7、p.601〜602）、作中にも描いているのはこのベルトを元にしたものか）を巻き表彰状を手にした写真と、1957年の東洋タイトル戦の写真、ジム会長時代の写真、そして現役時三島とリング上で撮った写真が掲載されている。技巧派で洒脱な王者でありながら、人のよさがあった現役時のエピソード、勤勉で誰にでも教えを乞うた西日本新聞記者時代の思い出、酒豪であり欲がなく、家族に温かい人柄など、生前の石橋の姿を伺わせる記事となっている。

そこでは対戦した矢尾板貞雄の証言として「がっちりとグローブでアゴを固め、ウィービング（上体を左右に動かしてパンチを外し、そこから攻撃につなげる技術─引用者注）しながら出てくる人だった。どこからパンチが出てくるか分からない。出入りがうまく、負ける人はトリッキーなボクシングに引っかかっていたように思う」。（p.112）また元「日刊スポーツ」記者の佐藤邦雄の証言として「どうしても勝てない相手には、寝る（ダウンして意識があっても起き上がらない）こともあった」ともある。

当時の試合評でも「左右フックで来る」「強烈な左右フックの連打を池田のボデイに」（「サンケイスポーツ」での試合評）

という記述が目立ち、「老巧な石橋にクリンチでチャンスをつぶされ」という記述もある。郡司信夫『ボクシング百年』p.348には当時世界のボクシング界を統括していたNBAの渉外部長が石橋のボクシング技術を高く評価したことが記されている[12]。

こうした同時代者の証言から浮かび上がるのはガードが固く、変則的で駆け引きのうまい、そして少し淡泊で計算高い頭脳派のボクサーの姿である[13]。先の丸山は「ガードが高く痛打を許さない、駆け引きにたけた知的な石橋ボクシング」と評しており、三島自身も前述の『裸体と衣裳』での池田戦の記述で「彼はいたるところで光彩陸離たるテクニックを見せた。第四ラウンドであったか、相手の左を除けながら、バレエのやうに一廻転して、相手の顎へあざやかな左を入れた石橋の名技は、相手がスピードのない選手であるときに、丁度相手の一テンポに対してこちらが二テンポで動いて成功する際どい技術ださうである。大衆はむしやうやたらな擲り合ひを喜ぶが、石橋の試合は、ボクシングが頭脳的スポーツであることをよく見せてくれる」（30、p.166~167）と書き、「小島門下で私と同門の石橋選手はボクシング界随一のインテリ選手で通つてゐるが、私にはそれより、彼の試合ぶりの人を喰つてゐるところが好きなのである。全然悲壮味がなくさうかといつて軽薄ではなく、かういふのを本当に不敵といふのだらう。クリンチして相手の肩にあごをのせてのんびり休みながらニヤリとする癖のごときは絶品である」「スポーツ賛歌」（初出「オール読物増刊」1958年10月、30、p.669、初出誌にはグローブをつけてサンドバッグを撃つ三島とそれを笑顔で見つめるトランクス姿の王者時代の石橋の写真が大きく載せられている）と書いている[14]。

ボクサー石橋広次は通説でモデルだとされている『鏡子の家』の深井峻吉の造形とは異なる部分が多い。「僕は一日6時間はボクシングのことを考えていた。どうすればあのパンチをかわせるのか、その方法を最低5、6種類は頭に入れて試合に臨んでいたんです。」という石橋のコメントは、「それは瞬時もものを考えまいとすることである」「まことに晴朗な峻吉は、憎悪や軽蔑に執着するたちではなかつたが、ものを考へるといふことだけは軽蔑してゐた。」（7、p.112）という峻吉の記述と食い違う。

もちろん、白井義男―エスピノサ戦の試合予想を杉本清一郎に尋ねられて答えたり（「白井は辛うじてタイトルを防衛するだらう」）、デビュー戦の相手に対する作戦を立てていたりはするが、そこでも「俺がもしものを考へたら、俺は俺でなくなり、俺を支えてゐた糸はみんな切れてしまふ」（7、p.264）という記述が挿入されている。

先のエッセイの「闘争を見ることの熱狂は人間の本性に根ざしてゐるが、ボクシングはもつともよくできた闘争のフィクションである。」という記述は「火事場見物を前にして彼自身が火事であること、冷静に計算された精密な火事であること、この役割はいつでも彼自身の存在を乗り越えてゐた。」（7、p.268）と対応するが、「冷静に計算された精密な」の部分ははっきり書かれていない（「なぜ拳闘が好きなのか」を小説の中で一度も明示的に書かれることのない杉本清一郎の性格造形に多少の反映はあるかもしれないが）。

ただし、デビュー戦の南と峻吉の対戦の中でも、「鼻柱へしたたか食つた」峻吉が、クリンチをして「クリンチは不思議な作用をする」（p.274）と、クリンチワークの場面がそれとなく挿入されていることを忘れてはならないだろう（杉本清一郎から峻吉に宛てた手紙の中の忠告にも「クリンチワーク一つにもいつも自分の有利な体勢を忘れぬこと」（p.339）という一文がある）。「クリンチして相手の肩にあごを載せてのんびり休みながらニヤリとする癖」と石橋を評した三島は、『裸体と衣裳』2月6日の日記で書かれたフラッシュ・エロルデと杉森武夫の東洋フェザー級タイトル（1959年2月6日）の印象でも「エロルデのクリンチワークの巧者なこと、その気味の悪い折々の微笑」（30、p.199）に触れ（これは石橋の印象と重なっている）、後述するようにボクシング観戦記で戦略としての「クリンチワークの重要性」をたびたび指摘しているからである。[15]

恐らく、ここでの峻吉の造形に示唆を与えているのは、先に見た金子―中西の試合での中西、つまり、「血みどろの空間のうちに敵を探してゐる中西のやうな、人間の意志の挫折を身を以て象徴する意志悲劇の主人公の役」であり、彼の敵を探そうとする「目の美しさ」、そしてそこから連想された「戦争の中の異様な美しさ」であろう。これは『鏡子の家』の「『あそこに俺の本当の敵がゐる筈だ。今駆け出せば、俺は敵にまともに遭遇するだらう。敵を仆すことが出来るだらう。今駆け出せば！』」（7、p.407）という峻吉の台詞と対応する。

しかしながら、いずれの試合も峻吉の圧倒的な勝利に終わるこの小説のボクシング〈描写〉の中で、中西の姿に見た敗北するボクサーの「目の美しさ」そして何よりも「強力な劇的対立」は『鏡子の家』ではついに書かれることはない。三島が好んだ「スライな技巧派ボクサー」「舞踏的な美しさ」、殊に石橋の「芸術的な」「歌舞伎役者のような華」は「ものを考えない」という性格設定を施された峻吉のボクシングのなかでは表象されていない。さらにいえば、江藤淳をはじめとする歴代の評者が「これほどスタティックな、人物間の葛藤を欠いた小説も珍しい」（「三島由紀夫の家」『江藤淳著作集2』p.119、初出「群像」1961・10）と評するこの作品で、「ボクシングの劇的対立」を描くことは不可能だろう。後述するように、そもそもボクシング批評では明確な戦略観を持っていた三島が『鏡子の家』で行ったのは、あからさまなデフォルメを成されたボクシング〈描写〉（あくまでも峻吉の目を通した、そしてそれに語り手がシニカルな批評を行った上で記述されたもの）[16]であり、三島のボクシングそのものへの興味関心とは差があることを指摘しておかなければならない。[17]

3　ボクシング観戦記について
—「理性的な計算」への着眼と「日本人」観—

三島は多くのボクシング観戦記を書いている。それは1956年から1970年にいたる、つまり金子繁治・石橋広次から桜井孝雄・西城正三（大場政夫の初の世界戦は70年10月に行われているが、その自死を1ヶ月後に控えた三島にはその観戦記を書く余裕はなかったと思われる）までの日本の名ボクサーの闘いの足跡を概観するものとなっており、いくつかの重要な試合の観戦記を残している。

日本のボクシングファンに真の世界ライト級王者の実力の衝撃を与えた小坂―オルチス戦（1962・12・3）[18]について、「私は大体スライな技巧派ボクサーが好きな性質で」「外人の優秀なボクサーの試合は、バレエを見るやうな舞踊的な美しさを持つてゐるが、見るからに精悍で引きしまつたオルチスは正にその典型だつた。（略）第一ラウンドでは長いリーチのストレートでおどかし、第二ラウンドからフックをまじへて、次第に千変万化のバリエーションを繰り出す理性的な計算」「すべてがハイカラと野暮の試合のやうで、日本人のテンション族的国民性を露呈してゐるやうに思はれた」「先駆者といふものは、みんなこのやうに野暮で一本気なもの、そして悲壮な敗北を味はふものである」（「冷血熱血　小坂・オルチス戦観戦記」決定版全集32、p.259～260、初出「報知新聞」1962年12月4日）と書き、中南米の選手のダンサーのようにしなやかでそしてしたたかな戦略を兼ね備えたボクシングと日本のボクサーの愚直さ、経験のなさを対照させ、そしてその上で日本のボクサーの勇気を称えるという構図を採っている。

同様の構図は関光徳・シュガーラモス戦観戦記（初出「報知新聞」1964年3月2日）にも見られ、「狂言の「釣狐」ではないけれど、狐はある場合は、敢然と罠に飛び込むことで、彼自身が狐であることを実証する。それは狐の宿命、プロボクサーの宿命のごときものであらう。」（32、p.680）という関の勇敢さを狂言にたとえた印象的な一文があり、かつて石橋に見た理知性、戦略性への着眼は、海外のボクサーへと向けられ、中西の敗北に見る「異様な美しさ」は日本のボクサーの敗戦に向けられている。この点は「追ふ者追はれる者―ペレス・米倉戦観戦記」（初出「産経新聞」1959年8月11日、31、p.243～244）でも「守勢に立つ側の辛さ、追はれる者の辛さからは、容易ならぬ狡知が生まれる」という書き出しからはじめ、「ペレスのフットワーク」を「完全なバランスを保つバックステップ」に見、「フットワークのエキシビジョン」を褒めると同時に（海外のボクサーのバックステップのバランスに着眼する〈素人〉のボクシング評などごく稀である。ここに三島の戦略眼の高さがある。）、日本では名うての技巧派ボクサーとして知られた米倉を「単調な技術はほとんど無作戦を思わせ」「技術の不足といふよりも、行き当たりばつたりの、作戦の不足」として批判し、「しかし米倉はよく戦つた」と米倉の努力も讃えている。[19]

そして金子―中西戦の際には抽象的な表現で「劇的な構図」、「美しさ」を語っていた三島は、その後のボクシング評論では具体的な戦略を指摘しながら、ボクサーの「理性的な計算」「舞踏的な美しさ」を語るようになってくる。

しかし、日本のボクサーの劇的な勝利の際には、さすがの三島も昂奮を抑えきれなかったとみえ、たとえば、「未知への挑戦」と題された海老原―ポーン・キングピッチ第1戦の観戦記（初出「報知新聞」1963年9月19日、決定版全集32）では1R2分7秒で海老原のKO勝ちに終わったこの試合を「神を背後に背負つたやうなおそるべき勝利」「若さとか、体力とか、技術とか、さういふもの以前に、あるふしぎな見えない力の勝負をはらんだものがボクシングだといふことを、けふの試合ほど如実に見せたものはない。それはまさにボクシングだつた！　完全無欠のボクシングだつた！」（32、p.58）と振り返り、通常見せる戦略への着眼を忘れ、手放しの喜びを表している。[20]

東京オリンピックの観戦記もいくつか三島は残しているが、そこでアマチュアボクシングについて書いていること（「競技初日の風景―ボクシングをみて」33、p.175～178）は注目される。それぞれの選手や応援の仕方にお国柄が表れるという印象、そこから選手の背後にある「政治」へと考えを移す――「オリンピックの非政治主義は、政治の観念の浄化と見るほかはなく、政治を人間の心から全然払拭することはできまい」――というのが骨子だが、「褐色の肌の選手は、概してボクシングのために生まれたやうな、柔軟きはまる体と、強靭な腰と、素晴らしいフットワークを持つてゐた」「野獣の優雅がボクシングの身上」「何かしらこのスポーツには、密林的なものが必要だ。豹の一撃が必要だ」という記述には、「フットワーク」への着眼と「野獣の優雅」という表現に、三島のボクシング観――技巧への関心と洗練への渇望――がほのかに表れている。[21]

「観戦記　ファイティング原田　エデル・ジョフレ」（1965年5月17日、愛知県体育館　記事は18日「報知新聞」）[22]についてだが、報知新聞のスポーツ担当だった大高宏元が「三島さんは報知新聞に観戦記を書くために試合当日に名古屋入りし、その夜は新聞社が予約した名古屋国際ホテルのスイートに泊った。報知新聞のボクシング担当記者だった私は試合前、ホテルの喫茶店で三島さんに情報提供する役目を命じられた。記者仲間の予想は3―7で王者の有利だというと『やっぱりな。ジョフレには歯が立たないんだ、玉砕か。肉弾勇士だな』などと三島さんは独りごちた。『どちらが勝つにしろ、戦いの中で心・技・体を取り結ぶ「知」の在り方を探ってみたいね』と三島さんは静かに話した」というエピソードを書いている（『ボクシング百年』日本スポーツ出版社、2001）。

またかつて報知新聞の記者（大高の上司）であり観戦記を三島に依頼した（後に『感情的ボクシング論』などのボクシング評論

をはじめとするノンフィクションライターとして著名となった）佐瀬稔が「百の試合に百の物語を編んで」で次のように回想している。

「原田対ジョフレの試合は、三島由紀夫さんと一緒に見た。三島さんは午後3時ごろに起きて来客との応対や所用をすませ、夜、机に向かって朝まで執筆する。「名古屋に行ったら仕事ができない」とおっしゃるのを「試合後ホテルでなさったらいかがですか」と頼み込み、当時、筆者が勤めていたスポーツ新聞での観戦記をお願いしたのだ。その夜、三島さんは「ときしも五月。五月人形みたいな、金太郎みたいな原田が勝った」で始まる原稿を、いつものとおり、どの記者よりも早くサラサラと美しい筆で書き上げたのだが、それ以外にはただの一行も書けずに終わった。ホテルに引きあげたあと、人間の心とは、日本の文化とは、を語り続けて朝にいたったからである。」

　ホテルでは「人間の心とは、日本の文化とは、を語り続け」たという三島だが、実際の観戦記では、佐瀬が書いているように「時しも五月。五月人形みたいな、金太郎みたいな原田が勝つた。日本の男児の、晴れやかな一本気と、不屈の闘志が勝つた」という一文で始まりながらも、原田の「若さの体力と精神力と理知的計算とが、これほど見事なバランスを持ち得た」ことの例を「ジョフレの右を避けて、左へ左へ廻つてゐたフットワーク」「いつもジョフレの堅固なディフェンスを下方からねらつて、急激な波頭のやうに突き上げてくるその右アッパー…」（33、p.456~457）という具体的な作戦に即して説明している。[23]

　興味深いのは三島がペース配分やラウンドごとのコンビネーションの切り替えに気を配り、（原田の勝因にも「理知的計算」を加えることを忘れていない）先にも触れたように戦略としてのクリンチワークの重要性をはっきり認識していることである。

　原田の初防衛戦であるラドキン戦（「期待はづれの一戦」初出「報知新聞」1965年12月1日）については「私は何も猛攻に次ぐ猛攻、倒れてのちやむの精神を見に、ボクシング試合へ出かけるのではない。力の勝利と同時に知能の勝利、フェアな戦ひとともに知謀のおもしろさを見にゆくのである。」（33、p.592）と書いていることからも三島がボクシングに技術や戦略を求めていることがわかる。

　原田―メデル戦の観戦記（初出「報知新聞」1967年1月4日、なお原田はその3年前に「ロープ際の魔術師」と呼ばれたメデルのカウンターに6RKOで敗れている[24]）にて、「純日本男児の面影の」原田と「軽薄きはまる声」のアナウンサーとの対比で「リング上の「もつとも良き日本人」とリング外の「もつとも悪き日本人」の二タイプの典型」を皮肉に述べた[25]後、「メデルは、夜の女のやうに、ロープへロープへと原田を誘ひ込む。そこには死の誘惑が待つてゐるが、据ゑ膳食はぬは男の恥、原田は敢然と飛び込んでゆく。しかし、もう、一々相手の手に乗るほど初心ではない。クリンチワークも巧くなつたし、五ラウンドなど、右のフックを喰つたメデルの膝が一瞬折れ釘のやうな形に折れ曲がったとき、その機を逸せずこちらからロープに追ひ込んで、ラッシュの華を見せたり、あるひは六ラウンドで、右のフェイントから左へ移り、さらに右のフックを決める、今までにない華やかな技巧を見せたり」（決定版全集34、p.295）と原田のボクサーとしての成長を具体的な試合展開の中から指摘する。

パスカル・ペレスを矢尾板貞雄がノンタイトル戦ではじめて破った試合の観戦記「見事な若武者」（「スポーツニッポン」1959年1月17日）でも「第一ラウンドのジャブの応酬の間にペレスがしきりにボディをねらつてゐる戦法」「六ラウンドのインファイトの大振りのフックの応酬に続く、フックやアッパーの変幻きはまりない、やりとり」（31、p.186～187）を強調することを忘れていない。（『裸体と衣裳』1月16日の日記には「はじめて新聞記者席でメモを取りながら見るのが面白い。試合そのものはなんだか狐につままれたやうな試合で、ペレスの気勢の上がらぬこと夥しい。」（30、p.191）とある。[26]）

原田とジョフレの第二戦の観戦記では「ジョフレへの声援の方が大きかつた」ことに「日本人のいい面である「判官びいき」と、日本人の悪い面である「栄光への嫉妬」」があることを指摘したのち、「原田の直情径行な戦法」を「キメのあらい、素焼きの壺を見るやうなボクシング」と喩え、「やはりジョフレは、もろくても、完成された、磨き上げた白磁の壺のやうである。」「ジョフレの左は、敏感な昆虫の触角のやうに、空中へさしのべられ、ピクピクと動き、距離をはかり、相手の反応をはかり、それを大脳へ伝達して次々とちがふ組合せのブローを繰り出してくる。数年前のパンチがジョフレにあつたら、原田はもつと苦戦になつただらう。そして食虫植物の蔓みたいに、無気味にどこまでも長くのびる、あのフックのリーチ！」（決定版全集34、p.133）と具体的にジョフレのボクシングを描き出す。実際にジョフレのボクシングを見れば、この三島の描写がその特徴（フットワークは余り使わず、左を下げ、フェイントで誘い、カウンターの伸びのあるアッパーとフックで倒す）を的確に描いていることがわかる。三島のボクシング観は『鏡子の家』の試合の〈描写〉からは確実に離れたところにある。

しかし三島の晩年の観戦記では、F原田に見たような日本人像と台頭する若手ボクサーとの間にずれを感じていることが読み取れる。桜井孝雄とライオネル・ローズの世界バンタム級タイトルマッチの「クールな日本人」と題された観戦記（初出「報知新聞」1968年7月3日）では次のように書かれている。

「沢田（注・17歳で戴冠し「魚河岸のチャンピオン」と言われた元東洋ライト級チャンピオン沢田二郎）や中西のファイター時代には、たとえ黒人相手の試合でも、日本人の野武士的野性と活力が、玉砕精神が、日本のボクサーの特徴のやうになつてゐて、お客もこれに喝采した。当時私のひいきの石橋が唯一のクールなボクサーだつた。」「今日の桜井は惜しくも判定で敗れはしたけれども、日本のボクシングの未来のクールな姿を暗示してゐるやうに思はれる。野性はむしろローズによって代表されてゐた。クールなボクシングは、トランジスターとテレビと時計の精密工業、農村的体臭を脱した新しい衛生的な日本を暗示し、代表してゐる。それは電子計算機による戦ひである。巧緻で、理知的で、モダンで、冷静で、計算高くて、スマートで、技巧的で……やがてボクサーも高度の技術社会の闘争の技師になるだらう。」

「桜井のアウトボクシングは、右へ右へと廻り込みながら、油断なくチャンスを待ち、巧みなバック・ステップでローズのミス・パンチを誘ひ、頃合ひを見て、右のストレートから左のフックと、目もあやなコンビネーション・パンチを浴びせるといふ、流麗きはまる技法で」「この第一、第二ラウンドで唸つたのは、私一人ではあるまい。それは旧来の日本人の概念では考へられない、クールな、名人芸のボクシングだつた」「しかし、いかにボクシングが理知的科学的なものにならうとも、このスポーツが本来もつてゐる、一瞬一瞬の未来が不可測だといふ原始的で野性的な生活は否定しきれない。マクナマラ戦略は、つひにベトナム戦争解決の決定打にはならなかつた」（決定版全集35、p.146〜147）[27]

三島が晩年にもっとも愛したボクサーは西城正三である。西城の初防衛戦ゴメスとの試合の観戦記（初出「報知新聞」1969年2月10日、決定版全集35、p.406〜408）では「だから西城のうまさがいつそう目出つた。なるほど駿馬である。有名な左フックも何度かみごとに決まつたし、四ラウンドの切れなど見事なチャンス・テイカーぶりである。」「私は西城を「クールなボクサー」と評したが、この試合ぶりを見ると、ヤマトダマシヒどころか、ほとんど日本的な臭味が感じられない。浪花節もなければ、玉砕精神もない。実に機能的で、技術的で、トランジスター・テレビの輸出国としての日本を象徴してゐる。アウトボクシングからインファイトにはひる境目が、この青年の中で、どういふ風に変化してゆくのか、といふところに、私は興味を持った。」[28]

三島の書いた最後のボクシング観戦記となった西城―ステイーブンス戦の観戦記では「西城は現代日本の只中から生まれたボクサーだ。彼は貧しい鉄工所出身の、克己心でこり固まつた古い型のボクサーではない。まさにゴーゴーとボウリングとカーの世代から、自然に、ごくクールに、ボクシングの世界に入つてきた青年といふ風に見える」（初出「報知新聞」1970年2月9日、決定版全集36、p.57）「正に精密機械のやうな、切れ味のよい、さまざまな技法」「憎き、若き、ハンサムなる、コンピューター選手め！」（p.59）と書かれており、かつての舞踏のような海外のボクサーの技巧に翻弄される「日本人の野武士的野性」「活力」「玉砕精神」に頼る不器用な日本人ボクサーという対比を打ち破り、世界の舞台で三島好みの「実に機能的で、技術的」な試合を見せてくれる、それでいて政治的に急進化する三島の考える日本人像からは逸脱する（当時の）若いボクサーが台頭してきていることに、三島は複雑な感慨を抱いたようである。かつては「野暮で一本気なもの、そして悲壮な敗北」として書かれ、「釣狐」に喩えられた日本のボクサーへの印象に「玉砕精神」という言葉が出てくることも三島の心理の若干の変化を物語り、「トランジスタ」「マクラマナ」「ゴーゴー」という喩えも当時の時代を感じさせる。それはつまり、三島が自分の感じている当時の日本人観や若者観を桜井や西城に投影していたということでもある。

先の佐瀬稔の回想では、西城のファンだった三島に1970年12月3日の西城正三対小林弘の観戦記を頼んだところ、「先約があります。残念ながら見に行けません」と断られ、同年11月25日、「その先約が何であったかをテレビの臨時ニュースで知って、茫然とした」事が語られている[29]。1970年11月25日に自死した三島は、その後西城がアントニオ・ゴメスに王座を奪われ（1971年9月2日）、キックボクサーに転向してしばしば醜態をさらしたことを見ていない（現在のボクシング界で西城の印象が薄いのはそのためである）。

桜井と西城を見て描いた、「巧緻で、理知的で、モダンで、冷静で、計算高くて、スマートで、技巧的で　やがてボクサーも高度の技術社会の闘争の技師になるだらう」という三島の予測は、80年代以降、技術が緻密高速化した「世界の」ボクシングには完全に妥当したが、まるで沢田・中西時代に逆行したかのような先例主義精神主義に安住する無策無経験ぶりを露呈するその後の「日本の」ボクシングには（ペレスとの試合の観戦記で三島に無策を誹られた米倉の愛弟子である元WBCJバンタム級王者川島郭志のような例外を除いて）妥当しなかった。むしろ、三島の技術的戦略的なボクシング観じたいが日本では異質で、ある意味先駆的すぎたとも言えるが、桜井は日本でただ一人のボクシングでのオリンピック金メダリスト（1964年、東京）であり、西城もアメリカで世界王座を奪取した（高度な国際舞台を経験した）例外的な選手（F原田は日本のボクサーで唯一ボクシング殿堂に入っている選手）であることも付け加えておく必要がある。三島はいわば、日本的風土では異質なテクニカルでなおかつ国際舞台でも物怖じしない戦いをした選手に反応していたとも言えるのである。

興味深いのは石橋を褒めるときに、三島が「歌舞伎」の例を出し、海外のボクサーの評として「舞踏的な美しさ」を引き合いに出し、また、ボクシングの理知性を小説のそれと比較していることである。日本人像に若干の揺れは見せながらも三島のボクシングの技巧・戦略への関心――「力の勝利と同時に知能の勝利、フェアな戦いとともに知謀のおもしろさを見にゆく」――は最後まで変わっていない。

三島は「実感的スポーツ論」ではボクシングと対比して、「剣道」を「もつとも自分に適したスポーツ」とし、それを「スポーツに対する私の長い郷愁」「自分の精神の奥底にある「日本」の叫び」「もつとも暗い記憶と結びつき、流された鮮血と結びつき、日本の過去のもつとも正直な記憶に源してゐる」（33、p.165～166）と書き、それは「血の優雅」「スポーツの詩」というボクシングの意味付けと対比されている。「團蔵　芸道　再軍備」（初出「20世紀」1966年9月、決定版全集34、p.209～210）では「今いふ芸術が芸道に属することはいふまでもないが、私は現代においては、あらゆるスポーツ、いや、武道でさへも、芸道に属するのではないかと考へてゐる。それは「死なない」といふことが前提になつてゐる点では、芸術と何ら変りがないからである」「私は根本原理が「死なない」といふことにある場合、いかに危険なスポーツも芸道に属し、現実のフィクション化にあづかり、仮構の権力社会に属してゐる、と言ひたいのである。」「その勝負にあるのは死のフィクション化であつて、「決死」とはもはや言へない」「スポーツにおける勝敗はすべて虚妄であり、オリンピック大会は巨大な虚妄である。それはもはやもつとも花々しい行為と英雄性と決断のフィクション化なのだ」と述べている。

かつて東京オリンピックの印象記の際に生まれた感慨――「オリンピックの非政治主義は、政治の観念の浄化と見るほかなく、政治を人間の心から全然払拭することは出来ない」――はここでもっとラディカルに死生観につながるものにまで推し進められている。

（『鏡子の家』での「強さの専門家」としての峻吉の強さはまさに「この死のフィクション化」であって、「彼の強さは一種の抽象能力のやうなものになつてゐた」「その使はれ方において、知性と大差のないものになつた（7、p.397）」という記述は、峻吉のボクシングがチャンピオンに近づけば近づくほど「花々しい行為と英雄性と決断のフィクション化」の性質を帯び、「仮構の権力社会に属してゐる」ものになることを示している。そのことに気づいたからこそ、峻吉は「どこかにいるはずの敵」を求めて家から闇雲に走り出し、そしてそれに出会えずボクサーとして破滅し、右翼の活動家となるのである）

しかし、あらゆるスポーツの中でもっとも死に近いと言えるボクシングに、三島は二・二六の将校のような「死に直面した同志的共感」を求めていない。むしろ高度に洗練された「闘争のフィクション」を求めている。[30]

三島がボクシングに求めたものは現実の喧嘩や争いとよく似た、そしてその背後に巧緻な技巧と計算を秘めた「闘争のフィクション」であり、そこにはまた芸術的な華やかさを同時に秘めたものでなければならなかった。それは峻吉が考える「強さ」とは異なっており、だからこそ峻吉の試合ぶりやその「ものを考えまい」とする性格、その行動形式は語りによって相対化され、シニカルに描かれる必要がある。三島は『鏡子の家』で理想とするボクシングを描いたわけではないのである（この点については後述する）。

4　他作家のボクシング作品との比較
―「時代の無秩序」とボクシング界の秩序形成　それぞれの表象―

三島のボクシング描写・競技に対する理解を考える際、『鏡子の家』で描かれたボクシングと実際のボクシング観戦記で描かれたものを区別しなければならないことは、先に見たとおりだが、では『鏡子の家』でのボクシング表象はどのように考えればいいだろうか。

「鏡子はこの若い「悪者」たちの吐く熱い息が、正確にあの無秩序の焼跡の時代から伝承されてゐるのを感じた。あの時代に、あの時代特有の精力とお先真暗な生命力の暗い輝きとを代表してゐたのは、まさにこの人たちだつたのだ。」（7、p.262～263）

この引用にあるように、『鏡子の家』で、ボクシング会場と鏡子の家との類縁性が「焼跡の無秩序」の継承という点にあることはすでに佐藤秀明によっても指摘されているが[31]、当時の他の作家が書いたボクシング小説で、どのように戦後すぐのボクシングジムや会場が表象されているかを見てみるとその微妙な差異がわかる。

先に三島が論評したものとして触れた井上友一郎『瀕死の青春』平林たい子『殴られるあいつ』を例に取れば、『瀕死の青春』では戦後間もないボクシング界が在日コリアンに席巻されていたことが書かれている。

「「そりゃ、あつちこつちでかき集めるわけですよ。もっとも、今の日本人は、誰も彼も満足に食つとらんから、あんまり優秀な玉は揃わん。だから、半分以上は朝鮮人が出場することになるでしょう」」（『瀕死の青春』角川書店、1957、p.68）

「奴らはナ。去年、日本が負けた途端に、朝鮮復興促進同盟という團體が出来たンだが、大概その同盟の連中だよ。しかしヤミも豪勢にやりよるのか、財力はえらいもンだ。今夜の試合も、あの連中の財力と顔がなかつたら、とても出来はせんかつたろう。」（p.86）

「あとで末廣が篠原から教えられたが、それらの朝鮮人選手たちの大半は、終戦前から日本にあつて、それぞれ日本人の營むジムナジウムに所属していた連中だから、言わば日本人同様である。」（p.91）

この点は前述の郡司信夫『ボクシング百年』にも「朝鮮が解放されて独立国となったので、在日朝鮮人の鼻息はすばらしいものがあった。闇経済ばかりでなく、戦争中、日本人が兵隊に根こそぎ招集されたので、ボクシングの著名選手はほとんど朝鮮人によって占められた、戦後いちはやく、朝鮮人がボクシング興業に手をつけたことは、当然の結果であろう」「東京では（大阪西宮球場での大会に―引用者注）二十四日ばかりおくれて、十二月二十九日、両国国技館で、フィリピンのジョー・イーグルがマッチメーカー、朝鮮建国促進青年同盟が主催で、復活第一回試合がおこなわれた」（郡司信夫『ボクシング百年』p.191～192）とある。

そしてこの小説のなかで中心人物である末広がボクシングを習い始めたのは、好意を抱いていた女性の前で米兵に一撃でのされ失神したことがきっかけであり、またそれが顎をアッパーカットで打たれたことによるのを知ったためである（『瀕死の青春』p.33、p.52）。

戦後まもなくのボクシング界にはこうしたコロニアルな文

脈があったのだが（又、戦前には１９３３年にピストン堀口も出場した日仏交流戦がおこわなれ、徐廷権や玄海男のような在日コリアンの選手やフィリピンの選手も数多く活躍していた。また戦前から活躍し戦後も日本のリングにあったベビー・ゴステロはフィリピン出身である）[32]、三島は当然この当時の日本ボクシング界を見ていない。そして『鏡子の家』の設定は１９５４年、昭和29年であるため、この戦後の混迷期のボクシング界の文脈を取り込むことは出来ない。

先に触れた白井義男―レオ・エスピノザが行われたのは１９５４年５月24日で『鏡子の家』の「今月24日の」という記述から、この小説が実際の歴史に寄り添うように書かれていることがわかるが、またこの試合は２―１の判定で白井の勝ちになったものの当時のマスコミはこの判定を非難し、白井の消極的な試合ぶりがその非難の対象となったこと（郡司信夫『ボクシング百年』p.３０２）などが、いわば〈後知恵〉としてこの小説の峻吉のコメント、「白井は辛うじてタイトルを防衛するだろう、しかしそれはタイトルマッチらしい花々しさを保つことは出来ないだろう」に反響している（それは峻吉のボクシング批評眼の確かさを示すと同時に、当時の白井義男に対する世間一般の評価――白井は前年のノンタイトル戦でエスピノザに敗北している――をも伝えるものとなっている）

１９５４年、つまり、三島がボクシングに興味を持つ以前の試合が扱われていることはこの小説が１９５４年から始まるように設定されている以上やむを得ない処置なのだが、この時にはすでに白井が世界フライ級タイトルを獲得して防衛戦を行っている時期、つまり日本ボクシングがコミッションを設立し、ＮＢＡに加盟した後のことであり（１９５０年にピストン堀口は引退し、列車事故で死去している）、各連盟団体が乱立した戦後ボクシングの混乱期からは抜け出した後のことであるという点は留意しておくべきである。[33]

「あの無秩序の焼跡の時代」「あの時代に、あの時代特有の精力とお先真つ暗な生命力の暗い輝きとを代表してゐ」たという文章は、いわば後の時代からの懐古的なまなざしによって構成された抽象度の高い時代表象であり、井上友一郎が書いたようなボクシング界の「無秩序」の中に含まれた戦前からの残照、そしてそのために必然的に含まれるコロニアルな文脈は描かれてはいないのである。これは『金閣寺』では米兵に言われて女性の腹を踏むという印象的な場面が書かれているのと異なっている。そこで書かれる〈戦後〉は、三島が「時代と一緒に寝てゐた」「一九四五年から一九四七、八年にかけて」の時代を、「一緒に寝るまでに至らない」「一九五五年という時代、一九五四年といふ時代」から、つまり「反動期における作家の孤立と禁欲」のなかで「倦怠の影もなく、明日は不確定であり、およそ官能がとぎすまされるあらゆる条件がそなはつてゐた時代」（28、p.５５３~５５４『小説家の休暇』６月24日）として〈回顧し再構成した〉時に創出されたものなのである。

「それに彼女が愛したものは、峻吉の顔に刻まれた戦ひの痕跡であつて、戦ひそのものではなかつたからだ。焚火のあとの地面にあらはれてゐる新鮮な黒い土のやうな感じが、いつも峻吉の顔には漂つてゐた。それから又、豪雨に洗はれたあとの新鮮な廃墟のやうな感じが……つらつら考えてみて、鏡子は戦つてゐないときの彼のはうが好きだつた。つまり彼の廃墟のはうが……。」（7、p.４１７）この記述は、三島が『鏡子の家』で描こうとしたのが、「戦ひの痕跡」としての戦後、しかももはや失われてしまった後で回顧された――「豪雨に洗はれたあとの新鮮な廃墟」という、まるで廃墟になった瞬間をそこに属していないものの視線で人工的に切り取ったかのような美しすぎる表象が表すように――まさに「闘争のフィクション（の痕跡）」としての時代表象であることを示していると言えよう。

平林たい子『殴られるあいつ』[34]は平林が綿密に取材したことが伺われる小説であり、設定は「白井・エスピノザ」戦が会話の中に出てくることから、三島の『鏡子の家』とほとんど変わらない時期に設定されていると思われるが、そこで描かれる「新アジア拳闘クラブ」は１９５２年のコミッション成立以後の、しかもライセンスをもらえない「もぐりクラブ」であり、その背後に興業をめぐる暴力団の抗争もふんだんに描かれている。（「ピス春」と呼ばれる――学習院を出たという設定である！――親分の造形に霊感を与えているのは明治42年に神戸に国際柔拳クラブを創設した「ピス健」とあだ名された嘉納健治という人物だろう[35]）

そしてそこには女子ボクシング（p.62～64）や日本ボクシング界の創始者である渡辺勇次郎の名（p.36）や19世紀末のイギリスボクシング界の話題（p.50）、マック・イーグルという戦前からのフィリピン系の選手（p.２４５～２４９）も書かれ、平林がかなり詳しく調査したことが伺われる[36]。さらに「日本の軍國主義の記念品」である「上海で日本の憲兵が使つてゐた」拳銃の「ブローニングの14年型」（p.11）や「水爆の原料」であるリチウムをめぐる闇屋やMPを巻き込んだ駆け引き（p.96～１０４、p.１３７～１４８、ビキニでの水爆実験の話題もp.99に書かれている）も書かれるなど、その「戦後という時代」の「無秩序」ぶり、コロニアルな文脈の錯綜ぶりが小説の細部にさまざまに反響している（それが小説の中で有機的につながっているかどうかはまた別の問題であるが）。

峻吉は日本タイトルを獲得した後、酒場での喧嘩でベルトを守ろうとして拳を砕かれ、現役引退に追い込まれ、元応援団長の正木の薦めによって右翼の構成員となるが[37]、平林の作品の中で書かれた右翼的な体質を持った暴力団がボクシングの興業に絡むという内幕――小説の中に出てくる「ボクシングの興業にまで手を伸ばした」「阿野親分」は「戦争前の軍国時代、免囚保護事業に力を入れて、下賜された御真影のある部屋」で「ばくちを開帳した」（p.25）――は、ここでの「随分異端者の右翼」（峻吉）とはズレている[38]。峻吉は大学のボクシング部出身で後援者の会社に就職して競技を続けるいわば「アマエリート」であり、平林や井上の作品で書かれた戦後の混乱の中でボクシングを志したボクサーとは出自を異にしている（ここに「日大ボクシング部」関係者から取材した三島の発想との違いが表れているともいえる）。佐藤秀明は前述の論の中で「峻吉の加入する団体は、講和会議を前にして行われた追放解除後に組織された団体だと思われる」「追放解除後の昭和26年から30年にかけて再建された組織は、峻吉の加入した尽忠会とほぼ重なる路線を打ち出していた(39)」と指摘しているが、ボクシングを取り巻く環境においても『鏡子の家』で描かれたものと平林や井上が取材や経験をもとに描いた戦後のボクシング界とは異なっている。三島が『鏡子の家』で描いた〈戦後〉は、三島独自の色彩で描かれた抽象的な、また夢想的な戦後である（その点に留意した上で含意と可能性及び限界を解読しなければならない）ということは、そのボクシング表象からもかいま見ることが出来るのである(40)。

おわりに　「闘争のフィクション」から逸脱するもの―「苦痛」と「肉体」「行動」との関係―

最後に、ほぼ同時代に書かれた石原慎太郎『亀裂』（文藝春秋社、１９５７年　初出『文学界』１９５６年11月～１９５７年９月）で描かれるボクシングを、三島の『亀裂』評（「現代小説は古典たり得るか」（「新潮」１９５７年６～８月）や石原論（「石原慎太郎氏の諸作品」初出『新鋭文学叢書８』解説、筑摩書房、１９６０年７月）などを補助線にしながら簡単に述べてみたい(41)。

興味深い証言として、報知新聞のスポーツ担当だった大高宏元は、「浴槽に腰掛けながら、三島由紀夫さんは「ところで、ＫＯされた後、失禁しているボクサーがいるそうだね。その瞬間は、一種の快感を受けるのかねえ。ボクは、ＫＯのメカニズムにとても興味を覚えるんだよ。」と話した。東京水道橋の交差点角の旧後楽園ジム。筋力トレーニングに励む男たちが詰めかけ、三島さんも毎週2回通ってきた。ジム地下の風呂場で、自慢の筋肉美に石鹸の泡を立てる三島さんと何度かいっしょになった。「もう少しボクシングを研究して、いつか、ＫＯをめぐる夢想的な作品に取り組んでみたい。でも試合では日本人が勝つと興奮する。いたって、単純。原田クンの、あの日本人の情念みたいなものがボクは好きなんだ。」」（「ＮＵＭＢＥＲ」２４６、１９９０年７月５日号、p.26）と語ったと伝えている。

それを三島の「石原慎太郎氏の諸作品」での石原評と考え合わせると、三島がボクシングにおける肉体と苦痛との関係について抱いていた複雑な感想が読み取れる。

三島は、石原の「知性なものへの侮蔑」が「苦痛は厳密に肉体的なものである」という事実の発見につながっているという。「肉体は知性より、逆説的到達が可能である。何故なら肉体には歴然たる苦痛がそなはり、破壊され易く、滅び易いからだ。かくてあらゆる行動主義のうちには肉体主義があり、更にその内には、強烈な力の信仰の外見にもかかはらず、「脆さ」への信仰がある。」ということから来ており、「石原氏の共感が、いつも挫折する肉体的力、私刑される学生、敗北する拳闘家へ向ふのは偶然ではない」「肉体と力とは敗北の際に、はじめて生々しい知性への侮蔑をあらはす。なぜなら肉体的敗北は明白な苦痛であり、苦痛こそ純肉体的領域であつて、どんな精神的苦悩も目前の歯痛を鎮めることはできないのだから。」（31、p.442〜444）という。つまりこの論理の上では行動と肉体はその不可能によって描かれる、ボクシングの勝利よりもその敗北によって表象されるものであろうことが推測される。

「現代小説は古典たり得るか」では、拳闘家神島（『亀裂』ではすでにピークを過ぎたボクサーという設定がされており、その後ランキング4位にはいるまで復活を遂げるが、怨恨から殺人を犯して破滅する）に探ろうとした「現代における行動主義の可能性」が「不可能であり」「行為が純粋性に近づけば近づくほど、行動自体に裏切られ」（29、p.572）るのだと説明がされる。『亀裂』、そして「現代小説は古典たり得るか」が『鏡子の家』執筆前（1958年3月）に書かれ、またこの石原評は『鏡子の家』完成後（1959年6月）に書かれていることから、三島が構想を語ったとする「KOをめぐる夢想的な作品」（それは敗北したボクサーの側から構想されたものとなるだろう）が行動の不可能と苦痛をめぐるものからなるであろうことは推測出来る。(42)

この論理に従えば、『鏡子の家』のボクサー峻吉は「徹底した知性への侮蔑」を体現するためにはKOで敗れなければならず、またその瞬間が描かれねばならない。しかし「強さの専門家」であり、試合中にクリンチをする冷静さを持ち合わせ、圧倒的な試合内容で日本王者になった峻吉は、そのような「肉体による知性への究極的な侮蔑」を体現することは出来ない。作中で描かれるように、峻吉は「敵」を探すがその敵にリングの中でも外でも出会うことが出来ないからである。あるいは、むしろ彼がそのような「敵」に決して到達出来ないこと、そしてそのような「知性への究極的な侮蔑の体現」は時代層をふんだんに取り込んだこの小説の中では描きえない、そして三島の後年の用語に従えば「武」ではない「文」の領域に属する小説では描きえないことこそが示されているのかもしれない。

先の金子—中西戦をめぐる一文で三島がむしろKOで敗北した中西の「眼」と「苦痛」——「目まいと苦痛と観客の歓呼とでギツシリ詰まつた固い世界、暗黒と光輝との交代する世界……この中に敵を、またしても自分に苦痛を与へる相手を、必死に探し出そうとしてゐる彼の眼の美しさ」——に強い興味を引かれていたことがここで思い出される。ボクシングに興味を持った最初期の試合の印象記で、すでに三島は敗北者の苦痛に充ちた眼に映る敵、その「戦ひの美しさ」を直観していたのであり、またすでに見たようにそれを『鏡子の家』のような小説の中では描かず、また戦略性と技術を評価するボクシング観戦記の中でも厳密に区別して扱おうとしていない（いわば彼にとってボクシングはどこまでも小説や舞踏に重なる

「闘争のフィクション」＝「芸術」なのであり「文」なのである）。

　そしてこの「苦痛」と「肉体」をめぐる考察はまた、後の『太陽と鉄』（初出「批評」1965年11月～1968年6月）の「苦痛」をめぐる議論につながる。「苦痛とは、ともすると肉体における意識の唯一の保証であり、意識の唯一の肉体的表現であるかもしれなかつた。筋肉が具はり、力が具はるにつれて、私の裡には、徐々に、積極的な受苦の傾向が芽生え、肉体的苦痛に対する関心が深まつてゐつた。」「グローブにしろ竹刀にしろ、その打撃の瞬間は、敵の肉体に対する直接の攻撃といふよりも、正確な打撃であればあるほど、カウンターブロウのやうに感じられることは、多くの人の体験することであらう。」（『太陽と鉄』33、p.531）

　そしてそのあとに「シニシズムは必ず、薄弱な筋肉か過剰な脂肪に関係があり、英雄主義と強大なニヒリズムは鍛えられた筋肉と関係がある」という大胆な断定があり、「敵とは、「見返す実在」とは、究極的には死に他ならない」（33、p.533～534）とする。ここから峻吉が体現するはずの「ニヒリズム」、正確には彼が死＝敵に出会えないことによって最終的には体現出来ない「強大なニヒリズム」の存在を考えることが出来、（それは峻吉の夭折した兄への心情——「彼は今でも飛翔してゐるやうな兄と比べて、こんな自分の姿をほとんど信じることが出来なかつた」「が、その強さはこの世の機構と精妙に結び合はされてゐて、兄のやうに天へそのまま突っ走つてしまふ力ではなかつた」（7、p.403）——によって示されている）、これまでの『鏡子の家』のニヒリズム表象への理解、夏雄の「救済」と清一郎の「見取図」に重点が置かれた理解とは異なる理解として考えることが出来るだろう。この論点は佐藤秀明が（峻吉の）「行動に潜む虚無」「もの的存在からことに「なる」事態」として指摘し、さらにそれを井上隆史がハイデガーと木村敏をふまえて「存在論的差異の根拠である超越が生起する瞬間」（試合で峻吉が「火事になる」と感じる場面）「歓喜の瞬間としての純粋形としてのもう一つのニヒリズム」（右翼団体への勧誘）として定式化した問題に、『太陽と鉄』そして石原作品および三島の批評との比較という視座の元、さらなる展開を付け加えることが出来るかもしれない。[43]

　そして『太陽と鉄』で書かれた「死と肉体」との関係が、「言語表現の最後の敵である」「同苦の共同体」、「集団」という「橋」に関わるものである点からも、それが必ずしも「お国柄」に還元されない知的なゲームであり「リングの上での孤独な戦い」であるボクシングからは隔絶した領域に関わるものであることは容易に推察出来るだろう。ボクシングから示唆された「苦痛」と「肉体」、それが体現する「美しさ」は、『太陽と鉄』で書かれるように、ボクシングからは飛翔した領域で追求されることになり、三島はそれが「闘争のフィクション」であるボクシングを論じた批評の中に混入することを決して自らに許さなかった。それは三島における「武」と「文」の弁別にもまた通じるものである。（2005・8・29）

注1　島崎博・三島瑤子編『定本三島由紀夫書誌』（薔薇十字社、1972）の「三島蔵書目録」には川島清『ボクシング展望』（ガゼット社、1958）、郡司信夫編著『日本ボクシング年鑑』（日本ボクシングコミッション出版局）1968年、1970年版が見える。

2　「ワールド・ボクシング　ボクシング最強の一冊」（日本スポーツ出版社、1996年1月号増刊）p.12～35に粂川麻里生による安部へのロングインタビューが載っており、彼は現役時代フェザーからライト級で戦い当時の世界的ボクサー、サンデイ・サドラーやランドルフ・タービンとスパーしたという。また、歌人の福島泰樹との対談「闘い抜いた男たち」（「週刊読書人」2002年7月5日号）では現役最後の試合が「昭和37年」「8回戦セミファイナル」だったことを語っている。安部によるレオ・エスピノザやサドラーら、ボクサーへのインタビューとして『殴り殴られ』（集英社、1987）。安部はジョージ・フォアマンの自伝『敗れざるもの』（角川春樹事務所、1995）の邦訳もしている。

3　前田百基「懐かしのテレビボクシング実況時代」日本スポーツムック31　ボクシング100年』（日本スポーツ出版社、2001年1月 p.42～49）によれば、日本でボクシングがはじめてテレビ中継されたのは白井義男――ダニー・カンポの世界フライ級タイトルマッチ（1953年5月18日）であり（NHKの2回にわたる録画中継）最初の実況放送は白井義男――レオ・エスピノザのノンタイトル戦（1953年9月19日　NHK）である。テレビのボクシング中継は1962年の段階では週10本に上っていた。

4　この試合は現在の世界タイトルマッチ以上に注目されており、当時のスポーツ紙（「サンケイスポーツ」12月6、7、9日）には試合の予想や両選手の公開練習の様子が掲載される（石川輝執筆）など、当時のこの試合の重みと注目度の高さが窺える。後にナンバーが特集した「大アンケート「名勝負ベスト20」みんなボクシングが好きだった」246　1990年7月5日号でもあまたの世界戦に並んで19位に選ばれている。「ボクシング昭和名勝負不滅の100番！」でも扱われているほか（「ワールドボクシング」日本スポーツ出版社、1989年6月号増刊 p.29、執筆・津江章二）、当時発行されていた「ボクシングガゼット」第33巻2号（1957年2月1日発行）には管三四郎「激闘！金子・中西戦に思ふ」の他、この試合の写真が大きく掲載されている。

5　佐瀬稔は「感情的ボクシング論」「ワールドボクシング」1990・1、p.77でこの三島の文章をボクサーの勇気を称える文脈で引用している。

6　井上がボクシングに興味を寄せていたことは、郡司信夫『リングサイド物語』（ワールドマガジン社、1997）、松永喜久『リングサイドマザー』（河出書房新社、1992）でも簡単に触れられている。井上には他に『上と下』（新潮社、1958・7）というボクシング小説があり、日活映画「明日を賭ける男」（1958・9）の原作となった。なお郡司、松永の2著には三島と石橋との関係についても書かれている。日活映画と当時のボクシング界との深い関係についてては木村幸治「喝采の季節　銀幕とリング」「NUMBER」246、p.62～68、前田百基「「日活ボクシング部」銀幕のボクサーたち」『日本スポーツムック31　ボクシング100年』（日本スポーツ出版社、2001年1月）p.117〜121。木村の文章で紹介されている阿部幸四郎の述懐によれば一番勘が良かったのは小林旭で「勝利者」でボクサー役を演じている石原裕次郎は全くの素人でセンスもなく、パンチのアップの場面は阿部が代演したという。

7　日本の作家でボクシングとの関わりが深い人物としては歌人の福島泰樹（『荒野の歌』『辰吉丈一郎へ』など多数の著作の他、前述の安部譲二との対談「闘い抜いた男たち」「週刊読書人」2002年7月5日号）、立松和平『雨のボクシングジム』東京書籍、寺山修司『勝者には何もやるな　傷だらけの栄光』（立風書房）などがあげられる。三島との関係はないが、海外の作家とボクシングとの関わりではノーマン・メイラーが著名である。モハメド・アリが1973年にヘビー級王座に復帰した「キンシャサの奇跡」のルポルタージュである『ザファイト』や『一分間に一万語』など。また、ダダの詩人でもあり、ボクサーでもあったアルチュール・クラヴァンを扱った谷昌親『詩人とボクサー　アルチュール・クラヴァン伝』（青土社）も20世紀初頭のヨーロッパボクシングへの調べが行き届いており興味深い。ボクシング書籍の紹介として森高イチロー「書を読もうボクシングを見よう」（ボクシング最強の一冊」「ワールドボクシング」1996年1月号増刊、p.194〜198）。

8　大滝、山口らが活躍した当時の日本バンタム級については佐瀬稔「我が「黄金のバンタム」賛歌」「ワールドボクシング　黄金のバンタム級」（1994年12月増刊号）、郡司信夫『改訂新版　ボクシング百年』（時事通信社、1976・7）に詳しい。石橋の生涯成績については郡司前掲書p.338、「歴代バンタム級チャンピオン年鑑」「ワールドボクシング　黄金のバンタム級」（1994年12月増刊号）、世界のボクサーの記録を集めた「BOXREC」（このHPは全世界のボクシングマニアの無料奉仕の情報提供によって成り立っていて公式のものではなく、タイなどのデータには脱落も多いといわれるが今は問わない）

http://www.boxrec.com/boxer display.php?boxer id=101130

日本ボクシングの歴史を精査したHP「いやーんな日々」の「王者変遷」

http://www4.pf-x.net/~ iyanbox/career-record/JAPAN/JAP-B/koji-ishibashi.htm

を参照した。

9　この試合の三島の印象と3人のジャッジの採点表が創作ノート7 p.575に掲載されている。この試合について当時の記事としては「ボクシングガゼット」34巻12号（1958年12月1日号）に写真と石橋の老獪な戦いぶりを讃えた観戦記がある。

10　1958年7月には「無冠の帝王」といわれたキューバのマヌエル・アルメンテロス（恐らく彼はマンガ「あしたのジョー」のカーロス・リベラのモデルだろう）と対戦するが実力差を見せつけられ、6RKO負け。この試合のことを石橋は後に「アルメンテロスこそ、私が今までに出会った最高のボクサーだろう。技術のレベルはとうに越えていて、男そのもの、人間そのものに圧倒された。」（佐瀬稔「我が「黄金のバンタム」賛歌」前掲同誌注8。）と振り返っている。

11 日本のアマチュアボクシングについては小川邦彦「蘇る伝説「拳闘史」」（私家版、1993、このサイトでのみ購入可）http://studio-dai.moo.jp/boxing/honsho.html が詳細に記録している。

12 NBAは現在のWBAの前身。当時は米国中心の組織で1962年にWBAと改称。なお日本ボクシングコミッションの成立とNBAへの加盟は白井義男のダドマリノ挑戦（1952・5・19）を契機とする。『ボクシング百年』p.272~273、及び増田茂「世界タイトル統括団体を検証する」「ボクシングマガジン」1993年9月号、p.79~81、ジョー小泉『ボクシング珍談奇談』（リングジャパン、2004）、角田吉夫「日本ボクシングコミッション創設の舞台裏」『日本スポーツムック31 ボクシング100年』（日本スポーツ出版社、2001年1月、p.136~143）。

13 現在でいえば元WBAミニマム級王者の星野敬太郎、元日本ウェルター王者の佐々木基樹や日本スーパーフェザー級王者本望信人らのスタイルに近いだろうか。（1969年生まれの筆者は当然1961年引退の石橋の試合を見ていない）

14 そしてこの老練なスタイルはかみ合わないときはエキサイティングにならないことは容易に想像出来、当時の新聞の試合評でも「老かいな試合運び」「近来にないうまいボクシング」（1959年11月14日「サンケイスポーツ」池田との4度目の防衛戦 安達博の戦評）などと書かれる一方で、別の試合では「依然としてクリンチのまま凡戦を続ける」「タイトルマッチとしては評価する何ものもなかった」（「サンケイスポーツ」1958年1月8日 石橋の前王者大滝との初防衛戦への石川輝の戦評）など、と書かれることもあった。

15 この着眼は日本のボクシング批評において異例だといってもいい。中南米に比べ、日本でクリンチワークは一種の逃げと見なされてほとんど重視されないからである。

16 『鏡子の家』の文体と語りについては村松剛「三島由紀夫論」（「文学界」1960・1）、松本徹『三島由紀夫論』（朝日出版社、1973・12）、山田有策「『鏡子の家』―物語の衰弱」（「国文学」1986・7）、それらをジェンダーという観点から総合した有元伸子「友永鏡子のために―三島由紀夫『鏡子の家』における聴き手と時代―」（「昭和文学研究」44、2002年3月）、「三島由紀夫『鏡子の家』におけるジェンダー化した〈語り〉」（「鈴峯女子短期大学人文社会科学研究集報」第48集、2001・12）、ニヒリズムについては丹生谷貴志「月と水仙」（「ユリイカ」1986・5）、小阪修平『非在の海』（河出書房新社、1988・11）、「時代の空気としてのニヒリズム」から三島が距離をとっており、「現実の受容に向かう側面」を読む視点に特色がある柴田勝二「「他界」の影」（「日本文学」1996・9）、登場人物論を含む佐藤秀明「「鏡子の家」私註」（一）（二）（「椙山女学園大学研究論集」1990・2、「椙山国文学」1990・3）、先行論と他作品への膨大な言及を行いニヒリズムの4つの層の悪循環的構造とそれぞれの人物のニヒリズム（特に夏雄と神秘主義との関係）を検討した、井上隆史「「鏡子の家」論」（「白百合女子大学研究紀要」1998・12）を参照。

17 浅田彰と島田雅彦は『天使が通る』（新潮社）で三島が「運動神経なかった」ことの例証として「ボクシングを書

いても限りなくボクシングから遠い」「ボクサーの手が千手観音のように見えた」という『鏡子の家』での峻吉の初スパーリングでの場面の記述（と恐らくはメタファーに充ちた南とのデビュー戦での〈描写〉が念頭に置かれている）を引き合いに出して三島のメタファーに依存する描写と社会的なゲーム感覚の欠如への批判を述べているが、これは三島の文学観全体への「概略的な」批判としては「部分的に」有効だとしても、三島がボクシング観戦記で明確な戦略眼を持っていたこと、それとは区別された『鏡子の家』でのボクシング〈描写〉（峻吉の性格をシニカルに批評するものとして意識的に書かれていることは明白である）への配慮を欠いた発言だといわざるをえない。

18　この試合については粂川麻里生「日本ボクシングを震撼させたオルチスの衝撃」（「ワールドボクシング」２００１年3月増刊号 p.25）に詳しい。またオルティスの試合映像とインタビューはビデオ『栄光のチャンピオン伝説　ラテンチャンピオン編』（ポニーキャニオン、１９９４、絶版）で見ることが出来る（日本での試合は入っていない）。

19　現在はヨネクラジム会長として辣腕を発揮する米倉健志の現役時代については「米倉健志　芸術の左ジャブ」（『昭和の名ボクサー伝説の１００人』日本スポーツ出版社、１９８9年2月、p.64）を参照。

20　この試合の当時の注目度は現在では想像も出来ないもので、試合の数日前から大きな特集が組まれ、試合前日の「サンケイスポーツ」には「各界名士のアンケート」として高島忠雄、柏戸、石原裕次郎、南田洋子などの勝敗予想が掲載されている（田河水泡の四コマ漫画「ルーキーのらくろ」にもこの試合が扱われているのはご愛敬）。試合翌日の「サンケイスポーツ」で観戦記を書いていたのは菊村到であり、また藤本義一も観戦記執筆のためこの試合会場におり、海老原の控え室にいたという（「ＮＵＭＢＥＲ」２４６、１９９０年7月5日号、p.32）。
　当時の世界タイトルマッチの重みやボクシングジムの風景はビデオ『日本中が熱狂した世紀の一戦　パスカルペレス・矢尾板貞雄』（解説矢尾板貞雄・ジョー小泉　リングジャパン、１９９３）、この試合は三島が観戦記を書いているノンタイトル戦のあとで１９５９年11月5日に大阪で行われたもので矢尾板の13ＲＫＯ負け）での練習風景やセレモニーの映像で忍ぶことが出来る。

21　他のスポーツへの印象――ボブヘイズの快走が圧倒的だった「男子１００Ｍ」、三宅の金メダルのあった「男子重量挙げ」「東洋の魔女」の「女子バレー」――には取り立てて三島独特の特徴は感じられないが『東京オリンピック文学者の見た世紀の祭典』（講談社、１９６４年）に収められた他の作家の印象に比べて、ただ、体操競技への印象記で「体操といふものに、私は格別の興味を持つてゐる。それは美と力との接点であり、芸術とスポーツの接点だからである」とし、「オリンピックのボート選手だつた故田中英光氏が」曖昧な小説の優劣の価値づけよりもスポーツの世界の方が勝負が明快だという意味のことを言ったのに対し、「専門家から見れば、二つの小説の優劣は案外はつきりわかるものだし、又、スポーツでも体操の採点では、芸術の鑑賞にも似た印象点が三分くらいを占めるのだそうである」と批判的に述べた一文は、三島の芸術観やボクシング観に通じるものがあり、興味深い。

22　この試合、及び海老原―キングピッチ第1戦のビデオはかつてリングジャパン http://www.ring-japan.com/ より発売されていたが現在は廃盤（原田ジョフレ第1戦は筆者所蔵のもので今回試合内容を確認）。キングピッチ、メデル、ジョフレ、ファメションら原田の世界戦のダイジェストはナンバービデオ『ファイテイング原田　日本最強のチャンピオン』で原田自身の解説つきで見ることができる。

23　この何気ない一行はそれまで（それ以降も）中南米の選手のフットワークとアッパーカットに日本選手が悩まされていた（さらに原田も「右アッパーに弱い」（矢尾板貞雄の言『ボクシング百年』日本スポーツ出版社、２００１、p.55））、そしてジョフレのアッパーでこの2年前に原田のライバルだった青木勝利が倒されているという日本ボクシング界のコンプレックスの歴史も考慮しないとその意味の重さがわからない。「日本のプロボクシングが世界レベルへとテイクオフして間もないころ、ポーン・キングピッチの、エデル・ジョフレの、そしてジョー・メデルらのアッパーカットが、時の日本のトップボクサーたちを実にさまざまな形で打ちすえていった。そうして脳裏にインプットされた負の記憶が、このパンチのしたたかな使い手に対する根強いコンプレックスを植え付けたのである。だからこそ、１９６５年5月17日の世界バンタム級タイトルマッチの第４ラウンド。ファイテイング原田の右ショートアッパーで〝黄金のバンタム〟ジョフレが腰抜け状態に陥ったとき、日本人は実際のスコア以上に至福の勝利感に浸れたのではないだろうか。」（増田茂「リング上の死角―アッパーカットを検証する」「ボクシングマガジン」１９９３・10、p.73）三島は原田とジョフレのボクシングの特質（それは日本ボクシングと中南米の差でもある）を理解して書いているのである。

24　この試合（１９６３年9月26日、ノンタイトル10回戦）はTBSビデオ『神々のノックアウト』（TBS事業局ソフト事業部）に収録され、見る事ができる。

25　この点は「日録」（初出「日本読書新聞」１９６７年1月23日～2月13日）の「1月3日」の記にも「ジャーナリズムのいはゆる「良心的」客観性の空虚ないやらしさを象徴してゐる」と書かれている。

26　この矢尾板―ペレスの1、2戦については『ボクシング昭和名勝負不滅の１００番！』（p.32～33、執筆・中川幹朗）のほか、先のビデオ『日本中が熱狂した世紀の一戦　パスカルペレス・矢尾板貞雄』（解説矢尾板貞雄・ジョー小泉　リングジャパン、１９９３）を参照。

27　この試合での桜井の「ポイント差を錯覚した」あまりに冷静すぎる（その結果失敗した）試合展開は今もってボクシング界での語りぐさである。山本茂「歴史に刻まれた熱闘VOL51」「ボクシングマガジン」１９９６年9月、p.136、「55　ライオネル・ローズ・桜井孝雄」「ボクシング昭和名勝負不滅の１００番！」（p.88、執筆・丸山幸一）。

28　ここでの「ヤマトダマシヒ」とは、ハワイ生まれの日系3世で元世界Jウェルター級王者の藤猛の王者獲得時（１９６７年4月30日、サンドロ・ロポポロ戦　この試合もTBSビデオ『日本ボクシング不滅の名勝負選1　男は闘う！』で見ることが出来る）のインタビューでの台詞「ヤマトダマシヒ」をそれとなく匂わせたものだろう（カタカナで書いてあるところがミソである）。当時Ｆ原田はすでにフェザー級にあがり、西城との対戦話もあったという（「サンケイスポーツ」１９６９年２月10日に西城ゴメス戦の勝者に原田が挑戦状をだしていたことが書かれている）。事実、１９６９年７月28日にオーストラリアで行われた世界フェザー級タイトルマッチでは終始王者のファメションを圧倒し、地元判定で敗れたものの実質的には勝っていたというのが定説である。「ボクシング昭和名勝負不滅の１００番！　61」（p.94～95、執筆・丸山幸一）。「クールな日本人」西城と「金太郎さんのような」原田が戦っていたら三島はいったい何を思っただろうか。

29　この試合については「ボクシング昭和名勝負不滅の１００番！　69」（「ワールドボクシング」１９８９年６月号増刊、日本スポーツ出版社、p.１０６～１０７、執筆・森屋了一）。

30　日本で他国に比べて頻出する（一年に一人のペース）ボクシングでの死亡事故については増田茂「リングの彼方に―ボクシングの本質とボクシング禍―」（「ボクシング最強の一冊」日本スポーツ出版社　１９９６年１月臨時増刊号、p.１１２～１２１）、宮崎正博「リング禍をなくすために」（「ボクシングマガジン」１９９７年６月号～連載）

31　佐藤秀明「移りゆく時代の表現『鏡子の家』論」（『三島由紀夫論集Ｉ　三島由紀夫の時代』勉誠出版、p.37～38、45）

32　この点については『昭和の名ボクサー伝説の百人』寺内大吉「日本のリング変遷史Ｉ昭和元年～20年」p.52～55、同書の徐と玄の紹介記事（p.59・60、執筆は石川輝と林国治）、郡司信夫「昭和初期編」「昭和10年代編」『ボクシング百年』p.77～１８９。

33　井上の作品の舞台である終戦直後のボクシング界はコミッションもなく、日本選手権も随時挑戦ではなく年次制であり計量も行われず、またフライ級の花田陽一郎のようにフライ級でありながらミドル級の選手と戦うようなことも行われていた。郡司信夫「戦後編」『ボクシング百年』。

34　有元伸子が触れる『鏡子の家』の「語り手のジェンダー」の問題（有元伸子「三島由紀夫『鏡子の家』におけるジェンダー化した〈語り〉」「鈴峯女子短期大学人文社会科学研究集報」第48集、２００１・12）を、平林の『殴られるあいつ』の語りと比較することも面白いかもしれない。また、女性ボクシングライター――前述の松永喜久「ボクシングマザー」や「ボクシングマガジン」誌上で選手へのインタビューを連載している加茂佳子（編集した書籍として『坂本博之不動心』（日本テレビ放送網、１９９７））など――や、あるいは森左智（彼女へのインタビューが「ボクシングマガジン」２００１年９月号 p.90に掲載されており「男性の作家がボクシングを書く場合、内容は勝った負けたの攻防になりやすい。でも女性は、なぜこのボクサーは戦うのか、彼が戦うことによって周囲は喜ぶのか悲しむのか。そういうところから見る。」という森の発言が興味深い）の漫画『殴り屋』（ヤングキングコミックス）などをジェンダーの視点から検証することも、彼女たちの仕事が男性の書き手が圧倒的に多いボクシング評論やボクシング漫画のなかでどのような位置を占めるかという点からも興味深いと思われる。

35　郡司信夫『ボクシング百年』p.18。

36　１９５１年に女性ボクサーによる興業が行われたことが郡司信夫『ボクシング百年』p.２５３～２５４に書かれて

いる。また、フィリピン選手の戦中戦後の活躍についても郡司同書『ボクシング百年』参照。

37　ボクサーが引退後に感じる「喪失感」を元日本バンタム・Jフェザー級王者だった著者が書いたものとして高橋直人「ボクシング中毒者」『sports graphic number ベストセレクションⅠ』（文春文庫PLUS）。

38　『殴られるあいつ』で描かれるのはコミッションの許可を得ない、賭の対象になることもある無許可の草試合であるが、こうした無許可試合は1956年を最後に日本ボクシング界から消えたとされる。郡司信夫『ボクシング百年』p.324〜325。

39　佐藤前掲論p.59〜60、注12。

40　井上隆史は前掲論の中で「三島の言う「戦後」は「焼跡時代」と言い換えることが出来るが、その焼跡時代が幕を閉じ、変わって支配的になった平俗な日常性が人々（この人々とはいったい誰のことなのか、については後述する）に強いた生のあり方を描く」「三島が「鏡子の家」を〈時代の小説〉と呼ぶとき、それは「鏡子の家」においてはニヒリズムを生きるための武器とせざるを得ない時代、あるいはそのようなニヒリズムそのものが描かれていることを意味している」（p.44〜45）と三島の戦後という「時代表象」における特殊なバイヤスを説明している。

41　『鏡子の家』、『亀裂』、日活で映画化された井上友一郎の『上と下』などと合わせ、本稿とは別の視角からそこで表象された時代層と「行動」、「肉体」、「苦痛」との関係は検討の対象とする必要があるが、この点については他日を期したい。

42　村松剛は『三島由紀夫の世界』（新潮社、1990）のなかで「現代小説は古典たり得るか」の後半部分が「『鏡子の家』の執筆に先だって彼が発表した創作上の抱負」（p.270）であるという見解を述べている。

43　佐藤秀明「「鏡子の家」私註（一）」、井上前掲論文p.57。この点に関しては、注17で言及した丹生谷、小阪、佐藤の研究、及びそれらを批判的に統合した井上隆史の労作での詳細な検討、殊に井上論の結論部での指摘「死によるニヒリズムからの脱出を、改めて取り上げ直す必要に迫られるだろう。事実、晩年の「革命哲学としての陽明学」では能動的ニヒリズムに対して、『鏡子の家』執筆時とは異なる意味づけが成されている。」（p.71）をふまえて、筋肉を獲得した後に心中という形で死を遂げた収との差異や、それをボクシングの場面ともども徹底してシニカルに描いた文体（および『太陽と鉄』での文体との差異）とも合わせて再考の必要があるが、もはや枚数と時間を大幅に超過しており紙数が尽きた。また改めて別稿で検討したい。

（台湾・静宜大学外語学院日本語文学系）

資料

「からっ風野郎」未発表写真

犬塚　潔

「からっ風野郎」は昭和三十五年三月封切りの大映映画である。監督・増村保造、制作・永田雅一、脚本・菊島隆三・安藤日出男、企画・榎本昌治・藤井浩明で、主演・三島由紀夫であった。DVDが発売されており、今では誰でも容易にこの作品を観ることができる。

平成十六年の明治古典会七夕大入札会に、この映画の未発表写真が出品された。目録（写真1）には写真とネガホルダーが掲載され、「三島由紀夫　未発表写真　撮影　田島正　各オリジナルネガ付（全モノクロ・35ミリ）20枚」と説明されている。この写真がどのような写真かを推測するために、「からっ風野郎」に関する情報を整理してみた。

「からっ風野郎」の写真は三島由紀夫書誌（薔薇十字社・昭和四十六年）をはじめとして、新潮日本文学アルバム（新潮社・昭和五十八年）、三島由紀夫文学館図録（三島由紀夫文学館・平成十一年）などに種々のものを見ることができる。

また、東京浅草のマルベル社ではプロマイド三種類が発売されていて、今でも当時と同じ写真を一枚三五〇円で入手することができる。

このプロマイドを当時三島氏は絵ハガキとして使用していた。西久保三夫氏宛（昭三十五年三月十四日）のハガキには、写真（写

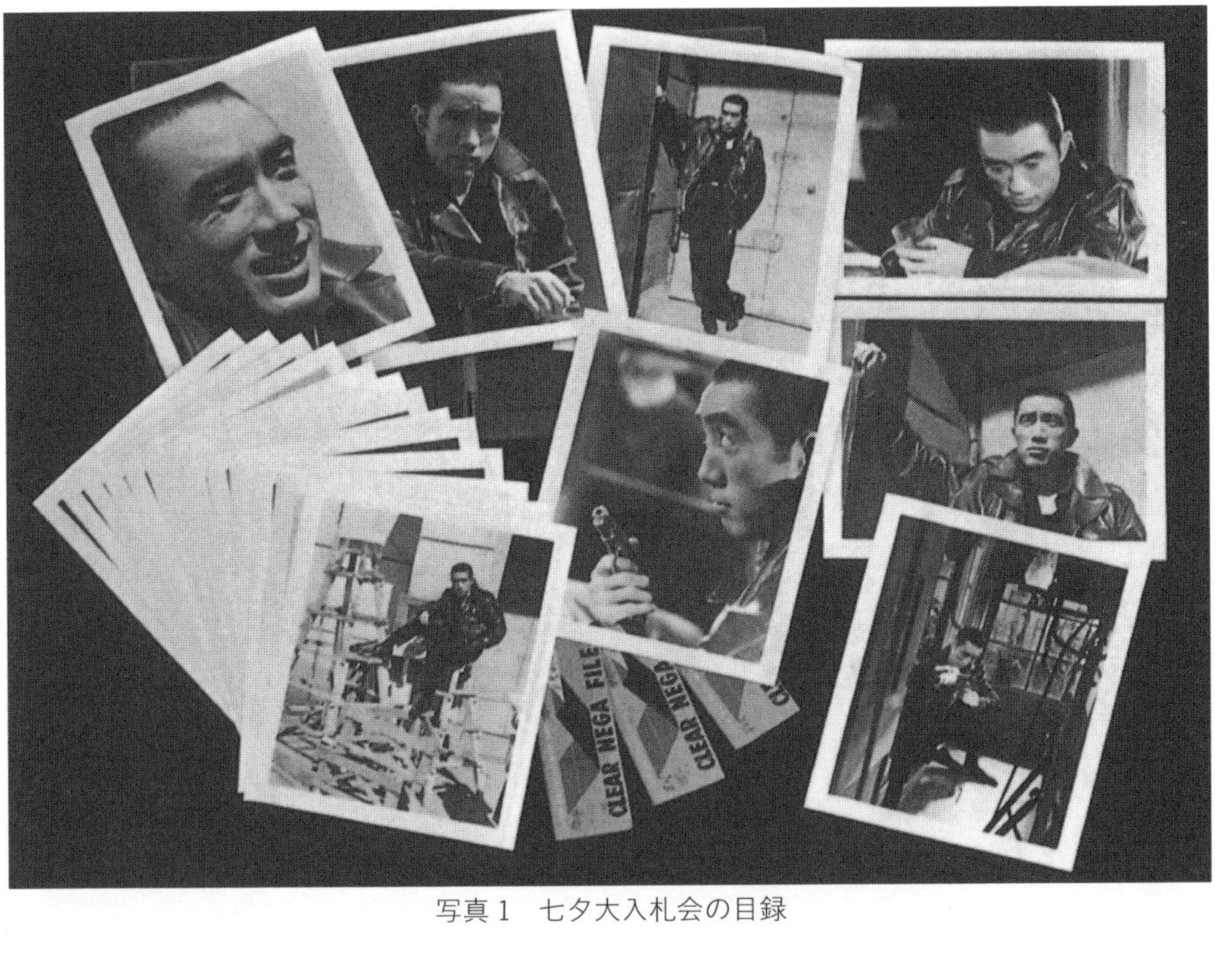

写真1　七夕大入札会の目録

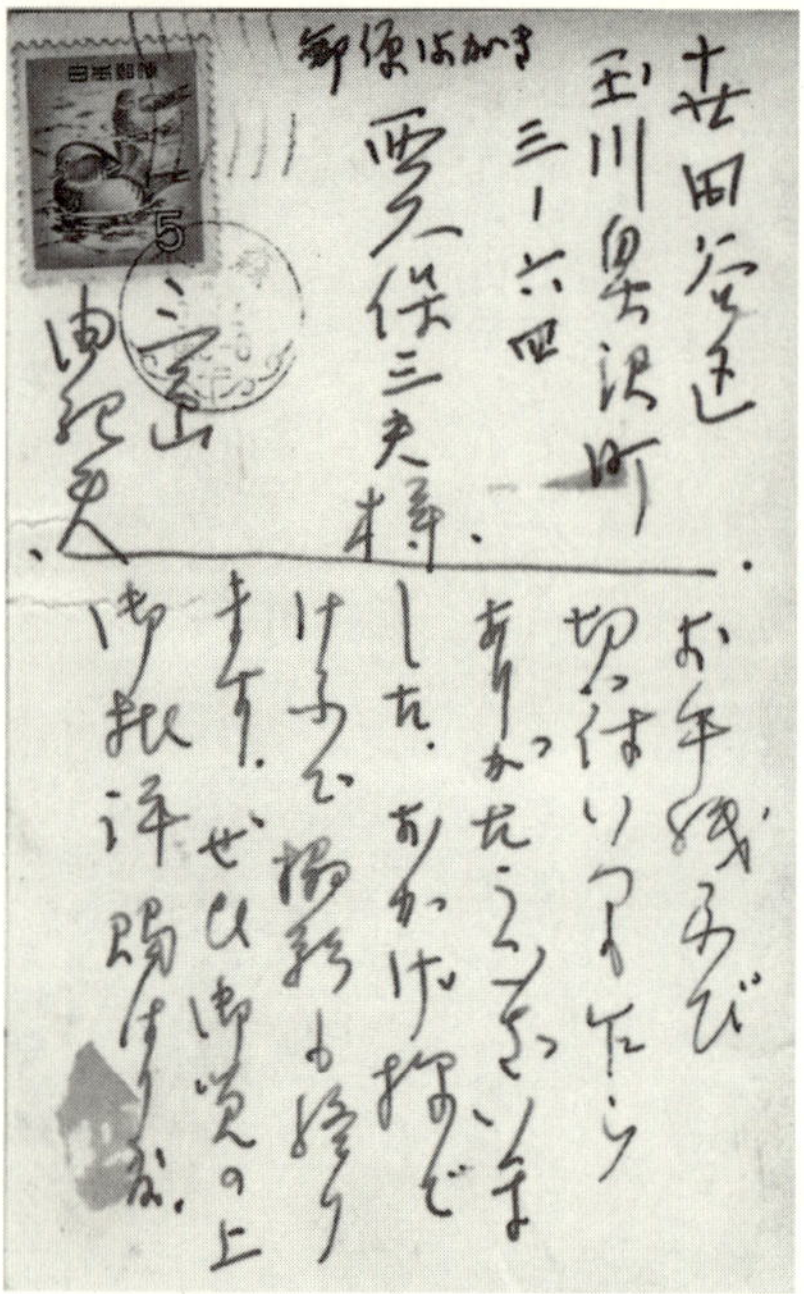

写真 2b　西久保三夫氏宛

写真 2a　西久保三夫氏宛

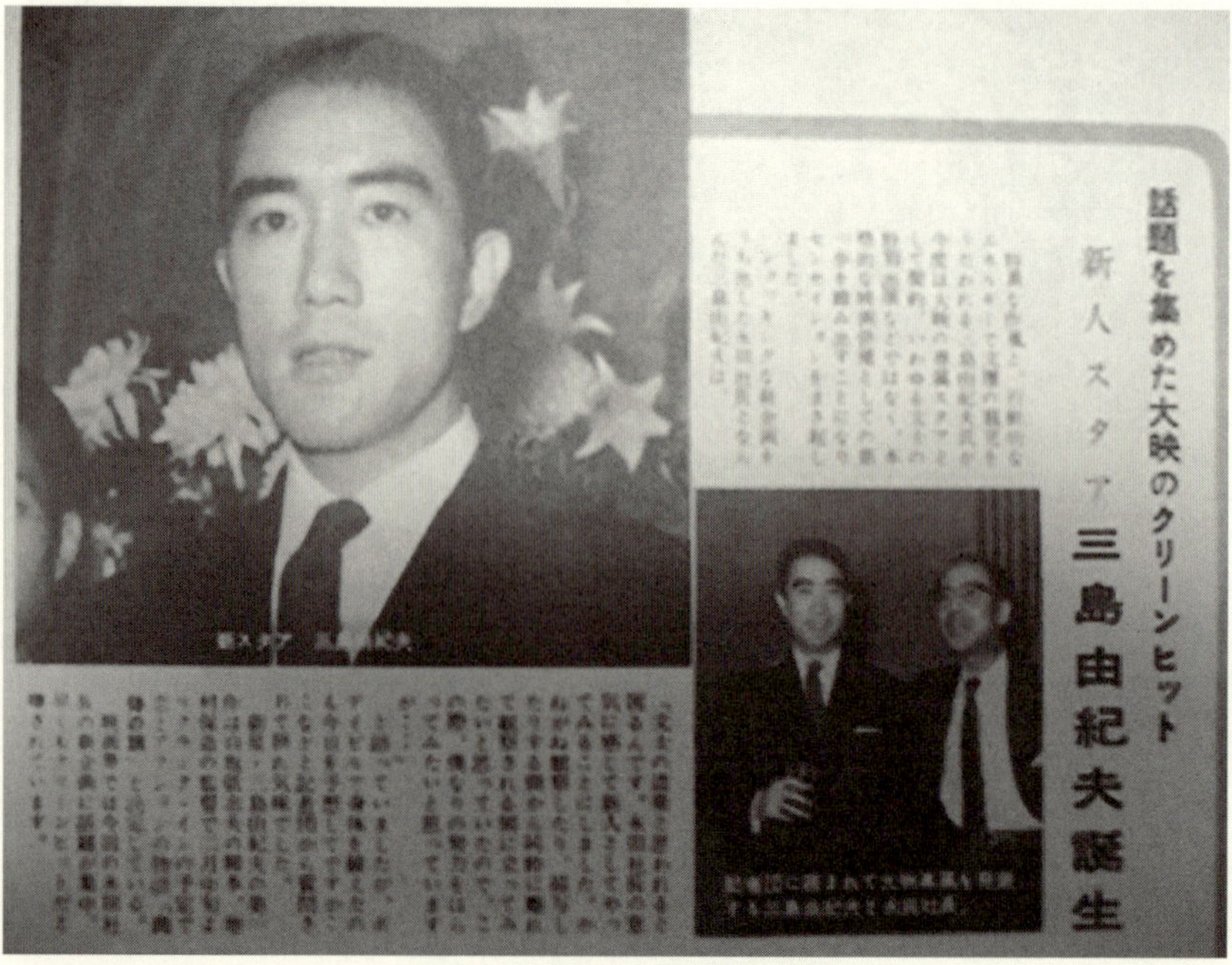

写真 3　大映グラフ新春特大号

写真4　オリジナル・プリント（三島・若尾）

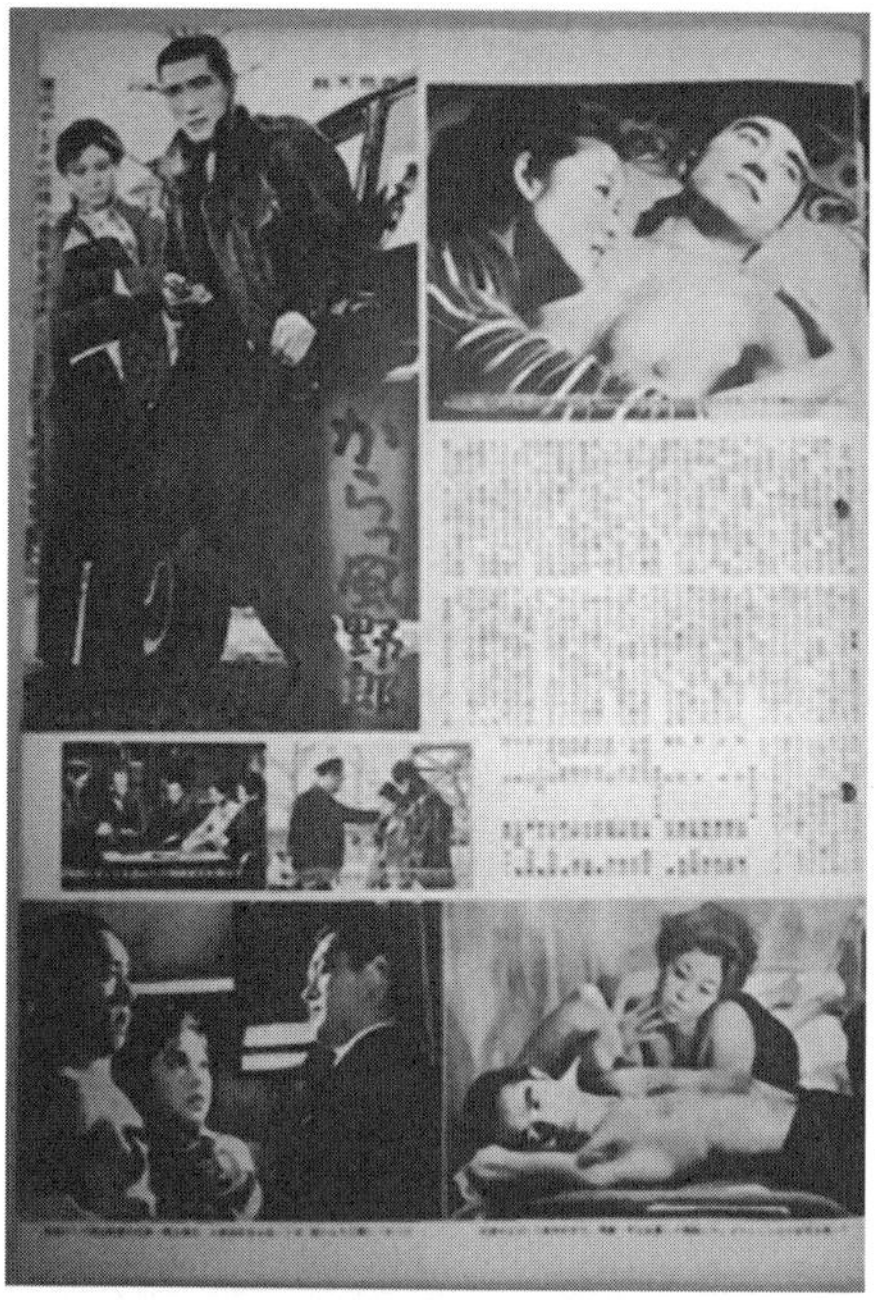

写真5　大映グラフ陽春特大号

真2a、b）に「三島由紀夫」のサインがあり、撮影終了の報告と「ぜひ御覧の上御批評賜はり度」と書かれている。

三島氏と大映との専属契約の記者会見が行われたのは、昭和三十四年十一月十四日であった。大映グラフ新春特大号（大映株式会社・昭三十五年一月）には「新人スタア三島由紀夫誕生」（写真3）というこの記者会見の記事が掲載されている。

「特異な作風と、行動的なエネルギーで文壇の寵児をうたわれる三島由紀夫氏が今度は大映の専属スタアとして契約、いわゆる文士の特別出演などではなく、本格的な映画俳優としての第一歩を踏み出すことになりセンセイションをまき起しました。（中略）新星・三島由紀夫の第一作は白坂依志夫の脚本、増村保造の監督で二月中旬よりクランク・インの予定で恋とアクションの物語『肉体の旗』と決定している。」

この第一作は後に「からっ風野郎」に変更された。企画の藤井浩明氏によると、三島氏から「ストーリーはお任せするけどインテリの役は絶対にやらない。ヤクザとか競馬の騎手とかそういう役をやりたい」との注文があった。それで、八百長レースに巻込まれて出場停止になった競馬の騎手が、再起しようとするが、そう思ったときには目が悪くなって、最後のレースで死んでしまうという話が考えられた。

ところが、大映の永田社長は馬主協会会長で、「中央競馬会には八百長なんかありえない」の一言でこの企画はボツになった。そこで、石原裕次郎を想定して書かれながら「裕次郎は死ぬわけない」という理由で日活でお蔵入りになっていた「からっ風野郎」をもらってきた、と説明されている。

ある時、記者会見の写真と一緒に「からっ風野郎」のオリジナルプリント（写真4）を一葉入手した。この写真には裏に「大映

写真 6c

写真 6b

写真 6a

写真 6e

写真 6d

パンフレット」と青いスタンプ印が押されていることから、この写真を使用して「からっ風野郎」のパンフレットが作られた可能性が示唆された。

大映グラフ陽春特大号（大映株式会社・昭三十五年四月）（写真5）にこの写真を確認した。他に「からっ風野郎」のパンフレットは確認されていないため、これがパンフレットに相当するものと考えられた。掲載されている写真は六葉でスチール写真やロビーカードでおなじみの写真（写真6a、b、c、d、e）、撮影所を訪問した川端康成と一緒のもの、そして増村監督の撮影現場写真が使用されている。撮影風景は「毎日グラフ」（毎日新聞社・昭三十五年二月）などにもあり、この時期、週刊誌には「からっ風野郎」の記事が散見される。

また、川島勝氏撮影の写真（写真7）は三島由紀夫大鑑（評論社・昭四十六年一月）や三島由紀夫展図録（神奈川近代文学館・平十七年）などに見られるが、女子高生に囲まれてサインする三島氏など、自然体の三島氏がとらえられていて興味深い。

三島氏が作詞し深沢七郎氏が作曲した主題歌は劇中に使用され、昭和三十五年三月、キングレコードから発売された（写真8）。三島氏は「毒を喰わば皿までもでネ、まア皆さんに悪口をいってもらうネタを一つ多く提供しようという私の親心です」とコメントしている。

また、この映画出演の経験から「スタア」（写真9）という作品が生まれた。三島氏は作品集「スタア」（新潮社・昭三十六年一月）のあとがきに「『スタア』（昭三十五年十一月号『群像』）は、同年二月から三月にかけて大映映画『からっ風野郎』に出演した経験から生まれたものであるが、ことさら内幕物に仕立てることを避けて、一種の観念小説に仕立ててあるから、現実のスタアや

写真7　川島勝氏撮影

写真8　レコード（ジャケット）

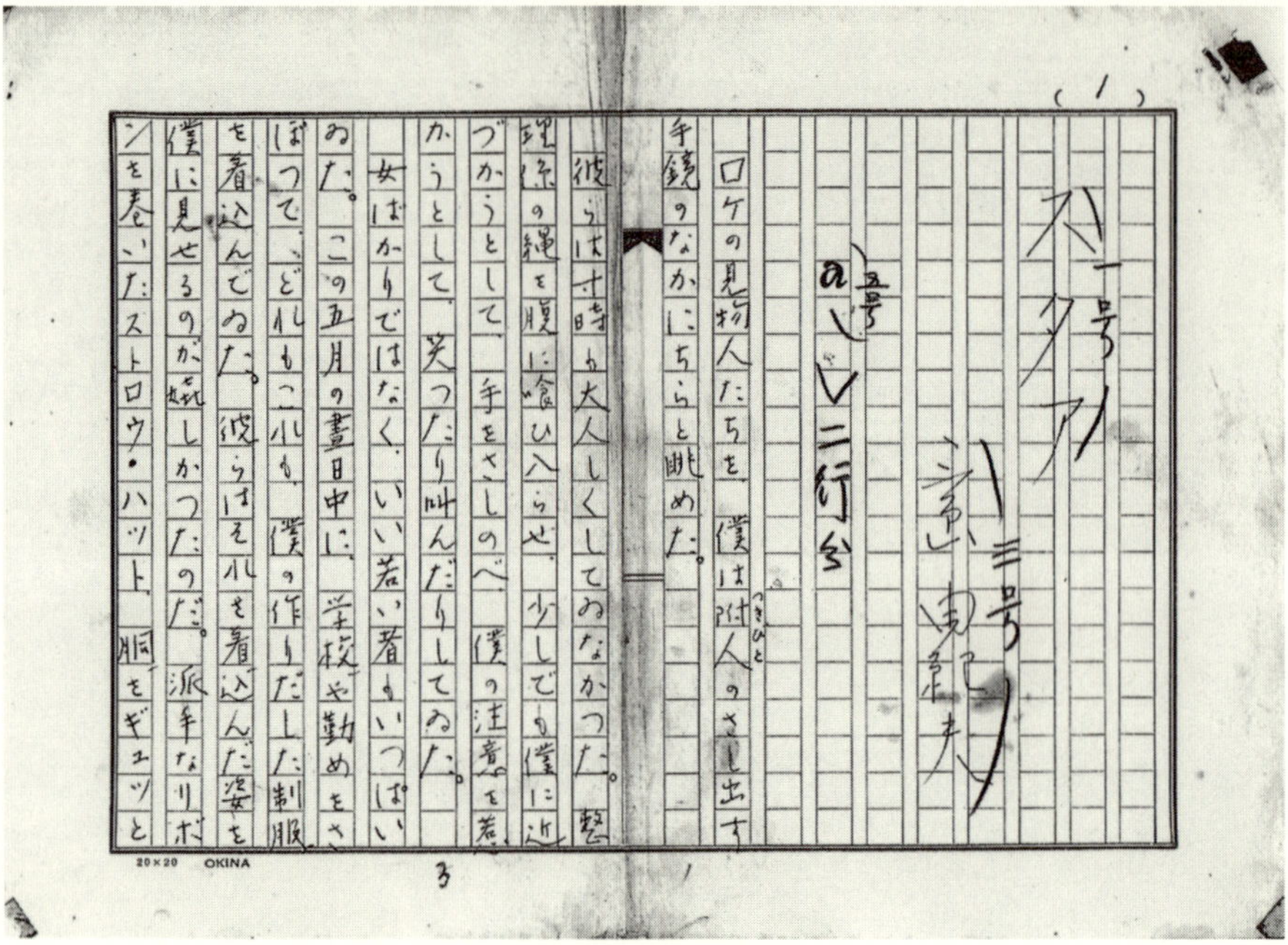

写真９　スタア原稿

撮影所の人たちの姿を思はせるところは何一つあるまい。この小説がこんな風に観念的なものになったのには、一つは私が知ったスタアといふ存在の特異性に依る。いつも目に見え、誰の近くにもをり、手で触れるかのごとき存在でありながら、実は映画スタアほど、その存在形態において、考へ得るかぎりの『抽象的な肉体』の持主はなかろう。」と書いている。

川島勝氏の「三島由紀夫」（文藝春秋社・平八年二月）によると「肝腎の映画は不評で映画評論家はこぞってけなした。が、毎日新聞の草壁久四郎だけが一言この一途な演技を賞めた。そうしたら、『映画評論家の中で最高なのは草壁だ』という具合いで大へんな気の入れようであった。」と書いている。

草壁久四郎氏の批評は「いわゆる名士の特別出演とちがって、これは作家という肩書をとりさって、三島のもつキャラクターを生かそうというねらい。三島が演ずるのは朝比奈武夫というヤクザ一家の若い二代目。お人好しで気が弱い、およそこの世界には不向きな男だが、ヤクザの家に生れたばかりに足がぬけないし、またそうしたことに疑問さえもたない。そんな男を三島がわりとうまく演じている。セリフもまずくしろうとっぽいが三島の文体をおもわせる演技だ。」（「三島文学流の演技」・毎日新聞・昭三十五年三月）というものであった。

さらに、「三島由紀夫さんと映画のこと」（アートシアター40号・昭四十一年四月）には当時のことを「（略）三島さんとは一面識もなかったが、そのあと何かの会で紹介されたとき、『いやあなたには感謝していますよ。なにしろぼくの演技を評価してくださったのはあなた一人でしたからね』といった意味のことをいわれ、大いにテレかつ恐縮したものである。このことがきっかけでぼくは三島さんとお近づきになれたというわけだ」と書いている。

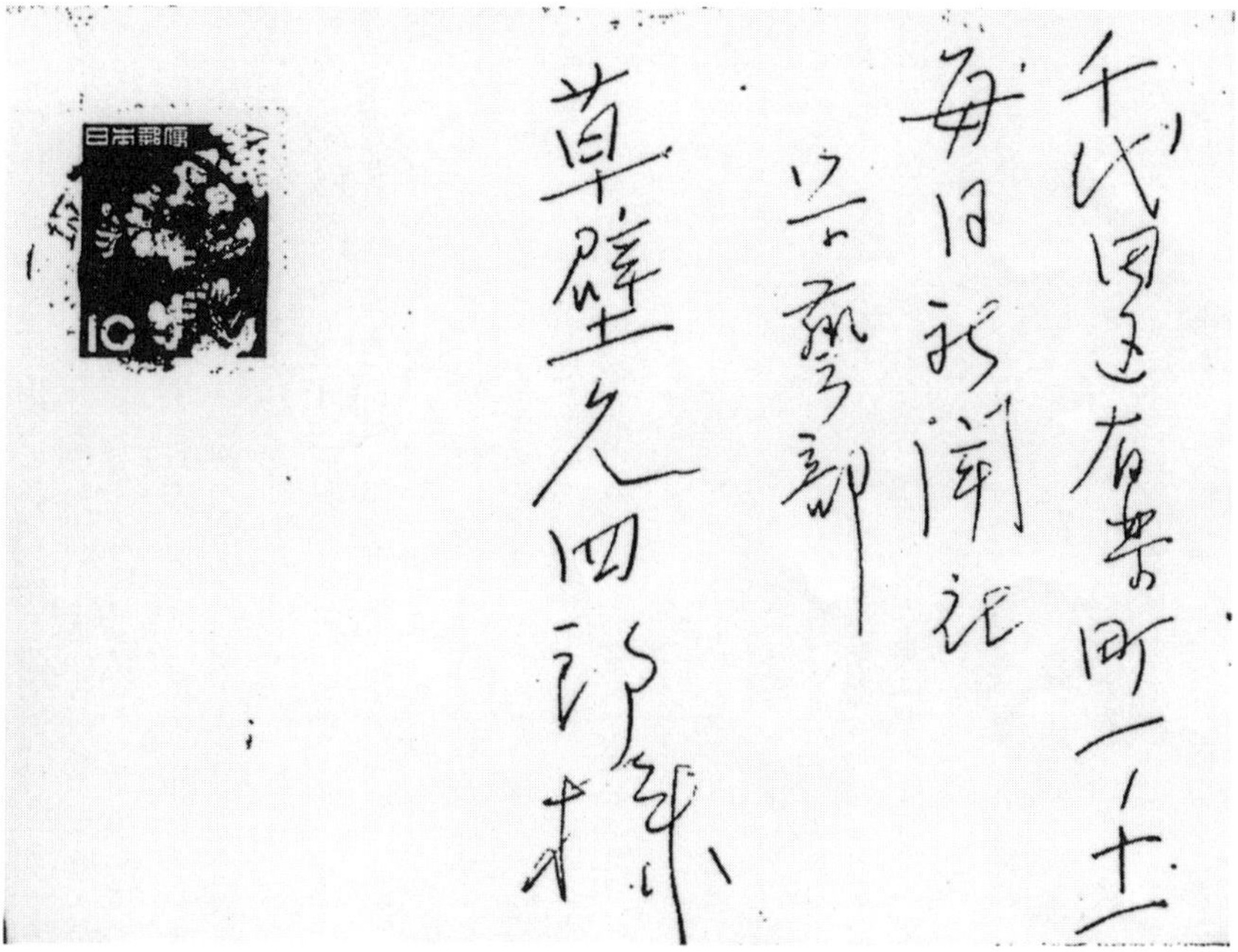

千代田区有楽町一ノ十一
毎日新聞社
学芸部
草壁久四郎様

写真 10a　草壁久四郎宛・封筒

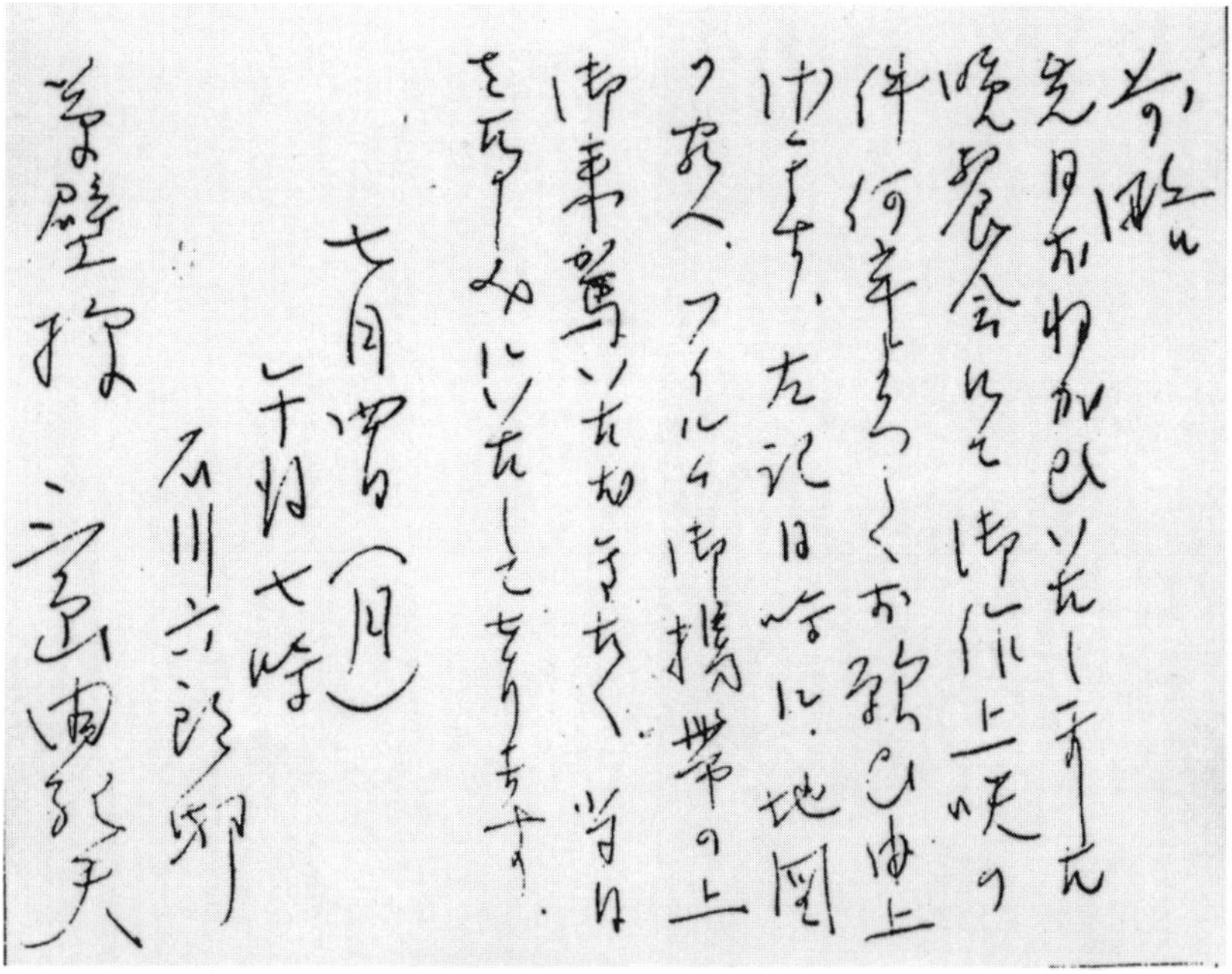

前略
先日お約束致しました
晩餐会にて御作上映の
件何卒よろしくお願ひ申上
げます、右記は時に地図
のお入、フィルム御携帯の上
御来駕下さる様　当日
をお待ち申しております。

七月四日（月）
午后七時
石川六郎邸

草壁様
[illegible]

写真 10b　草壁久四郎宛・手紙

三島氏が草壁氏に送った書簡が残されている（写真10ａ、ｂ）。

入札前に未発表写真に関する情報は余り得られなかった。この写真を入手してみると「三島由紀夫」と書かれた箱に写真（20・3×25・4㎝）二十枚とネガフィルム二十枚が納められていた。ネガは一コマずつにカットされて、スライドホルダーに入れてあり、これがスライドケースに納められていた。目録の写真に写っていたフィルムホルダーはなかった。

ネガをスライドホルダーからはずすと、それぞれのフィルム番号が確認された。番号は「3、8、13、13、15、15、18、19、20、23、25、27、30、30、32、35、37、38、42、43」の合計二十枚であった。フィルム番号に13、15、30のように同番号があることから、これらの写真は二本以上のフィルムを使用して撮られたことが確認された。最大の番号が43番で13と30が重複していることから最小で五十九枚、最大で八十六枚以上の写真が撮影された計算になる。

入手したネガフィルムを全てプリントしてみると、添付されたプリントの中に、ネガフィルムの18と20に相当するプリントがないことが判明した。逆に添付されたプリントの中の二枚に相当するネガフィルムが欠落していた。何のために撮られた写真か、何枚の写真が撮られたか、そして残りの写真はどうなったのか、種々の疑問が生じた。

この写真には撮影者・田島氏の経歴書、連絡先が添えられていたため、これらの疑問について質問した。田島氏より返事を頂いた。「プリントが主体のため、対応すべきネガを早速手配すること。残りのネガフィルムあるいは写真は、他所に一切出さず全て保存している」由が書かれていた。そして田島氏に会うことができた。

田島氏によると、撮影が行なわれたのは昭和三十五年二月のよく晴れた日で、これらの写真は「映画と演劇」に使用するために撮られた写真であった。「映画と演劇」（時事世界社・昭三十五年四月）には「からっ風野郎」（写真11）というタイトルで田島氏撮影の写真が八枚使用されている。今回入手した二十枚の中からは三枚が使用されていた。従って厳密には部分的に未発表ということになる。通常ネガフィルムは出版社に渡したままになるそうだが、特に三島氏のものは出版社に頼んで、使用後に返却してもらい保存されたものであった。

写真は二台のカメラを使用して撮影された。フィルムは四本あった。一本分は三十六枚撮りであるが、この当時のフィルムは最小の番号が1、最大の番号が43で、43の次の番号が1になってい

写真 11　映画と演劇

写真 12a　未発表写真

写真 12b　未発表写真

写真 13a

写真 13c

写真 13b

る。従って小さい数字が前になるとは限らないのであった。

四本のフィルム番号は、一本目が「33、34、35、36、37、38、39、40、41、42、43、1、2、3、4、5、6、7、8、9、10、11、12、13、14、15、16、17、18、19、20、21、22、23、24」の三十五枚、二本目が「7、8、9、10、11、12、13、14、15、16、17、18、19、20、21、22、23、24、25、26、27、28、29、30」の二十四枚、三本目が「28、29、30、31、32、33、34、35、36、37、38、39、40、41、42、43、1、2、3、4」の二十枚、四本目が「19、20、21、22、23、24、25、26、27、28、29、30、31」の十三枚で、撮影されたフィルムの枚数は合計九十二枚であった（写真12a、b）。

「からっ風野郎」から六年後、「憂国」上映に際し三島氏は、「画面の『武山信二中尉』の存在に、ほんの少しでも『小説家三島由紀夫』の影が射してゐたら、私の企図はすべて失敗であり、物語の仮構性は崩れ、作品の世界は、床に落としたコップのように粉々になってしまうだろう。」（「『憂国』の謎」・アートシアター40号・昭四十一年四月）と書き、見事に作中人物に同化している。

しかし、大映との専属契約の記者会見（昭三十四年十一月）では、「かねがね観察したり、描写したりする側から純粋に離れて観察される側に立ってみたいと思っていたので、この際、僕なりの努力をはらってみたいと思っています」（大映グラフ新春特大号）とコメントし、「初出演の言葉」（プレスシート・昭三十五年三月）には、「役は朝比奈一家の二代目親分、ヤクザものは私のもっともやりたい役だ。私は、今、全精力をあげてこの仕事に熱中している。どうか、観客各位も『自分がもし一本の映画に主演したら』という夢を目前に見る気持で、微笑を以て見ていただけたらと思う。」と書いている。「からっ風野郎」出演の頃は三島由紀夫が演じる朝比奈武夫であり、写真には朝比奈武夫を演じる三島由紀夫が写っている。ピストルをもつシーン、ビールを飲むシーン、椅子に座っているシーン、階段を下りてくるところ、さわやかな笑顔の写真、リハーサルと様々なシーンが撮影された。田島氏の撮影に際して、三島氏は自らポーズをとることはなく、田島氏の注文に素直に応じていたとの由であった。

四十六年前の三島氏の連続写真には日差しに目を細めたり、微妙な視線の動きが伺われる写真もある（写真13a、b、c）。「朝比奈武夫を演じる三島由紀夫」は春の日差しを浴びてさわやかな笑みを浮かべている（写真14）。

写真 14

増補　三島由紀夫原作放送作品目録

山中剛史 編

放送タイトル	放送局	年月日／全回数	脚本・演出	出演・備考
小説「夏子の冒険」	ラジオ東京	昭27・6・2～30全㉕		芥川比呂志
連続物語「夏子の冒険」	文化放送	昭28・6・1～27全㉓		秋好光果、滝田進ほか
自作朗読「美神」	ラジオ東京	昭29・7・1		三島由紀夫　自作朗読
連続放送劇「潮騒」	文化放送	昭29・7・11～9・26全⑫	脚／青江舜二郎	八住利義、南条秋子ほか
私の本棚「真夏の死」	NHKラジオ第1	昭29・7・15～24全⑨		樫村治子
現代劇場「ボクシング」	文化放送	昭29・11・21	音の構成／黛敏郎	芥川比呂志、芦田伸介ほか
文学サロン「潮騒」	ラジオ東京	昭30・5・2		東山千栄子
続高峰秀子ドラマ集「遠乗会」	ニッポン放送	昭31・4・13	脚／矢代静一	高峰秀子、滝沢修ほか
ラジオ小説「女神」	文化放送	昭31・6・25～7・20全⑲	構／山田隆之	越路吹雪
大映アワー「永すぎた春」	ラジオ東京	昭32・3・20～5・22全⑩	脚／八木柊一郎	仲谷昇、中村メイコほか
国際演劇月参加特別番組「道成寺」	ラジオ東京	昭32・6・18	脚・演／武智鉄二	伊藤武雄、水谷八重子ほか
人情夜話「橋づくし」	ラジオ東京	昭32・7・1～3全③	脚／辻久一	香川京子、水谷八重子ほか
名作劇場「永すぎた春」	KRテレビ	昭32・8・28～9・25全⑤	脚／白坂依志夫	中川弘子、高橋正夫ほか
淡島千景ドラマ集「美徳のよろめき」	ニッポン放送	昭32・9・15、22	脚／矢代静一	淡島千景、中村伸郎ほか
現代劇場「班女」	文化放送	昭32・12・27	脚・演／武智鉄二	水谷八重子、長岡輝子ほか
文学座アワー「灯台」	日本テレビ	昭33・4・24	脚／松浦竹夫	竜岡晋、文野朋子ほか
シネマ劇場「炎上」	ニッポン放送	昭33・7・27～8・17全④	脚／村山知義	木村功、信欣三ほか　※「金閣寺」
東芝日曜劇場「橋づくし」	KRテレビ	昭33・9・7	脚・演／辻久一ほか	香川京子、山田五十鈴ほか
「卒塔婆小町」	NHKテレビ	昭33・10・30	演／梅本重信	東山千栄子、高橋昌也ほか　語り部として三島出演

現代日本文学特集第5夜「金閣寺」	NHKラジオ第2	昭34・6・27	脚/高橋昇之助 演/香西久	神山繁、林佐知子ほか
木曜観劇会「鹿鳴館」	フジテレビ	昭34・7・9	脚・演/松浦竹夫	中村伸郎、杉村春子ほか
「不道徳教育講座」	フジテレビ	昭34・10・15～35・8・4 全㊷	脚/池田三郎、矢代静一ほか	田中明夫、真中陽子ほか
「鏡子の家」	ラジオ関東	昭34・10・19～35・3・16 全(126)	脚/高橋辰雄	寺島信子、高橋昌也ほか
お母さん「大障碍」	KRテレビ	昭34・12・10		杉村春子、杉裕之ほか
百万人の劇場「灯台」	フジテレビ	昭35・6・5	脚/松浦竹夫	杉村春子、仲谷昇ほか
女の四季「女神」	日本教育テレビ	昭35・10・4、11		森雅之、北沢典子ほか
ラジオのためのオペラ「あやめ」	中部日本放送	昭35・11・27	作曲/牧野由多加	池田弘子、友竹正則ほか
連続ラジオ小説「潮騒」	NHKラジオ第1	昭36・6・26～7・29 全㉙	脚/横光晃	久富惟晴、中野慶子ほか 番組「おはよう奥さん」内
田辺劇場「美徳のよろめき」	フジテレビ	昭36・7・4～9・26 全⑬	脚/馬場当、柳下長太郎 演/森川時久	川口敦子、金内吉男ほか
女の劇場「純白の夜」	朝日テレビ	昭36・7・26	脚/藤本義一 演/阿部正義	若原雅夫、月丘千秋ほか
ドラマ自由席「熊野—近代能楽集のうち」	ラジオ東京	昭36・11・5		北里深雪、清水将夫ほか
近鉄金曜劇場「鹿鳴館」	TBSテレビ	昭36・12・1、8	脚・演/松浦竹夫	佐分利信、杉村春子ほか
舞踊ホール「地獄変」	NHK教育テレビ	昭37・6・2	脚/松浦竹夫 演/三枝孝栄	坂東簑助、柳永二郎ほか 舞踊劇化
「お嬢さん」	関西テレビ	昭37・6・20～7・25 全⑥	脚/鶉野昭彦 演/藤信次	藤由紀子、浅香春彦ほか フジテレビで同日時に放送
「鏡子の家」	TBSテレビ	昭37・7・4～8・29 全⑨	脚/田村孟、山田正弘 演/大山勝美	岸田今日子、杉浦直樹ほか
バラ劇場「潮騒」	TBSテレビ	昭37・7・10～31 全④	脚/生田直親 演/柴田馨	石坂浩二、加賀まりこほか

文芸アワー「葵の上」	日本テレビ	昭37・8・10	演／戌井市郎、梅谷茂	北城真記子、神山繁ほか ※「葵上」
ラジオ小説「夏子の冒険」	NHKラジオ第1	昭37・10・1〜31全㉗	脚／田辺まもる	幸田弘子、水島弘ほか
文芸劇場「にっぽん製」	NHKテレビ	昭38・1・11	脚／椎名利夫 演／畑中庸生	越路吹雪、渡辺文雄ほか
物語り「真珠」	NHKラジオ第1	昭38・5・23		加藤幸子、伊島幸子ほか
文芸劇場「潮騒」	NHKテレビ	昭38・7・5	脚／筒井啓介 演／遠藤利男	佐東朝生、加藤澄江ほか
ラジオ劇場「卒塔婆小町」	ニッポン放送	昭38・9・15		細川ちか子、佐野浅夫ほか
近鉄金曜劇場「十九歳」	TBSテレビ	昭38・11・15	脚／白石浩三 演／岩崎守尚	鈴木やすし、葉山葉子ほか
近鉄金曜劇場「剣」	TBSテレビ	昭39・5・8	脚／山田正弘 演／高橋一郎	加藤剛、真船道朗ほか
NHK劇場「真珠」	NHKテレビ	昭39・6・19	脚／キノトール 演／井上博	南田洋子、岩崎加根子ほか
ゴールデン劇場「美しい星」	東京12チャンネル	昭39・8・17〜21全⑤	脚／田村孟 演／真船禎	宮口精二、南美江ほか
お茶の間名作集「潮騒」	ニッポン放送	昭39・9・1〜30全㉖	脚／宇津木滋 演／清水邦行	北大路欣也、斎藤昭子ほか
朝のラジオ小説「肉体の学校」	TBSラジオ	昭39・10・27〜11・14全⑰	脚／沼田幸二	中谷一郎、大塚道子ほか
自作朗読「サーカス」	NHK＝FM	昭40・5・1		三島由紀夫 番組「作家と作品」内、自作朗読
朝の朗読「真夏の死」	中部日本放送	昭40・5・4〜25全⑲		伊藤友乃
ドラマ・スタジオ8「モノローグ・ドラマ 船の挨拶」	中部日本放送	昭40・7・20	演／本島勲	西沢利明
「お嬢さん」	フジテレビ	昭42・10・8〜43・3・31全㉕	脚／山本優一郎 監／生駒千里	生田悦子、山口崇ほか
東芝日曜劇場「橋づくし」	TBSテレビ	昭43・9・8	脚／林秀彦 演／鈴木淳正	京マチ子、松尾嘉代ほか

東西傑作文学「美徳のよろめき」	TBSラジオ	昭43・9・9〜10・5全㉔	脚／和泉二郎	岩崎加根子
朗読「沈める滝」	NHK＝FM	昭43・11・11〜30全⑰		阪口美奈子
おんなの劇場「春の雪」	フジテレビ	昭45・2・27〜4・3全⑥	脚／大野靖子 演／大野木直之	吉永小百合、市川海老蔵ほか
ドラマ「鹿鳴館」	NHKテレビ	昭45・4・25	脚／松浦竹夫 演／和田勉	岩下志麻、芦田伸介ほか
銀河テレビ小説「永すぎた春」	NHKテレビ	昭50・3・3〜14全⑩	脚／中島丈博 演／八木雅次	香野百合子、西田健ほか
日曜名作座「美しい星」	NHKラジオ 第1	昭50・5・25〜6・15全④	脚／能勢紘也	森繁久弥、加藤道子
文芸劇場「沈める滝」	NHKラジオ 第1	昭51・2・28	脚／鈴木新吾 演／前田充男	西岡徳美、高部滋子
名作をたずねて「潮騒」	NHKラジオ 第2	昭51・4・23、30全②	脚／川崎洋	広瀬量平
土曜グランド劇場 「近眼ママ恋のかけひき」	日本テレビ	昭52・6・25〜7・23全⑤	脚／田上雄 演／小杉義夫	岩下志麻、石立鉄男ほか ※「三島由紀夫レター教室」
青春アニメ全集「潮騒」	日本テレビ	昭61・5・2、9全②	脚／中西隆三 演／植田秀二	（声）小山芙美、島田敏ほか アニメーション化
月曜・女のサスペンス 「復讐・死者からの告発状」	テレビ東京	昭63・10・24	脚／楠田芳子 演／脇田時三	伊藤つかさ、中山仁ほか
月曜・女のサスペンス 「花火・身代り首の男」	テレビ東京	昭63・12・12	脚／国弘威雄 演／小林俊一	鶴見辰吾、白都真理ほか
月曜・女のサスペンス 「侯爵殺人事件・呪われた別荘」	テレビ東京	平2・12・3	脚／佐伯けい 演／淡野健	平栗あつみ、森本レオほか ※「月澹荘奇譚」
日本名作ドラマ「美徳のよろめき」	テレビ東京	平5・6・28、7・5全②	脚／石松愛弘 演／脇田時三	藤谷美和子、阿部寛ほか
文學ト云フ事「美徳のよろめき」	フジテレビ	平6・8・9	演／片岡K	水島かおり、椎名桔平
朗読紀行にっぽんの名作「潮騒」	NHK ハイビジョン	平13・2・4	演／石橋冠	中井貴一
SUNTRY THEATER ZERO HOUR「美しい星」	J-WAVE	平16・4・19〜23全⑤		藤原竜也

インタビュー

三島由紀夫の学習院時代

――二級下の嶋裕氏に聞く――

聞き手／松本徹・井上隆史
平成17年7月25日
於・鎌倉プリンスホテル

嶋　裕氏

■泣いていた三島

――学習院の初等科から三島由紀夫、平岡公威をご存じだったとのことですが、当時の学習院の雰囲気なども含めてお話いただければ、と思います。

嶋　三島さんとは、私が二級下なんです。学習院でね。平岡さんが大正十四年の一月で、私が大正十五年の五月生まれですから。ただ私は、三島さんとは同時代に教育を受けましたし、清水文雄先生、岩田九郎先生とか先生も同じですね。まぁ、初等科時代から知っておりましたので、「下級生からみた平岡さん」ということで、思い出話をお話しするということでお引き受けしました。その名前なんですが、三島由紀夫の本名の平岡公威《こうい》の公威《こうい》というのは、三島の祖父と同郷の、祖父の恩人の古市公威《こうい》男爵という土木建設分野の偉人と言われている人の名前からとったということなんですけどもね。私の同クラスに古市泰丸《ひろまる》というのがおりまして。平岡さんの名前のことは、後で知ったんですけど。

――古市さんという同級生の方はお孫さんだったんですか？

嶋　そうです。初等科の頃の平岡さんは、顔色もあんまり良くない、ごく普通の目立たない人のようでした。それとね、これは私しか知らないことだと思うんですが、信濃町の方に行くと、ＪＲの四ツ谷駅にトンネルがあるんですね。あの上がちょうど初等科の運動場になっているんですけどね。その線路沿いに細い道があって。

その途中で大声でわぁわぁ彼が泣いていた。それを不思議と覚えているんです。もう、百メートルくらい先から聞こえてくるような。

——何年生ぐらい？

嶋　五年生ぐらいですね。「何だよ、上級生のくせに泣いている！」と思った記憶があるんです。泣く原因が何だったのか今となってはわからないんですけどね。とにかく異常な泣き方で、わぁわぁ泣いている。

——それは一人で？

嶋　ええ。人知れず泣いていたわけですから。

——いじめられたんですかね？

嶋　ですかねぇ？　ただ、学習院ではですね、皇族から、華族とか、士族とか、平民とか色々ありましたし、華族でも公爵・侯爵・伯爵・子爵・男爵の五段階があった。だけど差別というのはなかったですね。だから、いじめということではないだろうと。

——三島のクラスだと、確か平民は二人だったかと思うんですが、そんな割合なんですか？

嶋　そうですか？　いや、もう少し多かったでしょ？　考えたこともないですけど。二〜三割はいたんじゃないですかね？

——大体クラスが何人くらいで？

嶋　三十六人かな？　少ないですよ。それが二つですから合計六十…七十人いなかったかな？

——あの、南とか、東とか……。

嶋　校舎があるでしょ？　南側にあれば南組。東と北、南と北か。西とかね。

——毎年変わるんですか？

嶋　校舎によって毎年変わるんですよ。組み替えはないんですけどね。

——担任はじゃあ一貫している……？

嶋　主管（担任）は下から。ずっと下から。教室だけが変わりますね。

——三島の場合は鈴木弘一先生ですが、どんな先生ですか？

嶋　頭ツルツルの先生ですよ。偉かったんじゃないかな？

——確か今の天皇の先生ですね。じゃあ、まあ五年生くらいだけど、泣いていたと。

嶋　ええ。泣いていた。今から考えるといじめなのかなぁ。しかし、昔はいじめなんてなかった…と思うんですけどね。で、あの平岡さんと同じ学年で、後に上になった人は田英夫《でんひでお》さんが同じだったかなと思うんです。それと創価学会の北条《ほうじょう》浩《ひろし》さん。

——お医者さんの高橋悦二郎氏なんかは……？

嶋　やはり、同学年だと思います。

——学年が一つ二つ隔たっても、割合廊下とかで会うとか……。

嶋　そうです。人数も少ないから、二級上とか二級下とかは、大体名前とかは知ってましたからね。

■初等科時代の成績

――三島は初等科の頃の成績はもう一つと言われてますね。

嶋　そう思うでしょ。初等科時代の作文の成績が悪いと。それでね、私、資料持ってきたのはね、私は小学校一年で目白にいて近くの小学校に入ったんですよ。そのときは全部「甲」だったんですよね。（と資料を見せる）　それが学習院に入ってから、これ見て下さいよ。通信簿に「中上」、「中下」なんていうのがありますけどね。国語というのが読方、綴方、書方と全部「中」になっているの。つまり、私の申し上げたいのは、学習院のレベルというのは割と、一般の小学校よりもレベルが高かったんじゃないかな、と。それで、作文の点が悪かったと。

――なるほど。初等科三年、昭和九年の一学期の三島の通信簿だと、読方「中」、綴方「中」、書方「中」、算術「中」、理科「中」……

嶋　大体、みんな「中」になっちゃうんですよ。

――平均評点「乙」と書いてありますよ。

嶋　そうそう。操行「中」。私と同じですね。

――欠課時数十四とか。

嶋　私は、近くの学校じゃ全部「甲」だったんですよ。初等科に移ったら全部「中」にさせられたんで、あんまり面白くなかったんですが。結局、初等科のレベルが高いのかなと。これは、三島由紀夫のためにちょっと弁解をしておきたいんですよね。

――普通にやっていると「中」になっちゃうんですね。しかし、作文の課題がかなりあったようですね。あれは授業の度に課題が出て……。

嶋　そんなこともありましたね。

――では、先生が教科で変わるということはないわけですか？

嶋　ないですね。一人の先生が全部。

――すると三島由紀夫の場合は鈴木先生が全部、嶋さんの場合はじゃあまた別の……？

嶋　ええ。算術・理科……。ああ、これはもしかすると、別の先生かもしれません。二つクラスがあって、一つのクラスの先生が国語系だと、もう一つのクラスの先生が理科系だと。

――今、三島由紀夫の別の年の成績を見てますが、読方「中」、算術「中」……。「上」がなかなかないですね。

嶋　私、中等科に入れば「上」があったかもしれませんが。初等科は何でも普通ならば「中」なんですよね。私の通信簿を見ると、「中下」なんていうのもあるからね。

――主管というのは、いわゆる担任ということですか？

嶋　ええ。それで東組が鈴木先生とか。で、雑誌は「輔仁会雑誌」と「清明」というのがありますけれども、「清明」といいますのはですね、これは国語の清水文雄先生、私は今日写真を持ってきましたけれども。

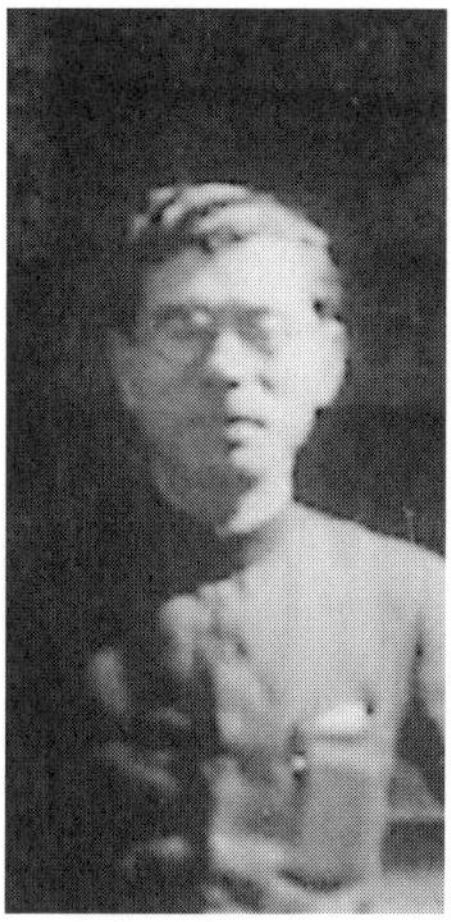
清水文雄

――「パーマ」ですね。

嶋　ええ。頭がパーマだから「パーマ」。清水先生のあだ名ですね。この「清明」というのは確か戦時中に出たんですよね。昭和十八年に、清水先生の編集による雑誌「清明」が発刊されまして、この頃は戦争も激しくなっていまして、後に西友会長になった高岡季明《すえあき》さんなんかは、「歴史を護らん」と題して、ここに作文があるんですがね。戦争中ですから、「天皇陛下万歳！」なんていう。

――中等科で国語を岩田九郎に習い、そして三島由紀夫は二年目になった時に、成城中学から清水文雄がやってくる。清水文雄先生が赴任した時というのは、何か……。

嶋　記憶ないですね。私は中学三年の時に青雲寮という寮に入りまして、清水先生はそこの舎監だったんです。

――舎監というのはどういう……？

嶋　舎監は一緒にそこに住み込んで、奥さんと別れて……。

――一定の期間というかかなり長い間？

嶋　ええ。おそらく。ずっと何年もやったんじゃないですかね？

――食事なんかはどういう風に……？

嶋　食事も一緒ですよ。食堂があって、戦時中も。

――中学は基本的に寮なんですか？

嶋　いえ、中学の二年が全員寮なんです。三年は二十人くらいが青雲寮というところに入った。

――二年の時は青雲寮とはまた別……？

嶋　二年は、少年寮という別の寮があって、これはまた明治大正の頃から。

――しかし三島由紀夫はそこに入らなかった。

嶋　ええ。入らなかった。

――病気とか体が弱いというようなことで、寮に入らないということはやはり、なんと言うんですかね、他の人たちとは違うということになりますか？

嶋　でしょうね。ええ。なりますね。

――二十人というとクラスの何分の一くらいになるんですか？

嶋　中等科は二十五～六人のが三クラスありましたから。少し人数が増えたんですね。中学から入る人も居りましたから。

――で、ある程度希望した人間が、その青雲寮に入る。

嶋　そうですね。私がいた頃、三島由紀夫もよく訪ねてきたらしいんですけど、全然知らないですね。見たことはないですね。

――嶋さんが居られる時は、たとえば二年生の時は……。あ、そうか別のところで。

嶋　ええ。そうですね。別の木造の寮がありましてね。三つくらいあったのかな？　二つが少年寮。清水文雄先生が青雲寮の舎監で、他にもう一人、名前忘れちゃったな……。物理の先生が舎監だったかな？

――あ、二人おられたんですか？

嶋　ええ。二人。交代でやっていたのかもしれないですけどね。

――もちろん寮は畳で……？

嶋　殺伐たるものですよ、戦時中ですから。軍人か何かの兵舎のようでした。

――兵舎に近い……？

嶋　ええ。そうです。だから、畳じゃなくて上も下も板の間です。食事もひじきとかね、まぁ、たいしたご馳走はなかったですね。

――なるほど。で、ちょっと戻っていいですか？　初等科時代の雑誌「小ざくら」ですが……。

嶋　はい。今日ここに持ってきました。

――綴方が優秀だとそこに載る？

嶋　と思います。私の作文載ったことないですがね。ここに付箋が挟んでありますが、これ全部平岡さんの、和歌とか俳句が載っている筈なんですが。

――田英夫なんていうのは作文が載っていますね。

嶋　上手いからですよ。上手い人は作文が載るんですよ。平岡さんは作文が載った事ないんで、あんまり……。

――「中」くらいじゃなかなか載らない……。

嶋　載らないです。私も載った事はないです。三島さんは、短歌とか「小学校の頃から凄いんじゃないか」と思われると思うんですが、それ程ではないですよね。

――こういうものに載ることは、子供心にどう感じるものでしょうか？

嶋　いや。誰でも提出しなきゃいけないんですよ。で、何かしら出るんです。和歌か短歌か、童謡なんていうのもありましたけどね。

――じゃあ、特にこれに出て、子供心にプライドが満たされるとか……？

嶋　全くないです。何かは必ず出ましたから。私も出ましたから。俳句とか和歌くらいなら。

――大体これ二年生だけで五十四くらい入ってますね。

嶋　それで二クラスです。

――だから、ここに載る率は五割以上になりますね。もっとあるか。だから殆ど載る。載って当たり前。だから、どうしても作文が載らない連中は、短歌俳句でフォローしてくれていたかもしれないですね。

嶋　そうですね。つまんないのもありますよ。その頃怒られたのが、「考えて　やっと作った　この俳句」っていうのがありますよ。それは覚えてますよ。怒られたの。

――三島由紀夫はやはり、「小ざくら」時代に綴方がもう少し出れば良かったですよね。

嶋　良かったですけどねぇ……。初等科時代は結論的に、ごく普通の顔色の悪い少年であったということですけれども。ただね、中学に入ってからは凄いですね。

■軟派と硬派

――「王朝心理文学小史」で入選しますね。こういう懸賞論文を、皆かなり意識していましたか？

嶋　いや、私は知りませんでしたね。彼はどこかで聞いて応募したんだと思いますけれども。私は当時は柔道で夢中でしたからね。清水先生の影響でしょうね。

――国語を担当して三島の作文を評価した岩田先生というのは、どんな感じの先生でした？

嶋　岩田九郎先生、おっとりした人です。おっとりと言っていいのかな？　殆ど印象に残らないくらい。あだ名も忘れちゃったくらい。先生には色んなあだ名があったんですけどね。チンクシャ、クロトン、テンツク、ブラシ、ポン太、デンネコ。初等科の先生にはあんまりあだ名がつかない。

――先生に睨まれるというようなことはなかったですか？

嶋　なかったですね。

――この「王朝心理文学小史」は図書館の懸賞論文ですけれども、第四回目。第一回目は高等科学生だけが応募資格を持っていて。第二回からは中等科学生も応募できるようになった。でも、文学に関心がなければ特に意識するものではなかった？

嶋　平岡さんの中等科五年の時ですよね。その頃には相当清水先生の感化を受けていたんだろうと思うんです。

――心理小説のようなものにそれ以前から興味があって、一方では清水文雄の影響で、古典にも関心が出てきたわけですから。両方が重なるようなテーマですね。

嶋　その頃は平岡さん、さんづけなんですよ。さんがつくというのは、クラスの中で一目置かれたというか、半分からかっている感じもありますがね。宿題で「和歌を作れ」なんて言われると、あの人のところに頼みに行った。そうすると、すぐサラサラっとあの人は書いてくれるんで、重宝がられていた。

――実際書いてくれるわけですか。

嶋　そういう話は、私個人として聞いていましたよ。

――「アオジロ（青白）」というあだ名は実際良く耳になさったりということはありますか？

嶋　いいえ。私はあんまり聞きませんでした。それから、保田与重郎に講演を頼んだんですよ。私も聞きにいったんです。物静かで低い声でお話をなさる方だったんですけどね。どんなお話をされたか、あまり記憶はないんですけれども、高等科の平岡さんが一人で色んな質問を浴びせたのは記憶あるんですよね。『伊勢物語』だったか、ちょっと忘れたんですけどね、「あの作品の文体についてどうお考えになりますか？」というようなことを聞いていました。さかんに。「どうも文体からみると、後で誰かが書き加えたような、どうも作者が二人いるような感じがする。」とそんなことも言っていたんですよね。

——保田与重郎には謡曲の文体について聞いたって本人が書いてます。

嶋　それは講演を頼みに訪ねた時に聞いたんだろうと思いますね。木造校舎の一番端の部屋で、そこにこうテーブルがあって、保田与重郎がこの辺で私がこの辺。平岡さんがこの辺で盛んにこう喋っていて。

——じゃあ人数は二〜三十人なんですか？

嶋　そんなにもいなかったね。十五〜六人だったと思います。

——そういう講演は定期的に行っていたんですか？

嶋　みたいですね。私はたまたま保田与重郎の名前を聞いていたので聞きに行ったんだと思いますけどもね。まぁ、それがさっきの大泣きしていたのと、非常に印象に残っているとなんですけれども。

——やっぱり清水先生もそこに……？

嶋　当然いたでしょう。昭和十七年でしたか。校庭では皆元気の良い掛け声がしていましたよ。夕方ですから。野球とかラグビーとか運動部の連中がね。その中でボソボソっとそういう話をして、三島由紀夫が色んな質問をしてたと、そんな景色を覚えていますけれどもね。

——講演会と言うより茶話会？　保田与重郎が来るということで話題になるという程でもなかったですか？

嶋　運動部の連中はなんとも思っていなかったんでしょう。

——やはり、硬派・軟派というのはかなり明確な区別があったんですか……？

嶋　ありました。ええありましたね。

——血洗池（学習院の校内にある湧水の池）に放り込むとか？

嶋　中学に入るとね、まず「修身教室に集合！」なんて。修身教室というのは非常にたくさんが座れるんですよね。そこで中等科の五年生が演説を打つわけ。「断固制裁を加える！」とか。すると、中学に初めて入った子なんかはガタガタ震えちゃうわけ。そんな学校でした。

——制裁の理由は服装が乱れているとか……？

嶋　つまんないことなんでしょうね。

——交遊関係が怪しいとか……？

嶋　女の子と歩いていた、なんていったら凄いですよ。それこそ血洗池に「よいしょ」っと足と手を持ってドンっと放り込まれちゃうとか。そんなことは聞いたことはありますね。私はやったこともやられたこともないですけれども。そんな時代ですから。だからまず、女性とはまず口をきいた事はないですよね。

——殴るとかいうことがあったんでしょうね。

嶋　ありましたね。ボカスカ。殴られているのは見たことありますよ。その教室で。

——大体硬派が軟派をやっつけるという形態ですよね。

嶋　私の見たのは教室の教壇の前でボカスカやられているの

ですよ。あれ、何でやられたのかなぁ？　三島由紀夫じゃないですよ、それは。やったのも、やられたのも。

――血洗池に誰が放り込まれたか覚えてらっしゃいますか？

嶋　名前言ってもいいけど、昔の話ですからやめておきましょう。

――それで、学校来なくなっちゃうとかいうことはないですか？

嶋　そういうことはないですね。

――軟派っていうの見たらすぐわかるから。服装もどこかちょっと違いますものね。でも、彼らはそういうことをやられても、決してやめるわけじゃないから。

嶋　それから頭、イガグリでしょ。だから長髪にするともう軟派ですよね。

――文学好きであることと軟派との関係は……？

嶋　それともまた違うんです。文芸部だから軟派ということでもないと思いますけどね……。

――清水先生への学生の一般的な評判はどうだったんですか？

嶋　どうでしょう？　悪くなかったでしょうね。その程度でしょうね。戦争が始まった時は感激しちゃって、「みたみわれ！」なんて黒板に書いて遠くを見るような感じで喋ってらっしゃったのは覚えてます。

■二・二六事件から終戦まで

――戦争が始まった時点で何か覚えてることはありますか？

嶋　戦争が始まった頃は、私は少年寮に居りましたからね、大喜びしてましたよ。ハワイ、マレー沖で勝ったニュースが最初飛び込んできたですからね、「すげー、すげー！」と言っていたのは覚えてますね。トイレで。

――あの時代、さっきの高岡さんの文章なんかもごく自然ですよね。もうちょっと遡って、二・二六事件の時は？

嶋　二・二六の時はとにかく学校に行きましてね、先生が門の前に立ってるんです。「君たちはすぐ帰りなさい」と言われて。訳わかんなくて帰ったという記憶だけですね。四ツ谷の学習院の近くで殺されたのがいましてね。私の親父が「これで株が下がる」とか何とか余計なことを言ってましたけど。初等科の四年くらいの時ですか、私が。で、初等科の五年の時だったか、今までの初等科の校舎を、木造からコンクリに建て替えたんです。建て替えることになって、一時初等科が目白に移ったことがありましてね。今の天皇が入ってくる時でしたか。それからそうだ、私は清水先生から『花ざかりの森』の初版を貰ったんです。あの頃は昭和寮というのがあって、目白から高田馬場に行く学習院と反対側にあるんですけど、そこに住んでいたんですよね、清水先生が。そこに私がよく遊びに行って、蔵書の整理したり、郷里の広島に写真とか蔵書を送り返すことになって、その荷造りのお手伝いに行った時に、先生が「平岡がこんな本を書いたよ」と言って『花ざかりの森』を下さったんですよね。その頃平岡さんは清水先生のところにしょっちゅう行っていたようですね。

『花ざかりの森』を誰にあげたかというのを見ると真っ先に清水先生に……。

――先日の神奈川の展覧会に献本リストが出ました。

嶋　ええ。そのうちの一冊だったのかな。

――こういう本を書いたということはどんな風に受け止められたでしょう？

嶋　いや、知らなかったたですからね。

――「文芸文化」についても、それ程皆が関心を持っていると言うわけでもない？

嶋　ないけども、その当時はああいう雑誌は割と少なかったですから。本屋に並んでいれば目立ちました。そんな時代でしたよ。

――もっと上の坊城さんという方はご存じですか？

嶋　坊城の弟と同クラスでしたから。小田急線の沿線に住んでいました。成城くらいに、確か。兄貴も知ってます。

――弟さんはフジテレビに行った人？

嶋　そうそうそう。坊城俊周《としかね》。何回か遊びに行きましたけどね。フジテレビに。

――三島由紀夫は、兄の俊民と最初は仲がいいけれど、次第に距離が……？

嶋　そうでしょうね。ちょっと違いますものね。文章の内容も違うでしょう。「輔仁会雑誌」に色々書いてますね、兄貴の方は。

――そういえば、『仮面の告白』で落第生の近江というのが出てきますね。年上の落第生で。

嶋　あのね、学習院というのはしょっちゅうあるんですよ、落第が。上級生が下級生になるなんて何人もいましたからね。最初は上級生だったのがね、卒業のときには下級生になっているんですよ。

――近江というのはこいつのイメージか、というのはありますか？

嶋　いや、ちょっと思い出せないけれども。でも、五～六人は落ちましたよ。

――『仮面の告白』に「下司ごっこ」というのが出てきますけど、あれはよくありましたか？

嶋　ありましたね。結局全く女性というものが関係ない世界でしたから。だから男同士という意味で、下司という言葉は結構使ってましたね。

――「下司ごっこ」以外にも、「下司何とか」というのはあるんですか？

嶋　あったらしいけど。教練で富士山の麓で、仙石原だったかな、あそこに行くと「同じ寝床に寝ている」といって、配属将校が凄く怒るということが。私もそういうの見たことあるんですけどね。三島由紀夫も書いてましたけど。まぁ、下司と勘繰られているんでしょうけど。

――三谷さんは？

嶋　ミタンコ。ミタンコっていうのね。

――ミタンコって言うんですか？　三谷信さんのこと。

嶋　ええ。これはもうあだ名。
――天皇は卒業式だけですか？　入学式は来ないんですか？
嶋　私の時の卒業式は来なかったですね。あんまり来なかったです。でも、二、三年に一度くらい天皇陛下が来た事はあります。門の前に並んで、頭右で迎える。一度、天皇じゃなかったけれども、車がサーっと行っちゃってね、配属将校が怒られたなんていうことも。
――嶋さんは徴兵検査は？
嶋　やりましたよ。素っ裸にさせられて、今でも覚えてますよ。ずっと並ばされて。
――三島由紀夫は二乙でしたね。
嶋　だけど、戦争が激しくなってくると、それもとったんじゃないですか？
――徴兵検査の結果が二乙だというのは、当人の気持ちというのはどんな感じでしょう？
嶋　やっぱりよくないでしょう。甲種合格じゃないんだから、格好は悪いですよね。でも親はホッとしたかもしれない。
――徴兵検査の前に、幹部候補生の書類というようなものを教室で配ったみたいですけど。
嶋　私はその下ですからその経験はないです。
――話は戦後になるんですけど、彼の高等文官試験の成績というのがあんまり良くないんですね。一六七人中一三八番です。それでも大蔵省に行けたんですかね？
嶋　うーん、でも入った。
――試験と言えば、三島由紀夫が一高を受けて不合格だったという話もあるんですけどね。
嶋　いや、それは聞いてません。
――そういうケースはありえますか？　学習院の中等科から一高へ。
嶋　あんまり聞かないですけどね。あったのかなぁ？
――一高を受けるには、一応学習院から籍を抜かなければ受験できないという話もあるんですが……。合格すればいいですけれども。
嶋　籍を抜く？　そうかもしれませんね。
――一つ気になることをお聞きしたいんですが、昭和九年なんですけれども、三島由紀夫の祖父が明治天皇の宸筆と偽って書を売り捌こうとしたということで検挙されたことが新聞に出るんですね。一種の詐欺ですけれども、七月には不起訴となるというようなことらしいんですが、そういう話というのはお聞きになったことは？
嶋　いえ、聞いたことはないですね。ああ、そうですか。
――学習院内の空気としてそういうことが伝わっていたのか、それが伝わっていたら、孫の三島には何というんですかね、心理的な……。
嶋　まだ初等科ですね、昭和九年はね。親御さん同士でもそういう話は殆どしないんじゃないかな。しているかもしれないけど、子供の耳には入れないでしょうね。
――スポーツや運動はどうでしたか。馬場があったとか？

嶋　はい。二十頭はいなかったと思うんですが……。中学で必修でしたね。四年、五年位かな？　だから最後は、馬に乗って障害飛び越すぐらいまでいきましたよ。

——ほう。三島も一応はやらされてるわけですね。

嶋　ええ。当然やっていると思います。

——剣道も……

嶋　ええ、勿論そうです。剣道は中等科一年か二年が必修だったと思いました。

——弓もそうですか？

嶋　弓もそうですね。弓矢を撃つ先生というのがいて。

——学校としては運動は活発でしたよね。

嶋　そうですね。昔は東京高師付属中学と付属戦というのを定期的にやりまして、そのために人生暗かった記憶がありますよ。とにかく、練習がひどいでしょ。柔道なんか練習して夜遅くまでやって、それで家に帰ると、もう、家の階段が上れないくらい疲れちゃって……。という話を聞きましたけどね。三島由紀夫はそういうのは全く無縁だと思いますね。

——無縁でしょうね。初等科時代、やはり遠足とかそういうものはかなりあった？

嶋　ありましたね。遠足は江ノ島あたりまで行きましたよ。初等科一年では必ず江ノ島に行くのかな？　それから、校外運動というのがありまして、四列縦隊で。

——どの辺まで行くんですか？

嶋　学校から出るんですからね。明治神宮とか靖国神社とかそういうのが多かったような気がしますけど。校門から出て、並んで出かけるということはあったですね。戦時中は鉄砲かついでよく靖国神社とか行きました。明治通りで伊勢丹の横くらい通ったんでしょうかね。よく覚えてないですけど。昔はよく鉄砲担いで、なんか歩調を取れと言われて、門を入る時は勇ましく帰ってきました。教練で富士山麓へ行った時はあんまり歩かなかった。

——そういう場合は、割と汽車で近くまで。

嶋　ええ。そうですね。

——そういえば学習院も空襲を受けるわけですよね。

嶋　ええ。焼けましたよ、全部。

——どういう印象が残ってらっしゃいますか？

嶋　いやぁ、本当綺麗に焼けました。道場は残ったですよ。武道場が。あの時は剣道の先生がちょうど宿直で消したと言う有名な話がありますけど。三島由紀夫はその頃はもう……。

——勤労動員に行っていたんじゃないですか。

嶋　そう言えば、戦争の終わった時は、何人かの先生は追放されたんです。追放後、非常に困られて新宿の紀伊国屋の店頭に立っていた先生もいました。

——店員としてですか？

嶋　店員として。清水先生はですね、戦後すぐじゃないけど、なんか「漠然たる不安がある」ということで、辞めて郷里の広島に帰った。

■学習院の雰囲気の中で

――卒業して以降、三島とは何かコンタクトはおありでした？

嶋　直接はありませんが、ちょっと今思い出したんですけれども、私の友達で文芸部をやっているのがいて、三島由紀夫のところに挨拶に行ったら「あ、そう！」とか言って、「全然あいつはそっけない」とか言って怒っていたのがいましたよ。偉くなっちゃったなんて。なり過ぎたのかな？

――やっぱり『仮面の告白』以降は、本当に売れっ子作家というか有名人というか、そういう感じはございましたか？

嶋　そうですね。ちょっともう手が届かないというか、我々のレベルじゃないという感じで。

――『仮面の告白』はある意味で、学習院の雰囲気というのをよく伝える感じがあると思うんですけれども、それは実際にお読みになってどんな風に思われましたか？

嶋　弱ったなぁ。

――『仮面の告白』が出た時に、学習院を知らない読者から見ると、三島のことを貴族と思って「ああ、こういう貴族がいるのか。こういう小説を書いたのか」という受け止め方があったみたいなんですけど。

嶋　ああ、そうですか。あんまりそれは感じませんね。

――学習院におられた方はそうかもわからないけれど、僕らの常識としては学習院というのは基本的に皇族・貴族関係の子弟という認識が強かったわけです。

嶋　でも、むしろ平民の方が多いのかな？　分家というのがありますからね。そうなると、平民になっちゃうから。半分以上は平民じゃないですか？　平民か士族か。華族でも大名華族と公家華族、堂上華族とそれから、新華族というものもありますものね。

――あの時代の学習院に入る資格というのはどういうことになるんですか？

嶋　いえ、特になかったと思いますね。ただ、私が親から聞いたのでは、華族は必ず学習院に入ること。もし他の学校に入る場合は、宮内大臣の許可がいった。ですから私は小学校の一年だけ近所の学校に入りました。その時はやはりそういう許可が必要だったみたいですね。

――存じ上げないのですけど、どういうお家柄で？

嶋　私の場合は新華族です。私の曽祖父が日本で初めての理学博士なんですけどね。それで男爵になった。

――『花ざかりの森』の語り手は、自分が武家と公家の両方の血筋につながるみたいなことを書いてますね。実際とは違うわけですけれども。そういうものを読んで、何か違和感を持つというようなことは……。

嶋　どうなんでしょうね。私はあんまり感じないですけどね。

――学校で、自分の先祖について書けというような課題が出たりしましたか？

嶋　たまにあったような気はしますけども。

——そういうものを三島由紀夫は書かされて、なんていうんでしょう、ちょっと……。

嶋　あんまりそういうことは感じなかったんじゃないかな、そういう雰囲気でしたね。私だけがそうなのかもしれませんけれども。平民の人はそれなりに感じていたんでしょうか？

——彼の場合は王朝貴族に対して特別の意識を持っているような感じがしますからね。いわゆる宮中とか皇居の中に入れる機会が割合あったわけですか？

嶋　ええ。私どもはありました。フリーパスで行けたんです。華族の子供がある年齢に達しますと、「お裾もち」というのがありまして。それは華族の子弟じゃないといけないんですよ。

——すると三島は……？

嶋　やってないと思います。

——『春の雪』の最初のほうで出てきますけどね。詳しく書いてあります。

嶋　坊城さんが教えたのかもしれないですね。

——嶋さんもやられた？

嶋　ええ、やりました。でも、ただ後を付いていくだけです。昭和の十年くらいまでは、長い裾でね、引きずるから持っていた。でも私の時は昭和十二、三年かな。普通のスカートで、長く引きずるようなことはないですよね。妃殿下はね、そんなことはしない。ただ後を付いて歩いただけ。

——たとえば学校がありますと、休まなきゃならないということが起こってきますね。

嶋　でもあれは正月。元日ですからね。今思い出したのは、私が一緒にペアを組んだのは久我美子の兄貴か弟か、あれと一緒にペアになって、昭和天皇の後を付いていった。長い廊下でね、いつ振り返って、「もういいよ」と言われるか。「あぁ怖かった」って適当に帰ってきたの。

——でもそういうことをやらせてもらえない人間としては、やはり意識はするでしょうね。

嶋　戦争が激しくなって、空襲が激しくなった時に、華族の子供だけが宮中に行って天皇をお守りしようという話がありましたが、そういう時は区別しましたね。その時私は大名の華族に言われたのかな。華族の中でもそういうあれがあると、「やっぱり新華族は考えが違うね」って言われたの。華族の中でもそういうあれがあると、そこで感じましたけどね。やっぱり差別するほうはするんでしょうね。

——三島由紀夫の小説、お芝居、評論の中で特にこれが一番良いというようなものは？

嶋　あれなんだったかな。お芝居観に行ったことがありますね。『鹿鳴館』だったか。ちょうど地震があってね。水谷八重子が出ていたと思う。上からも落ちてきて。凄いよ。それは覚えているけれども。

——三島が亡くなった時はどんな印象をお持ちになりました？

嶋　やっぱり興奮しましたね。ちょうど通産省に行く用事があって、信号無視して勇ましく歩きました。

■解　題

本インタビューは、同時代に三島由紀夫と学習院で過ごされた嶋裕氏に、三島の想い出や当時の学習院について伺ったものである。

三島が学習院に在籍したのは、昭和六年（一九三一）四月の初等科入学から昭和十九年九月の高等科卒業までで、その間には、文芸部の機関誌への投稿や同人誌の発行などの活動を行った。昭和十六年には中等科時代に指導を受けた清水文雄を通して、「文芸文化」に「花ざかりの森」を発表、作家としての礎を築いていった。嶋裕氏は、大正十五年五月生まれで、学習院には初等科の二年次から高等科卒業まで在籍された。対談冒頭にもあるように、三島とは学習院の二級下にあたり、共通の教員から指導を受けてこられた。中等科時代では、清水文雄が舎監をしていた青雲寮に入っていた経験もある。

本インタビューでは、三島のエピソードのみならず、当時の学習院の具体的事実や雰囲気が詳しく語られている。作文の成績やいじめに関することなど、これまで伝えられてきた三島の初等科時代についても、当時の学習院を実際に知る立場から新たな観点が述べられており、興味深い。

言及されている三島の祖父・平岡定太郎が働いた〈一種の詐欺〉とは、定太郎が中心となって、「国家」と書かれた絹地の書を明治天皇の宸筆と偽り売却しようとしたというものである（昭和九年五月九日付「朝日新聞」）。動機は派手な生活から困窮したためと伝えられている（昭和九年五月九日付「朝日新聞」）。しかし、その二ヶ月後には、犯意があったという証拠が薄弱として不起訴となった（同年七月十八日付「朝日新聞」）。

なお、嶋氏は旧姓伊藤、東北大学理学部化学科を卒業後、日本カーリット㈱に勤務し、その後嶋ＤＢ情報研究所代表を勤めている。日本カーリット㈱の社報（昭43・10・15）には「私の読書―平岡さんのこと―」と題する文章を寄せ三島についての回想を記している。

（守谷亜紀子）

『決定版三島由紀夫全集』初収録作品事典 II

池野美穂 編

凡　例

一、本事典は、『決定版三島由紀夫全集　全42巻＋補巻＋別巻』（新潮社）に初収録された小説、戯曲（参考作品、異稿を含む）のうち、十三作品に関する事典である。今回扱わなかった作品については、本誌次号以降で取り上げる予定である。

二、【書誌】、【梗概】、【考察】の三項目で構成し、配列は現代仮名遣いによる五十音順とした。丸数字は全集収録巻を表す。

三、各項目執筆者は、安蒜貴子、池野美穂、武内佳代、外川希、原田桂、宮田ゆかり、村木佐和子、守谷亜紀子である。

四、各項目で言及される以下の文献の書誌は次のとおりである。

●昭和十六年九月十七日付け清水文雄宛未発送書簡「これらの作品をおみせするについて」「新潮」（平15・2月号）→『師・清水文雄への手紙』（新潮社、平15・8）→『決定版三島由紀夫全集38巻』

●観劇ノート「平岡公威劇評集①」（昭和十七年一月〜十九年二月）詳細は『決定版三島由紀夫全集15巻』「解題」七二一頁参照。

●佐藤秀明「三島由紀夫の未発表作品―新出資料の意味するもの」（「国文学」平12・9）

「怪物」異稿1（小説）

【書誌】Ｂ４版四百字詰「ＲＳＬ」原稿用紙三枚。使用原稿用紙と、作中に登場する「舶来のコールド・クリーム」が、昭和二十二年頃から化粧下に使われるようになり、二十六年頃流行したことから、執筆時期は昭和二十四年以後か。⑳

【梗概】南家の末弟を主人公とする三人称小説。長女・豊子、長男、そして泰蔵《たいぞう》の三人の子どものいる南家は、衆議院議員の父とＰＴＡ幹事の母からなる、申し分のない家庭である。だが、十四歳になる泰蔵の成長ぶりには両親も手を焼いている。泰蔵は子どもらしからぬ、気色の悪い子どもであった。彼はやみくもに悲しくなっては「悲しい」と口に出したり、紙に書き連ねたりして号泣するのだったが、こうした行いの根本には無感動な精神があると大人たちに思わせた。（以下、中断）

【考察】同名の発表作「怪物」（昭24・12）、「「怪物」異稿2」とは内容が全く異なる。また、異稿1の「怪物」のプロットが、三島の他作品に活かされたのかどうか不明である。

　主人公の少年はやみくもに「悲しみ」を覚えるが、周囲には「無感動」の少年と思わせるところがある少年である。そしてまた、この「悲しみ」の内実は描かれることがない。少年の綴る「悲しみ」という文句は、少年にとっては、ある本の引用であるという「女なんてキノコだ。」の文句と同質であるのではないか。題名の「怪物」が示唆するのは、内実の伴わない人工の「悲しみ」を拵える泰蔵であるとも考えられる。

　苦悩を拵えてそれに身を委ねるモチーフは、昭和二十四年の範囲では「幸福という病気の療法」に顕著に見られる。

　また、「女なんてキノコだ。」という文句の記された著書については、出典があるか現時点では不明だが、西欧においてキノコは女の乳房や、短命なものの比喩として用いられることがある。

（『イメージ・シンボル事典』昭59・3）　（守谷）

「怪物」異稿2（小説）

【書誌】Ｂ４版四百字詰「ＲＳＬ」原稿用紙四枚。使用原稿用紙と、同名発表作「怪物」の執筆時期から、執筆時期は昭和二十四年ごろか。⑳

【梗概】小説。立花鶴子は娘の悌子《ていこ》の姑・川上武子の陰口をきき、そこから諍いが起きた。立花、川上両家にいる間諜が、それぞれに報告をしたのである。武子は悌子宛ての郵便物はすべて目を通しており、悌子もまたそのことを知っていた。武子は、夫が脳病院に入りきりのため、家事万般をこなす一方顧問格の番頭上がり・杉村と慇懃を通じ、それが鶴子に陰口を言わせる原因となったのだが、外から見れば、嫁いびりなどするようには見えない非の打ち所のない立派な姑だった。（以下、中断）

【考察】同名の発表作「怪物」とは全く内容が異なる。また、「「怪物」異稿１」とも異なる。鶴子の存在や設定を考えると、単なる嫁姑の諍いを書くのではなく、もう少し複雑な構成を考えていたのではないか。

　「「怪物」異稿１」と併せて考えたとき、いずれも、世間からみれば申し分のない環境にいながら、内実は「怪物」的な側面を持つ人物を描こうとしていたことがわかる。

（池野）

花山院（かざんいん）（小説）

【書誌】Ｂ４判四百字詰「ＫＳ原稿用紙」十枚。擱筆は昭和十六年二月十六日。学習院中等科四年時に提出した課題らしく、「第拾回　花山院　四南　平岡公威」との表記があり、「第拾回」は提出回数とみられる。また、題名に「◎◎」の印が付けられ、敬語の用法などを高く評価する講評が末尾に記されているが、これは当時の作文担当教員の清水文雄によるものか。⑮

【梗概】『大鏡』の花山天皇退位説話に材を取った小品で、前半と後半にわかれている。

　出家を目前にして思いまどっている花山天皇に、藤原道兼が心変わりをさせまいと出立を急かす。月明かりに亡き弘徽殿《こきでん》の女御の面影を重ねみる天皇は、自らの決意の浅はかさを後悔もするが、逡巡の末、道兼と出立する。二人を乗せた御車が安倍晴明邸の前を通りかかった際、天皇退位の天変に気づいて急いで式神を内裏へやる晴明の声が門前まで響いてくる。天皇は感涙にむせぶが、道兼は動揺する。式神の渡りに、にわかに辺りは神の気配に満ちる。それを平然と感受する花山天皇の姿に、道兼は思わず心のなかで合掌する。

【考察】題材については、『三島由紀夫短篇全集３』「あとがき」（講談社、昭40・5）に、〈少年時代から「大鏡」の花山院退位の件を愛誦して〉おり、〈「大鏡」の中で一等美しい挿話だと思はれる〉とあり、また、昭和十六年一月二十一日付東文彦宛書簡に、〈一時は説話体に魅力を覚え、中等科一年の暮「大鏡」を訳しはじめました。たのしい仕事でした。〉といった記述があることから、当時の三島の『大鏡』への思い入れが窺える。

本作には追記として自作解説があり、中等科三年から読んでいる三浦圭三の註釈本に依拠している（三島の蔵書にある三浦圭三校注『校注標準大鏡』（啓松堂、昭8・5）だと考えられる）ことや、〈今とりか丶つてゐる敬語体の小説の練習のやうな意味〉をもっていること、中等科一年からはじめた〈説話体としての大鏡の模倣〉が、谷崎潤一郎『盲目物語』に刺戟をうけつつ「館」（昭14・11）の創作につながったことなども記されている。当時取りかかっていた〈敬語体の小説〉とは、時期的にみて「これらの作品をおみせするについて」で〈敬語をこ丶ろみました〉と記している「ミラノ或ひはルツェルンの物語」（⑳収録）と推定される。

のちに発表した、同じ題材で晴明を主人公とする同名小説「花山院」（「婦人朝日」昭25・1）に比べ、運命を受け入れてゆく花山天皇の静かな物思いと、出家を急かす道兼の卑小ぶりとの対比によって、天皇の聡明さ・神聖さがより強調された作品である。結末の天皇と晴明との神秘性の共有が、その構図をさらに色濃くしている。天皇が出立前に道兼ら摂関家の謀略を悟ること、女御の手紙を携えることなどは『大鏡』とは異なり、三島の創作である。また、有明の月が花山天皇の心と響き合う重要モチーフとして描かれていることも見逃せないだろう。

（武内）

無題（「黒川伯爵家の……」）〈戯曲〉

【書誌】表紙紛失のため、題不明。B5版二百字詰「日本蚕糸統制株式会社」原稿用紙十三枚。執筆時期は使用原稿用紙から、昭和二十年前後頃か。㉕

【概要】黒川伯爵家での、ある午後から始まる戯曲。

姉の葉子は、弟の信熙が常に考えごとをしているのが気になる。信熙は、皆が自分のいるべき所にいさせてくれずに指図されている気がする一方、構って貰えないと死ぬほど淋しいという。

その後、信熙《のぶてる》は母に先日の旅行が二人連れであったことを問い詰めると、母は姉の許婚と共に一泊したことを明かす。（以下、中断）

【考察】葉子と信熙の会話で構成されているが、末尾部分は作品の構想案となっている。母の不貞の事件、そしてそれが明らかになるのがいつのことなのかは不明であるが、文脈から考えて、姉弟の会話の後であると類推される。

信熙の語る孤独や満たされない思いは、「「怪物」異稿　1」（本誌一七〇頁参照）の泰蔵にも共通するが、いずれも未完である。この孤独感はやがて「招かれざる客」（「書評」昭22・9）の冒頭〈僕はどこにゐてもその場に相応しくない人間であるやうに思はれる〉という一文に示され、「仮面の告白」（昭24・7）にも活かされていると見ることも可能だろう。また、「招かれざる客」には戯曲を〈人間がたゞ言葉だけでつながつてゐるといふことの怖ろしさ〉を端的に表現する形式であるとする三島の戯曲観も記されている。

本作は、信熙が一方的に心内を語るにとどまり、戯曲として成立しなかったと思われる。同じくほぼ独白で構成されている「卒塔婆小町」（「群像」昭27・1）のように、会話が成立していないものの、戯曲として成り立っている作品と比べると、戯曲の構成方法を模索している様子が窺える。

（宮田）

歌劇台本　潮騒（しおさい）〈歌劇台本素案〉

【書誌】B4判四百字詰「OKINA」原稿用紙十一枚。全集収録はそのうち第一幕舞台図を含む七枚。執筆年月は不明だが、原稿用紙から類推し、昭和四十年頃か。㉕

【梗概】小説「潮騒」（昭29・6）の歌劇台本のプロット案。

盛夏の四日間、歌島での新治と初江の恋が四幕構成で繰り広げられる。

【考察】タイトルには「台本」と書かれているが、会話等は記されておらず、箇条書きで展開のみが書かれている。また、冒頭に〈時――盛夏の四日間〉とあるが、四幕のそれぞれの舞台設定（あるいは舞台装置）を記した箇所には、四幕すべてを括弧でくくり〈夏の一週間〉ともあり、また、歌劇化が実現しなかったことなどからも、三島自身の中で明確な完成図が描かれていなかったと考えられる。

執筆時期と思われる昭和四〇年前後は、三島の作品の舞台化、映画化が多くなされており、三島自身、戯曲を多く執筆し、欧米を訪れた際にはオペラや演劇を度々観劇してもいる。とりわけオペラについては、昭和三十八年一月に日生劇場の昭和三十九年春の講演のため、黛敏郎と組んでオペラを書くことを契約している。これがのちのオペラ「美濃子」（『喜びの琴　附・美濃子』新潮社、昭39・2）であるが、結局黛の作曲が間に合わず、上演が延期となったため、三島は黛と絶縁し、上演計画も破棄したという経緯がある（㊷「年譜」）。それゆえ、オペラへの執着も深かったのではないだろうか。

また、昭和三十九年四月には、吉永小百合主演の映画「潮騒」が封切られており、オペラ化への意欲の裏にはこのような背景もあるといえよう。

（宮田）

耀子（てるこ）〈小説〉

【書誌】B4版四百字詰「平岡」名入り原稿用紙二十二枚。題の下に「（未定稿）」と表記がある。末尾に「21・6・27」と脱稿日の記入がある。⑯

【梗概】江木の勤めるN国策会社に、岡耀子が入社してきた。初対面の日、会社からの帰路、二人は電車に同乗する。空襲警報が鳴り、途中で停車してしまった電車を降りて、江木は耀子を家まで送る。自宅での耀子は江木に媚態を示し、江木を引きとめる。敵機の爆音が響く中、二人は同衾した。翌朝、罹災者の雑踏の中に立った江木は、戦争というものが極めて物狂おしい、不真面目な事態であるかのように感じる。

【考察】「盗賊」の創作ノート（①収録）に付された「断章」にある「耀子」の創作ノートの断片によれば、「耀子」は四つの断章に分けて構想されている。設定には本文との異同もあるが、「二、馴れ染め、夜の空襲」、「四、思い返すとこの時代にはどんな不条理も恕されるように思われた」など、作品の骨格は示されている。

本作では、戦時下の人々の非日常的な心理状態が、初対面で関係を持つ男女の姿を通して語られる。末尾部分では「祭りに踊りつかれて皈ってきた人のよう」な罹災者の姿、戦局の誤報を大声で話す「赭顔《あからがお》の男」など、祭りの酩酊状態を示す表現がある。

　また、胸の病気を召集回避に利用する江木と、耀子の戦死した美しい海軍士官の兄とが、耀子によって比較される構図には、誤診により徴用を免れた三島自身の来歴の影響があるか。（村木）

馬車（ばしゃ）〈小説〉

【書誌】表紙が赤い布張りのノートに書かれたもの。このノートには他に「聖らかなる内在」（⑳収録、「三島由紀夫研究① 三島由紀夫の出発」一四四頁参照）、「『青垣山抄』ノオト」「あき子夫人の伝」（㊵収録）なども書かれている。⑳
【梗概】愛想良く振る舞うことのできない〈僕〉が、家の馬車とその周りにいる人々を窓から見下ろしている。そこに、雇い馬車らしい、新しい馬車がやって来た。（以下、中断）
【考察】「花ざかりの森」（昭19・10）の一部習作である「あき子夫人の伝」や「青垣山の物語」（いずれも⑳収録、「三島由紀夫研究① 三島由紀夫の出発」一四一頁参照）が同じノートに記されていることから、執筆時期は昭和十七年ごろか。
　窓の外の出来事を見るという行為は、三島の小説にしばしば登場する。また、何か（＝椿事）を待つという構図を持つ作品は、詩「凶ごと」（昭和十五年一月十五日）や、小品「童話三昧」（昭和十五年三月十四日擱筆）など早くからみられ、「真夏の死」（「新潮」昭27・10）の重要なモチーフともなっている。（外川）

舞踊台本　橋づくし（はしづくし）〈舞踊台本〉

【書誌】「柳橋みどり会プログラム」（昭33・10）に発表。第十一回柳橋みどり会（昭33・10・26〜31）において、東京・明治座で初演された。㉓
【梗概】短編小説「橋づくし」（文芸春秋、昭31・12）を舞踊化した作品で、「艶競近松娘《はでくらべちかまつむすめ》」（昭26・10）、「室町反魂香《むろまちはんごんこう》」（昭28・10）につぎ、柳橋みどり会のために書いた三作目の舞踏台本。
　陰暦八月十五日の望月の夜、願掛けのために、料亭の娘の満佐子は女中を連れ、女四人で七つの橋を渡る。願掛けには、全ての橋を渡り終えるまで口をきいてはいけないなど、幾つかの掟がある。最終的に、掟を全て満たして無事に七つの橋を渡り終えたのは、女中のみなだけだった。願い事の内容を詰問する満佐子に、願掛けが終わっても、みなは黙して語らない。
【考察】柳橋みどり会は、昭和二十三年三月に創始された「柳橋芸能会」に起源を持つ舞踊の会。タウン紙「柳橋新聞」第9号（昭33・10・15）には、第十一回柳橋みどり会の特集が組まれており、「「橋づくし」について―作者三島由紀夫氏に聞く」の記事に〈発表された短編小説のそのままの舞踊化で、こんどの「みどり会」公演にあたつては、台詞をぜんぜん使わずに、舞踊そのものの表現力と小道具などで小説の持ち味を生かすよう〉気を配ったことが書かれている。
　三島由紀夫と柳橋みどり会との関わりについては、高橋誠一郎「三島由紀夫君、思い出すまま」（「三田評論」昭46・3→『芝居のうわさ』青蛙房、平10・7）に詳しい。当時、新進作家を求めていた柳橋みどり会に、高橋誠一郎、芦原英了《あしはらえいりょう》を通して、三島由紀夫が紹介された。
　なお、作品の筋立ては、赤坂の料亭で聞いた「七つの橋」の話に取材されている。（村木）

「春子」異稿〔小説〕

【書誌】「春子」異稿というタイトルの草稿は二種類（B5判二百字詰「石油時報原稿用紙」二十二枚とB4判四百字詰「平岡」名入り原稿用紙七十二枚）ある。いずれも、ほとんど改稿の断片の集積であり、全集収録は発表作「春子」（「人間」昭22・12月別冊）から削除された後者草稿の冒頭部分二枚。執筆年月日は使用原稿用紙から推定し、昭和二十一年から二十二年の間頃か。⑳

【梗概】春子、路子姉妹と共に過ごした秋を巡る〈私〉の回想。

　空襲前の秋がまるで臨終の安息のように美しかったのは、死んだ多くの人々にとって人生最後の秋だったからである。空襲によって春子と路子を失った〈私〉にとっても、姉妹と共に過ごした秋は、人生最後の秋だったといえるだろう。（以下、割愛）

【考察】二冊の「春子」創作ノート（⑯収録）のうち、表紙に「創作ノート　三島由紀夫」と記されたノートには、本作と同様に空襲前の美しい秋について書いたパラグラフがあるが、発表作「春子」では、春子、路子姉妹が死ぬというストーリーではなくなっているためか、削除されている。

　改稿には、〈「人間」の別冊小説特集のために、依頼を受けた私は、大いにはりきつて百余枚を書き、木村徳三編集長のところへ持つて行つたが〉、木村が〈いくつかの冗漫な箇所を指定し、その場で私は氏の言葉どほりどんどん削つて行つて、八十枚ばかりにした。〉（「短編集『真夏の死』解説」昭45・7）という経緯がある。そして「春子」の出来を〈元の原稿に比べてその引締り具合はわれながら愕くほどで、木村氏は当時の私にとつて、神の如き技術的指導者だつた。〉（同）と記しているが、木村の著書『文芸編集者　その跫音』（昭57・6）によれば〈三島君が作品を届けるごとに、すぐに読んで読後感を伝え、細部にわたる助言を惜しまなかった〉ものの、〈書き直された原稿は、私の助言を容れたばかりか、はるかに上まわる巧みな描写で補われてあ〉ったことを強調している。

　発表作「春子」は、官能性によって人間関係の修羅を重層化させ、最後に〈何か別の唇が私の唇に乗り憑つたのが感じられた〉ことで、〈私〉、春子、路子との三人の世界が完結しているが、「春子」異稿では、観念的な死の幻想に浸りながらも生き延びて二人を回想する〈私〉と、戦争という時代性の犠牲となった姉妹との間に隔たりが生まれている。その意味で、発表作「春子」は確かに引き締まったといえよう。（原田）

坊城伯の夜宴――我が友坊城俊民氏に――
（ぼうじょうはくのやえん）〔小説〕

【書誌】B5判二百字詰「日本蚕糸統制《さんしとうせい》株式会社」原稿用紙六枚。ほかに表紙一枚。表に「坊城伯の夜宴　三島由紀夫」、裏に「わが友　坊城俊民《ぼうじょうとしたみ》氏に」と記入。三島由紀夫という署名と、原稿用紙から、執筆時期は昭和十六年八月以降、昭和二十年前後か。⑳

【梗概】本朝のリラダン伯爵坊城俊民と〈私〉は散歩から帰り、坊城の館の書斎に入る。坊城はそこを嫌ったが、〈私〉はギリシャ悲劇の大詰めの場のようなそこを、話をするのに良しとした。

　坊城は朝起きるといつも、この一日を永遠の中の一日にしてやろう、一日の中の一日にはすまいと考える。彼は一回性（アインマーリヒカイト）なる病に冒されており、〈私〉がしきりに輪廻というのが癪にさわるばかりだという。（以下、中断）

【考察】坊城俊民は三島由紀夫の学習院中等部時代の八歳年上の先輩。同じく三島の先輩・東文彦と連名で『幼い詩人　夜宴』（昭15・1）を出版している。（「幼い詩人」が東の作品で、「夜宴」が坊城の作品。）

「夜宴」は、〈わたし〉とヴィリエ・ド・リラダンをはじめとする四人の詩人と、九人の〈不死の神々〉による、一夜の幻の宴を書いた短い小説である。「坊城伯の夜宴」は、坊城との仲が疎遠になりつつあった頃に書かれたものと類推されるが、リラダンが貴族の家系でありながら没落したことと、伯爵家の出身である坊城を〈本朝のリラダン〉と記していること、原稿用紙裏面にわざわざ「わが友　坊城俊民氏に」（傍点、引用者）と書かれていることなどから、坊城への〈あんな我侭な方とはどのみち長く理解することはできないと思ふもの、、時々なんとなくまだ整理しきれないものが胸に残つてゐるやうないやな気持〉（昭和十六年十二月二十七日付東文彦宛書簡）が表現されているといえよう。

また、一回性や輪廻という三島にとっての重要なモチーフが早々と現れている。（外川）

やがてみ盾と（やがてみたてと）〈対話劇〉

【書誌】謄写版で印刷されたB４判藁半紙十一枚。学習院輔仁会《ほじんかい》春季文化大会（昭18・6・6）で上演された学校劇の台本。作・演出、平岡公威、音楽・舞台効果、新井高宗、大岡忠輔、三谷信らのスタッフ名や、詳細なト書きの他、舞台上の配置図案も記されている。また、異稿として「A４」原稿用紙三枚の「御穹守」（中断）が遺されている。㉑

【梗概】二幕四場からなる対話劇。

学校の防空演習中、病弱な春川友信が倒れた。学友たちは身を挺して学校を守ろうという春川の忠義心を目の当たりにし奮起する。しかし春川は、病弱な体ゆえに与えてしまった影響であるといたたまれない気持ちになり、この機会に体を鍛えようと決意し、学友に申し出る。来年兵役検査を受ける春川を鍛えることは、国に尽くすことでもあると学友は同意し、のちに逞しく成長した春川は弓道の試合でチームの勝利に貢献する。その年の秋、春川は戦場に旅立ち、彼を鍛え上げた学友たちは日本の輝かしい未来に想いを馳せる。

【考察】㊷「年譜」によれば、当初三島は翻訳劇を企画したが、当時の学習院院長・山梨勝之進から許可が出ず、本作をやむなく書いたという経緯がある。大会プログラムにあるように〈学生の士気を鼓舞し戦時の学生としての正しい立場を明らかにする〉、国のために身を挺すことを美徳とする作品となっており、学校を挙げて国家に尽くすといった戦時下の色彩が色濃い。

しかし一方で、国家主義の下、病弱な春川が肉体を鍛えることで輝かしい栄光を得る本作は、兵役検査で誤診され、即日帰郷となった三島の、肉体に対するコンプレックスを打破しようとする願望を早々と示しているともいえよう。

なお、本作以降にも、勤労動員を踏まえた戯曲「魔人礼拝」（「改造」昭25・3、4）「若人よ蘇れ」（「群像」昭29・6）などがあり、戦時下の病弱な青年を描いている点が共通する。また、比較的モノローグ的になりがちな三島演劇において、本作は複数の人物が登場しており、群集劇のルーツといえるのではないか。

（原田）

頼政　一幕（「あやめ」異稿）（よりまさ）〔戯曲〕

【書誌】戯曲「あやめ」（「婦人文庫」昭23・5）の異稿。B5判二百字詰「日本蚕糸統制《さんしとうせい》株式会社」原稿用紙十五枚、表紙一枚。使用原稿用紙および同テーマで書かれた「菖蒲前《あやめのまえ》」（「現代」昭20・10）、「あやめ」の発表時期により、昭和二十年頃から昭和二十三年頃までに執筆されたと推定される。ほかに同原稿用紙二十五枚の「あやめ」の草稿と、レポート用紙一枚のメモ書きがある。㉕

【梗概】永暦元年の夏、五月雨のあがった薄暮れ時に菖蒲前の実家の庭で、女房たち、二十四、五歳の〈甲〉と二十歳ばかりの〈乙〉の世間話をしている。都での怪異譚、近ごろ帝の寵愛を失った菖蒲前が鵺退治の褒美として頼政に下賜されることなどが語られ、やがて夕月がかかると、女房二人は、今いる庭が〈前生〉を想起させることや菖蒲前が幼時からその庭の檀の木を愛していたことなど、転生を暗示するような話をはじめる。里帰り以来塞ぎきっていた菖蒲前が、三日目の就寝中に突然頼政の名を口にしたのち、自分たちだけを残してすぐさま内裏へ戻ってしまった経緯が話され、女房〈乙〉は〈その頼政といふ人は、まだお目に触れたこともございませぬに〉と洩らす。（以下、中断）

【考察】『源平盛衰記』巻十六「菖蒲前事《あやめのまえのこと》」、『太平記』巻二十一「塩冶判官讒死事《えんやほうがんざんしのこと》」、浄瑠璃「菖蒲前操弦《あやめのまえみさおのゆみはり》」を主な典拠としている。ほかに、同じ頼政と菖蒲前の恋というテーマで、三島は、小説「菖蒲前」、「あやめ」の二作品を描いている。

　メモ書きによって、本作は当初の構想のうち、一幕目「菖蒲の前の二人の女房の対話」だけで中断したもので、内容的にみて、のちに二幕目・三幕目のみが一幕物「あやめ」として作品化されたことがわかる。しかし本作の内容は「あやめ」に部分的に活かされており、とりわけ、転生を暗示する部分が多く取り込まれていることは注目すべき点である。たとえば、女房たちが雨後の月下で庭が前世を喚起させることを語り合う場面や、菖蒲前が幼時より檀の木を愛したという設定が、「あやめ」では、檀の木々たちや頼政などの科白となってあらわれている。転生というテーマは「菖蒲前」には全く見られないが、「菖蒲前」創作ノート⑯に〈菖蒲前と頼政の恋は前世の因縁なりと言伝へたり〉や〈All is因縁　All is因果　All is輪廻〉といった転生に関わるメモ書きが散見されることからも、三島がかなり早くから転生に強い関心を抱いていた証左となるだろう。

（武内）

長唄　螺鈿（らでん）〔長唄〕

【書誌】三ミリ角の方眼紙のノートの断片二枚に書かれている。創作年月日は不明だが、書体から見て十代のものと思われる。㉕

【梗概】螺鈿の美しさを、恋しい女性の姿や、街の灯火などに重ね合わせ、長唄に乗せて唄う。（中断）

【考察】三島は十代のころから、歌劇や戯曲など様々なジャンルの芸術に興味を持ち、自身でもそれらを手掛けようと試みた。長唄もその一つであることが窺える。視覚に訴える陰影や色彩に終始せず、〈吐息〉や〈牛車の響き〉といった聴覚的な表現を用いることで、単なる螺鈿の美以上の意味を想像させる。

（安蒜）

書評

松本健一著『三島由紀夫の二・二六事件』

松本　徹

著者も引用しているが、三島は「私が興味をもつ昭和史の諸現象の背後にはいつも奇聳な峰のやうに北一輝の支那服を着た痩軀が佇んでゐた」（「北一輝論—『日本改造法案大綱』を中心として」）と書いた。そして、その「昭和史の諸現象」のなかでも二・二六事件に関心を集中させたが、その事件の思想的指導者と見なされて、民間人でただ一人処刑されたのが北一輝であった。

それだけに、北一輝について大部の評伝を著すなど、今日、最も詳しい著者の手になる本書を見逃すわけにはいくまい。そして、小著ながら、この著者にして初めて書き得たといってよい、興味深い指摘、考察の盛られた、充実した一書と言ってよかろう。

例えば、『憂国』を書いた段階と『英霊の聲』の段階とでは大きく違い、そこに磯部浅一の存在を見るが、そのとおりだと思う。また、霊媒によって二・二六事件の青年将校と特攻隊員たちの声を聞くという『英霊の聲』の設定は、「霊学筌蹄」に依拠しているが、その著者友清歓真が大本教の出口王仁三郎の帰神法に学んで書いたことを明らかにするとともに、その帰神法が、現世で裏切られ鬼門に押し込められた神を表へ出し、その怨嗟を言葉にする方法であり、三島の意図にぴったりだとの指摘も意味深い。著者はそこから、北も出口に対して関心を寄せており、三島とほぼ同じ「精神の位相」にあったのではないだろうかと問いかける。はなはだ誘惑的な見方と言わなくてはならない。

そうかと思うと、磯部浅一について、その矯激なルサンチマンによって最後には致命的な国体否定者に転化したと橋川文三が述べているのに対して、三島が疑問を呈するのに賛同する。この見解も正確だろうと評者は思う。

しかし、本書の中心は、二・二六事件を北一輝と昭和天皇のぶつかり合いと捉えた叙述にある。「天皇の国家」を変革して、「国民の国家」を実現するため、天皇という「機関」を逆手にとろうとしたのが、北一輝の考えで、そのためにすべてを天皇に帰一させる。そうすれば「天皇がデクノボー」だということが判然とし、天皇制は崩壊するだろうとするのである。この予測に基づいて青年将校たちを駆り立て、二・二六事件を引き起したが、当の天皇は、「デクノボー」どころか、立憲君主として明確な意志を持ち、かつ、それを表明し、断固と処断した。そして、「一時は、革命家（北）のほうに奪われていた『兜』（軍）を、たった一人で取り返し」、勝利を収めたとする。

失敗したものの、この北の天皇観に、三島は冷血な悪魔的巧知を見た。著者は、一部に思い違いがあると指摘するものの、大筋で三島の見方を認める。ただし、そこで自分は三島と別れ、北の側に立つと立場を鮮明にするのだ。すなわち、「国民の国家」の枠組みのなかでの天皇の在り方をよしとするためである。それとともに、北が『日本改造法案大綱』で述べたことの多くが、図らずも敗戦によって実現されたと、三島は無念さを抱えて指摘したが、著者は逆に肯定的に述べる。

そうして、三島の最期は「美しいものを見ようとして現実の政治的なる天皇像に目をつぶった結果」であるとして、先の自著『三島由紀夫亡命伝説』の次の一節を引用する、「人間天皇の君臨する現在の象徴天皇制国家から『美しい天皇』をともなってあの世へ亡命した」のだ、と。

　この文学的に過ぎる表現に、評者にしても多少誘惑を覚えないわけではないが、遁辞に流れているのではないかとの疑念を覚える。三島は「亡命」などまったく考えなかったからこそ自決したのではなかったか。

　また著者は、北が日々神仏のお告げを聞いて判断の糧にしていたことを詳しく述べているが、それなら天皇の祭祀の王とでも言うべき側面について、いま少し考察を加えるべきだったのではなかろうか。天皇が「無私」の君主であることを指摘しているが、その「無私」を成立させているのは、祭祀の王たることによってである。そうした点からも、天皇が立憲君主として振る舞ったことを糾弾し、神的在り方に繋がることを厳しく要求した三島の立場に、いま少し理解を示してもよかったのではないか。

　三島は北一輝に「生々とした混沌」を見ていたが、その「絶対の価値といふものに対して冷酷」（三島由紀夫）だった政治思想家の側面に、著者は身を寄せて、整理し、それぞれの立場の違いを際立たせて見せてくれているのだ。本書は、そこに意味があるのだろうが、保阪正康との対談「二・二六事件と三島由紀夫」（『昭和』朝日新聞社刊所収）で、今上天皇が現憲法の遵守を明言したことに対し、「政治的な権力や権力闘争を超えた、文化的な存在であるとするならば、そういうことを言ってはいけない」と批判しているのは、三島の「文化概念としての天皇」を受け継ぐものと認められるように思われる。そうだとすれば、著者は自著の「亡命伝説」から踏み出す必要があるように思われるがどうであろうか。

（文春新書、七一〇円＋税）

堂本正樹著『回想　回転扉の三島由紀夫』

松本　徹

　六年前、「文学界」平成十二年（二〇〇〇）十一月号に発表され時、一読して言いようのない衝撃を受けた。三島由紀夫に関する多くの文章のなかでも福島次郎『剣と寒紅』と並ぶ出色のものと思った。だから、本にならないのが不思議であったが、ようやく文春新書の一冊となり、さっそく再読した。そして、その衝撃力の衰えていないのを確認することができた。三島由紀夫という偉才と堂本正樹というこれまた奇才と言ってよい二人が、特異なエロスの領域で交感しあっているさまが、あからさまに語られているのだ。

　三島は、驚くほど多面的な人間で、かつ、ある一面で深い係わりを持った人に対して、他の面をほとんど見せなかった。多分、三島独特の芸術家としての在り方に根差していると思われるが、著者はそのことを早々に察知した上で、深い付き合いをつづけた。それも美意識、官能性をなににもまして優先させる自らの姿勢を貫いて。

　ただし、著者は能に詳しい優れた劇作家・演出家となったから、三島としても、一面だけにとどまらず、他の面へも越境した。そのことが、本書を成立させる足場となっているようである。そして、著者の才筆もさることながら、誰も描き得ない三島の姿を立体的に描き出すことになったと思われる。

記述は、昭和二十四年（一九四九）、まだ旧制中学四年（新制高校一年）だった著者がたまたま手にした三島の「中村芝翫論」に心を奪われたことから書き出される。そして間もなく、銀座のブランズウィックで三島に紹介され、数日後、『仮面の告白』が発売される直前に関係を持ったことが明かされる。やがて二人は、和本の『聚楽物語』に添えられた無惨絵を前に、模造刀を使って切腹ごっこをするが、以降、機会あるごとに繰り返し、そのなかから三島は、榊山保のペンネームで『愛の処刑』を書き、その純文学版と言っていい『憂国』を発表、さらに映画『憂国』を、最初は著者堂本の「監督作品」（本書に掲載されている著者所持のシナリオにそうある）として計画、結局は「演出」として、製作された経緯がつづられる。撮影は二日にわたったが、両日とも出掛ける朝、帝国ホテルの部屋で、この遊びを演じたことに触れられる。

この切腹への偏執が、『英霊の聲』『奔馬』、映画「人斬り」の出演へと繋がっていることも指摘する。

こうした記述が三島のある側面しか伝えないのは確かであろう。著者もそのことをよく承知している、というよりも、あえて側面に限定することを選んでいる、と見るべきだろう。先にも指摘したように官能性を重んじる立場を取り、そこに徹底することを意志しているのである。本書は、そうすることによっていまなお衝撃性を持ち得ているのだ。

いま繰り返し衝撃性を言ったが、平凡な暮らししか知らない評者のような人間にとっては、ここに書かれているような事柄は受け入れにくい。しかし、自分なりに納得しようとしたことが、拙著『三島由紀夫エロスの劇』（作品社）を書く一因となった。三島にあって性の目覚めはそのまま近親相姦への恐怖となり、その禁忌を回避しながら、性的欲求を発動させるのを可能にしたのが同性愛の領域にほかならず、そこから汎エロティシズムへと進んだのが、三島独自の「エロスの劇」の基軸だったという見方を、作品の分析を通して提出したが、この見方の当否はともかく、芸術家三島由紀夫について考えるためには、その官能の深みへ踏み込まなくてはならないことを、本書は強く訴えるのである。そのことの重みをわれわれは今後とも受け止めていかなくてはなるまい。（文春新書、七一〇円＋税）

松本徹著『三島由紀夫 エロスの劇』

有元伸子

昨年末に刊行された『あめつちを動かす三島由紀夫論集』のあとがきで、松本徹氏は、半年前に上梓した本書を「生涯をつうじて創作活動へと突き動かしつづけたものを、多くの作品にさぐり、三島自身の内の、「汎エロティシズム」としか言いようのない広がりを持つエロスの、奔放だが必死の想いに貫かれた劇的とも言える展開ぶり、そして、それが根差すところを明らかにしようとした」と総括している。この自解に本書の目的は言い尽くされていよう。

また、一九七三年の『三島由紀夫論　失墜を拒んだイカロス』以来、氏は一貫して文学者としての三島由紀夫に焦点をあて、多くの作品を取り上げて、その一作一作を精緻に分析することで三島の文学活動の全体を俯瞰する方法をとってきた。本書でもそのスタイルは踏襲されている。前著『三島由紀夫の最期』で三島の最期へと向かう足どりをたどり、本書で創作の源泉たるエロスの様相を剔出し、次作で文化と天皇のあり方が検討される。『年表作家読本　三島由紀夫』などの精密な伝記研究の仕事に裏づけられながら、一書ごとに定められたテーマに従って長短篇小説や戯曲群が自在に参照され、多面的な作家と作品の姿が明らかになる。松本氏の三島研究は、いわば螺旋を描きながら深化していくのである。

本書の構成であるが、冒頭に遺作『豊饒の海』考が配置される。「第一章　雅びのヒロイン―『春の雪』」で、三島が従来扱ってきた数多くの女性像を溶かし込みながら創出した綾倉聡子を理想像として提示し、「第二章　裏切る女―『奔馬』『暁の寺』『天人五衰』」で聡子と対照的な女性像が示される。次いで第三章では、『奔馬』の勲が見た女への変身の夢を軸として、作家出発期の『春子』へと時間を遡る。ここからはほぼ年代順に、三島作品に現れる女性像の変遷とエロスの劇の様相が追究されていくのである。続く「第四章　純粋無垢な愛―『苧菟と瑪耶』から『盗賊』へ」は、本書前半の核をなす。『仮面の告白』の園子のモデルとなった女性との間の「接吻」の原体験が、「純粋無垢な愛」への憧れとして変奏されながら繰り返し作品化される様がたどられるのだ。

つづいて『仮面の告白』『禁色』などを素材に、作者三島と作中人物とを結びつけながら「同性愛」に焦点が移る。とくに、創作ノートや堂本正樹氏の証言などを補助線に、『青の時代』を書く意欲が失せ、性を大胆に扱う『禁色』の執筆へと促されたことが述べられる「第七章　欲望の解放―『禁色』」は、きわめて興味深い。また第八章では、作品に頻出する「近親相姦」のモチーフを抽出し、性的欲望を発動することへの恐怖が、三島の母や妹への恋慕の情と重ねて示される。『灯台』『聖女』など従来論じられることの稀だった作品の解釈も説得力に富む。

「第九章　同性愛から異性愛へ―『潮騒』『沈める滝』『金閣寺』」から「第十一章　政治の季節のなかで―『宴のあと』から『憂国』へ」に至る三つの章が、本書全体の転換点であろう。「女との性的交渉」の体験や三島の同性愛についての言説の変化をもとに、それまで苦闘してきた「性のドラマ」から、「純粋無垢な愛に始まって、不能、同性愛、汎性愛、異性愛という具合に、ステップを踏んで」抜け出たと考察し、これ以降、「政治の季節のなか」に入り込む三島、「絶対への「恋闕」」を希求する三島へと、エロスの劇の分析対象が移っていく。

ただ、中期以降の三島は本当に本書の説くように「男色の柵の中から外へ出た」のであろうか。松本氏も援用された福島次郎氏の著作には『奔馬』調査のための熊本旅行での性関係が明記され、堂本氏も『憂国』に先立って偽名で書かれ男同士の心中をモチーフとした『愛の処刑』が三島作であったことを証言している。同性愛をクローゼットに押し込めつつ代償的に異性愛を描く三島のあり方を、クィア・スタディーズなどのセクシュアリティ論やジェンダー論によって読み解く余地が残されていそうである。

さて、結末部で再び『豊饒の海』にいたる過程が説明されたあと、「第十六章　最期、そして、もう一つの舞台―「檄」と『サロメ』演出」において、三島の死を「文化」の問題として捉え、彼が自決後の評価のために『サロメ』上演を周到に準備したことが示されて、本書は閉じられる。

主要な小説はもちろん、戯曲や従来ほとんど論じられることのなかった小品、新出資料にも目配りして、三島の創作の根源であるエロスの劇の様相を鳥瞰し、彼の生と性を直截に検証した本書は極めて刺激的であり、今後三島の性に関して言及する際に必読の文献となるだろう。

　それにしても、本書で追求された三島作品の性の諸相や作家の性的指向について、つまり特にホモセクシュアリティについては、一九九〇年代ぐらいまでは「公然の秘密」としてタブー視され、ほとんど論じられてこなかった印象がある。こうした三島論者たちの態度についてキース・ヴィンセントが苛立ちながら批判したこともあるが（『ゲイ・スタディーズ』）、松本氏のように早くから三島研究に携わってきた大家がこの問題を正面から論じるようになったことに、評者は一種の感慨を抱いた。時代も三島研究も大きく変わってきているのである。

　最後に装丁について一言。本書の表紙には、ギュスターヴ・モローの絵画「出現」が使用されている。斬首され血がしたたるヨハネの首が光に包まれて中空に浮かび、サロメが驚いて手を伸ばす一瞬が描かれた、モローの代表作である。本書が重視した三島演出の『サロメ』を直接指すと同時に、残酷であるにもかかわらず絢爛で幻想的なこの絵は、本書が明らかにしようとした三島文学のエロスの本質をも象徴するものであり、見事な選択だと思える。

（二〇〇五年五月二五日　作品社　三二五頁　二八〇〇円）

松本徹著『あめつちを動かす　三島由紀夫論集』

井上隆史

　私が松本徹氏の考えに身近に接するようになってから、もう八年近くになる。その間、たえまなく三島について考えていなければ精神の安定を保てないとでもいうかのような氏の仕事ぶりには、何度も目を瞠る思いをさせられた。何が松本氏をこのように駆り立てるのであろうか。数年前、田中美代子氏も交えて語り合っていたとき、酒鬼薔薇聖斗のような猟奇的な少年犯罪が話題になったことがある。松本氏はこういうことを言った。三島にとっては、あるいは三島が生きていた時代においては、まだ文学という存在の意味、価値が信じられていたがゆえに、猟奇性や暴力性を文学的虚構の中に押さえ込むことが出来た。しかし、今では文学の存在意義が見失われて、その結果、現実に露呈してしまっては危険極まりないものの顔が生々しく剥き出しになってしまった。これは、私も全くその通りだと思う。だからこそ、猟奇的な事件が現実に発生するのだと氏は語るのだが、その眼がみずからの内にも危険な衝動を認めるかのような光を帯びているのを認めて、私はなるほどと納得する思いがした。氏はこの時既に七十歳に近かった筈だが、年齢のことなど少しも感じさせなかった。

　だから、平成十二年、「三島由紀夫の最期」（文藝春秋）を刊行した時に、氏は「三島について書くことはもうなくなった」と口にしていたが、私は内心そんなことはあるまいと確信していた。思った通り五年後の昨年、松本氏は書き下ろし評論「エロスの劇」（作品社）と本書「あめつちを動かす」を上梓したのである。

　「あめつちを動かす」は、平成十年から

十七年までに発表された雑誌論文や講演草稿など十五篇をまとめたものである。諸論を貫くテーマは天皇だ。しかしそれは、現代の日本人が漠然とイメージしているような天皇というものとは全く異なる。天皇とは、詩的な英雄として神話化された日本武尊のような側面と、現実の世界を統治してゆく景行天皇のような側面との二重構造を持つ存在なのである。この二重構造が崩れて、後者（天皇の統治的側面）があたかも天皇の全体であるかのような状況に陥った場合には、天皇は前者を回復するため暴力的な革命原理を私たちに差し出す。例えば二・二六事件は、そのような出来事である。しかし、二重構造が保たれている場合には、暴力のような危険な要素は現実の世界から排除されて詩の中に包み込まれ、その時、詩的言語は言葉でありながら言葉だけの次元を超えて、世界全体に働きかけこれを秩序付ける。すなわち、「力をも入れずして、あめつちを動かす」のである。このような詩的言語の原理を最も理想的に体現しているのが「古今和歌集」の雅な世界だと三島は考えるが、これにちなんで松本氏は、本書のタイトルを「あめつちを動かす」と題したのである。三島由紀夫の天皇論は、ともすると政治的な議論の渦の中に巻き込まれ、三島自身が言おうとしたことの核心が見失われがちである。しかし、氏はその核心の部分を、右に要約したように極めて平易な語り口で跡付けた。松本氏が天皇の問題に本格的に向き合おうとしたのは今回が始めてだが、最初の試みでこういうことをなしえたのは、やはり長年にわたり三島について考え続けてきたからであろう。

また、三島は天皇の問題を正面から論ずる以前から古典に強い関心を示していたが、はじめから一貫して「古今集」の美学を奉じていたわけではなく、「金閣寺」執筆の頃を境にして「新古今集」的な個性重視の立場から「古今集」における普遍性重視へと歩みを転じたと松本氏は指摘する。それは言わば「私」性から「公」性へと考え方の基軸を移したということなのだが、その時、「公」という秩序に支えられることによって、かえって徹底的に「私」なるものを掘り下げることが可能になったという。

松本氏はこの「私」という言葉の中に、現実から排除されるべき暴力性、エロス、虚無、社会の常識を覆すような様々なエネルギーまでをも盛り込んでいるようだ。それらが現実世界に直接現われ出ることは危険極まりない。だから、「公」の雅な秩序の中に覆い包まれなければならない。しかしその時、ちょうど「憂国」の主人公があくまでも「大義」に殉じようとした、まさにそのことによって、切腹という痛苦とエロスの領域に徹底して身を沈めることが出来たように、「公」であることによって、かえって「私」はより深くより激しく掘り下げられるのである。つまり、「力をも入れずして、あめつちを動かす」ことは、ただ単に「あめつちを動かす」こと以上に、危険な力に満ちているのだ。

氏の考えのエッセンスを私なりに纏めるとこのようになるが、これは実にスリリングな論の運びであり、文章は時として凄みをすら帯びる。おそらくそこに、氏の内に潜む何ものかが投げ込まれているからであろう。本書の最大の魅力はこの点にある。

私は元々氏のモチーフに深い関心を寄せていることもあり、「あめつちを動かす」をこのようにたいへん興味深く読んだ。しかしそれだけに、ここであえて言っておかなければならないことがある。それは、論文集という性格上仕方がないことなのだが、本書ではどうしても話題が断片的になりがちだということである。また、先述のように氏は意識して平易な語り口、丁寧な議論を心がけているのだが、そのために文章の凄みがしばしば打ち消されてしまっている。

三島の天皇論は大きな広がりを持つテーマであるが、それを松本氏が氏に固有の立場から論じようとするのであれば、やはりより大部で本格的な一冊の著書を著すことが必要になるのではあるまいか。

その場合、私自身も以前から気になっていることなのだが、是非論じて欲しい問題がある。氏は、三島において「私」と「公」が振りあわされ、「公」であることによって「私」もより深まると論じた。それについては私も異論はない。しかし、三島が「公」であることにも「私」であることにも、その両者について極めて意識的、自覚的であり過ぎたために、本来の危険性やエネルギーが削がれ打ち消されてしまったということはないであろうか。「私」であろうと意識的に努めることが、知らず知らずのうちに「公」の秩序に即していたという場合や、逆に「公」であろうとすることが、思いがけなく「私」的になってしまう場合がある。そのようなケースと比べたとき、三島由紀夫はいかなる存在として見えてくるのであろうか。これは三島の本質に関わる重要な問いだと思われるが、今度は氏に、是非ともそこのところを論じて欲しいと強く期待している。

（試論社、平17・12、三〇〇〇円）

編集後記

○映画プロデューサー藤井浩明さんを囲んでの座談会は、昼から夕刻まで六時間にも及び、その後、席を移して夜遅くまで、これまた時間を忘れて話した。七十九歳だが今なお現役の藤井さんの体力と意欲に、われわれはすっかり圧倒されてしまった。そのためテープを起すのが大変で、前号同様、麻植亜希子さんの超人的な奮闘のお陰をこうむった。ただし、紙面の都合などもあって、大幅にカットせざるを得なかったのは、残念である。

○この藤井さんの企画で、「三島由紀夫映画祭」が、四月八日から五月十二日まで、キネカ大森で開かれた。毎日『憂国』と、三島主演の『からっ風野郎』に三島原作の十四本が日替わりで併映されたが、わたしもせっせと足を運んだ。古いものになると四十年も五十年も前のモノクロだから、今見るとつまらないだろうと思っていたが、じつに面白かった。例えば『永すぎた春』（田中重雄監督、昭和32年）は、婚約した男女が式を挙げるまで純潔を守り通すという設定で、これ自体ナンセンスになってしまったが、観客からは絶えず笑い声が上がった。喜劇は早く古びるはずだが、それがいまなお生きていて、大いに笑えるのだ。三島と藤井さんがこの作品で初めて一緒に仕事をし、親しくなったことを考えると、三島のあまり知られていない面、喜劇の才能に気づかされる思いがした。歌舞伎脚本の傑作『鰯売恋曳網』を書いているのだから、そうした面にもっと注意してしかるべきなのだ。

○その他、市川崑監督『炎上』、西河克己監督『不道徳教育講座』、木下亮監督『肉体の学校』、蔵原惟繕監督『愛の渇き』、深作欣二監督『黒蜥蜴』などは、文句なく秀作だと、確認することができた。他にもまだまだあるだろう。多分、三島の原作が、映画人を刺激し、挑戦させ、これだけの成果となったのだ。座談会で藤井さんが言っていた意図は、間違いなく実現されたのである。

○本誌の発行もどうにか軌道に乗った様子なので、より多くの方々に意欲的な原稿を寄せて頂きたいと思っている。次号のテーマは『仮面の告白』を予定している。

（松本　徹）

三島由紀夫研究②

三島由紀夫と映画

発　行――平成一八年（二〇〇六）六月二〇日
編　者――松本　徹・佐藤秀明・井上隆史
発行者――加曽利達孝
発行所――鼎　書　房　http://www.kanae-shobo.com
〒132-0031 東京都江戸川区松島二-一七-二
TEL・FAX　〇三-三六五四-一〇六四
印刷所――太平印刷社
製本所――エイワ

表紙装幀――小林桂子

ISBN4-907846-43-6　C0095

現代女性作家読本（全10巻）

原　善編「川上弘美」
髙根沢紀子編「小川洋子」
川村湊編「津島佑子」
清水良典編「笙野頼子」
清水良典編「松浦理英子」
与那覇恵子編「髙樹のぶ子」
髙根沢紀子編「多和田葉子」
与那覇恵子編「中沢けい」
川村湊編「柳美里」
原　善編「山田詠美」

現代女性作家読本　別巻①
武蔵野大学日文研編「鷺沢萠」